Je te promets

Autres romans de l'auteure :

Le Café des Délices – La Rencontre (2018)
Le Café des Délices – De respirer, j'ai arrêté (2019)
Poussière d'étoile (2020)
Le Souffle du Bonheur (2021)
Christmas actually (2021)
PS : Christmas I love you (2022)

© Linda Da Silva, 2023, France
ISBN : 978-2-3224-6927-7
Édition : BoD - Books on Demand, info@bod.fr
Impression : BoD - Books on Demand, In de Tarpen 42, Norderstedt (Allemagne)
Impression à la demande
Dépôt légal : Mars 2023

Le Code de la propriété intellectuelle interdit les copies ou reproductions destinées à une utilisation collective. Toute représentation ou reproduction intégrale ou partielle faite par quelque procédé que ce soit, sans le consentement de l'auteur ou de ses ayants cause, est illicite et constitue une contrefaçon sanctionnée par les articles L335-2 et suivants du Code de la propriété intellectuelle.

Linda Da Silva

Je te promets
ROMAN

1.

« Le bonheur est comme un frêle voilier
en pleine mer : il suffit d'un orage
pour le détruire. »

Léna Allen-Shore

Le ciel se couvre de larges nuages noirs menaçants. Soudain, l'orage éclate. Les oiseaux cessent de chanter. Le vent souffle, le tonnerre gronde, des éclairs déchirent le ciel. Une pluie torrentielle s'abat sur les façades classiques des immeubles bordelais, une déferlante d'eau comme la ville n'en a pas connu depuis plus d'une décennie. Luna patiente au restaurant depuis bientôt trente minutes, triste, à l'image de ce ciel morose. Une larme perle sur sa joue pâle, au même instant, des gouttes fouettent les baies vitrées du restaurant. Ce n'est guère la première fois que son mari lui pose un lapin, trop accaparé par son travail de médecin, enchaînant les gardes. Est-ce qu'un jour, il ouvrira les yeux et cessera de la délaisser ? Luna est plongée dans ses pensées et se demande quoi faire. On dit que le bonheur n'est pas palpable, et qu'une certaine prise de conscience reste nécessaire afin de s'apercevoir qu'il est bel et bien présent…

Sa garde à l'hôpital aurait dû prendre fin il y a déjà une heure. Lorsqu'Évan daigne enfin jeter un œil à sa montre, il se rend compte de son retard et tente de joindre sa femme.

La messagerie se met en route et il s'excuse platement, tentant de la rassurer.

Luna, exaspérée, souffle et se sent gênée, seule à sa table, dégustant son verre de vin rouge. Son téléphone ne capte aucun réseau, évidemment ! Elle tend l'appareil vers le plafond, comme si la connexion allait miraculeusement apparaître. Sans succès ! Le garçon s'approche et propose de lui servir un autre verre.

— Apportez-moi plutôt l'addition, s'il vous plaît ! lui lance-t-elle, terminant son vin d'une seule traite.

Son regard se tourne vers les baies vitrées, le bruit de la pluie qui s'abat la réconforte. Pourtant, l'averse torrentielle ne semble pas se calmer, et pourrait même occasionner d'importants dégâts en raison de sa violence.

Le serveur s'approche et lui conseille d'attendre une accalmie avant de quitter le restaurant. Elle règle son verre de vin avec sa carte bleue.

— Merci, ça va aller ! s'écrie-t-elle en laissant un pourboire sur une petite assiette qui présente l'addition.

Évan s'empresse de se diriger vers le parking de l'hôpital, sa mallette posée au-dessus de la tête pour se protéger et ne pas finir trempé par cette pluie, qui n'a pas exprimé son dernier mot. Il laisse un dernier message sur le répondeur de Luna avant de démarrer en trombe pour la rejoindre au restaurant. À peine cinq minutes plus tard, son bip sonne. Il s'arrête sur le bord de la route afin de le consulter.

— Eh merde ! lâche-t-il en s'affalant sur son siège.

Une urgence. Évan doit faire demi-tour. L'un des médecins de garde a eu un souci sur la route, compte tenu de la météo, et n'est pas certain de pouvoir se rendre à l'hôpital. Il doit le remplacer en attendant son arrivée. *Luna va me tuer* reste la seule pensée qui s'insinue dans son esprit ! Il tente une dernière fois de la joindre et laisse un énième message.

Ma chérie, je suis vraiment désolé. J'avais enfin réussi à quitter l'hôpital, mais je dois y retourner, une urgence. Bois un verre à ma santé, on se voit à la maison. Je t'aime.

Luna se dirige rapidement vers sa voiture, se reprochant de ne pas avoir prévu de sortir les clés de son sac avant de quitter le restaurant. Le temps de les trouver et d'ouvrir la portière, elle est déjà trempée jusqu'aux os. Son téléphone se met à vibrer dans sa poche. Elle l'extirpe de sa veste et découvre les nombreux messages laissés par son mari.

— Encore une urgence, toujours une urgence ! s'écrie-t-elle en balançant son portable sur le siège passager.

Luna a également reçu un texto de sa mère, Salomé. Il aura au moins eu le mérite de lui arracher un sourire.

Je suppose que ton mari t'a encore abandonnée ce soir, passe me voir en partant du restaurant, mi querida, ma chérie, je t'ai préparé ton plat préféré : pulpo a la gallega. Je t'attends, mi hija, ma fille. Besos.

Sa mère, n'ayant jamais porté Évan dans son cœur, ne se gêne pas pour le lui rappeler durant chacune de leurs visites. Ils s'affrontent comme chien et chat, toujours à se chamailler. Salomé conserve une certaine rancœur vis-à-vis de la gent masculine, ayant été abandonnée par son mari pour une autre femme, avant qu'il ne décède quelques années plus tard.

Depuis, elle vit seule… enfin presque. Ses deux meilleures amies, Ève et Paloma, retraitées et veuves, résident dans le même immeuble. Ève habite sur le même palier que Salomé, et Paloma vit à l'étage du dessous. Ces trois drôles de dames ne se séparent jamais, et se trouvent sans cesse fourrées chez l'une ou l'autre. Les enfants du quartier les surnomment d'ailleurs *le gang des mamies*, et elles ont même leurs conversations *whatsoupe* comme elles aiment à le répéter.

Luna se sent perdue. Elle reste bien consciente du fait que si elle accepte l'invitation de sa mère à dîner, leur discussion sera focalisée sur Évan qui ne la traite pas comme il le faudrait, qui la laisse passer toutes ses soirées en solitaire… Cela dit, ça ne l'enchante guère plus d'attendre son retour, seule à la maison, au milieu de la nuit. La jeune femme appelle sa mère et lui confirme qu'elle quitte le restaurant pour la rejoindre chez elle.

— Voilà, j'avais bien raison, encore une soirée seule, ma fille. Je vais te réchauffer ton dîner, je t'attends ! s'écrie Salomé en soufflant.

Ça commence fort…

Luna regrette déjà d'avoir pris contact avec sa mère et plonge son visage dans le volant. Évan, c'est l'homme de sa vie, pourtant depuis plusieurs mois, elle a l'impression de faire partie des meubles et que son mari ne s'intéresse plus à elle. Si Luna était vraiment honnête avec elle-même et ne se voilait pas la face, elle pourrait même parler de quelques années. Le médecin passe de plus en plus de temps à l'hôpital. Et s'il avait une maîtresse ? Elle se dit qu'elle a trop regardé *Grey's Anatomy*.

La jeune femme se souvient de leurs premières années, le couple était si fusionnel. Ils se sont rencontrés dans un Starbucks, le serveur s'était trompé en leur servant leur café, ce qui leur avait permis de faire connaissance en sirotant leur boisson à table. Enceinte lors de leur première rencontre, elle ne le lui avait pas avoué immédiatement, cela ne se voyait pas encore. Son ex l'avait lâchement quittée à l'annonce de cette nouvelle.

Plus les années passent, plus leur lien se distend. La routine faisant son œuvre, chacun vaque à ses occupations de son côté et cohabite. Luna n'en peut plus de cette situation. Elle est artiste peintre et, depuis quelque temps, son inspiration en a pris un coup. Ses tableaux se font de plus en plus tristes et mornes. Même ses mélanges de couleurs ont évolué ces dernières années, devenant de plus en plus sombres. Ne sachant plus comment améliorer cette situation, elle reconnaît se complaire dans son petit confort.

Ce rendez-vous manqué se révèle être celui de trop, cette situation ne peut plus durer. Elle en a assez de passer ses soirées seule, se sent abandonnée, surtout depuis que son fils Félix a quitté la maison afin de poursuivre ses études en Australie. Luna est une femme solaire, dont la lumière s'éteint d'année en année, ce qui inquiète énormément sa mère, dont le cœur a été brisé lorsque l'ex de Luna a abandonné sa fille. Salomé savait par quoi elle allait passer, ayant vécu cette douloureuse épreuve.

Sa force, Luna la puise dans son art, dans ses peintures, mais dorénavant, cela ne lui suffit plus. Le manque de considération de son mari ne lui convient plus, et elle en a assez de laisser perdurer cette situation. Ce n'est pas son genre ! Lorsque son ex l'a quittée alors qu'elle était enceinte et effrayée, sa grande force de caractère lui a permis de surmonter cette épreuve. Une discussion sérieuse s'impose pour le couple.

Luna démarre. La pluie ne semble toujours pas vouloir se calmer, cela ne sert à rien de patienter plus longtemps. Sa visibilité s'avère plus que réduite, sa conduite se fait lente, à cette allure, elle arrivera chez sa mère d'ici demain.

Évan ne sait plus où donner de la tête. À cause de cette météo, de nombreux accidents de la route se sont produits. Tous atterrissent aux urgences avec des blessures plus ou moins graves, certains sont décédés avant même d'arriver à l'hôpital. Cette soirée se révèle meurtrière. Son métier, il l'aime plus que tout, et lui a tout donné : son temps, son énergie, ses pensées.

Le médecin se rend bien compte qu'il délaisse sa femme depuis trop longtemps. Déjà près de seize ans de mariage, Évan n'a rien vu passer. À force d'habitude, il a enchaîné les gardes au fil des années, sans imaginer une seconde que sa femme pût en pâtir. Il espère qu'elle comprend sa situation, comment pourrait-il faire autrement ? Il ne peut pas abandonner ses patients !

Spécialisé en cardiologie, Évan est devenu il y a quelques années le responsable du service, ce qui lui a laissé encore moins de temps pour sa famille. Son travail lui absorbe toute sa force vitale, et lorsqu'il rentre chez lui, le cardiologue n'a qu'une idée en tête : dormir et ainsi évacuer son stress. Il regrette de n'avoir pu la rejoindre au restaurant, il n'avait pas le choix. Il se rattrapera, étant bien conscient du fait que ce n'est pas la première fois qu'il le lui promet.

Pas le temps de réfléchir, de nouveaux patients arrivent par dizaines. Il faut maintenant les trier par ordre de priorité et les répartir dans les boxes. Poser les bonnes questions pour tenter de déterminer un premier diagnostic en quelques minutes.

Luna se trouve à environ cinq minutes en voiture de chez sa mère, et tente de rester concentrée sur la route. Les larmes qui coulent sur son visage n'arrangent en rien sa faible visibilité. Son mariage est-il terminé ? Doit-elle lui laisser une nouvelle chance ? Encore une… Tant de questions s'immiscent dans sa tête, ne la laissant en paix.

Ses pensées virevoltent dans son esprit sans qu'elle puisse les contrôler, si bien que la jeune femme ne distingue pas le camion sur sa gauche, qui fonce droit sur elle, grillant le feu rouge. Luna a tout juste le temps de tourner son regard terrifié vers le chauffeur avant la collision… Soudain… plus rien… le trou noir…

Évan ne cesse de circuler de patient en patient, tentant de réconforter ceux qui ont perdu un être cher ou de soigner les blessés les plus graves. Accident de la route, malaise cardiaque, chute grave, tentative de suicide, les causes d'entrée à l'hôpital dans un état inconscient ou de choc sont multiples. Le médecin, bien qu'habitué depuis toutes ces années, ne peut s'empêcher de ressentir de l'empathie pour toutes ces personnes qui souffrent sous ses yeux. Ses émotions se révèlent souvent contradictoires. Parfois, il se sent impuissant et, certains jours, il sauve une vie et son cœur se gonfle de joie.

Soudain, son regard semble attiré par les pompiers qui arrivent avec une urgence prioritaire. Les combattants du feu ne laissent jamais un patient seul dans un couloir. Connaissant toutes les équipes soignantes de l'établissement, ils attendent qu'il soit pris en charge par un médecin avant de repartir.

Évan s'approche et écoute leurs conclusions, tout en commençant à examiner l'homme sur le brancard. Un accident de la route, un camion a percuté une voiture de plein fouet. Le chauffeur demeure inconscient, mais son pronostic vital n'est pas engagé. Évan le confie à une infirmière afin qu'elle le dirige vers les cas les moins graves. Quant à la femme dans la voiture, son état semble critique, mais elle respire encore.

Évan se penche vers elle... Ce n'est pas possible... Luna !!! Le médecin vacille et se retient contre le mur. L'espace d'un instant, il espère que ce n'est qu'un cauchemar. Il va se réveiller et trouver sa femme tranquillement endormie à ses côtés...

— Docteur, tout va bien ? s'enquiert l'un des pompiers, paraissant étonné de sa réaction et inquiet.

Évan respire profondément et tente de se calmer.

— C'est... oh, mon Dieu... c'est ma femme ! s'écrie-t-il en lui caressant la joue de ses mains tremblantes, les larmes coulant le long de son visage.

L'infirmière de garde, ayant assisté à la scène, se dirige vers un autre médecin, Évan ne doit pas s'occuper d'elle, ses émotions risquent d'altérer son jugement. Le docteur Martin Malbraux, ami d'Évan, accourt vers lui pour le soutenir et l'éloigner de Luna. Il la prend en charge et lui ordonne de s'asseoir. Élisa, l'infirmière, reste auprès de lui. Évan, n'écoutant que son cœur, se relève et tente de s'approcher à nouveau de sa femme allongée à quelques pas de lui, inconsciente et dans un état grave.

— C'est Luna, Martin, je ne peux pas rester sans rien faire, laisse-moi m'occuper d'elle ! lui intime-t-il en le prenant par le col.

Martin entraîne Évan loin du brancard, et fait son possible pour l'apaiser. Il connaît la procédure, il est interdit aux médecins de prendre médicalement leur famille en charge. Son ami tente de le rassurer.

— Je ne fermerai pas l'œil tant que ta femme ne sera pas sortie d'affaire et je te promets de tout mettre en œuvre pour la sauver, crie-t-il, le fixant de son regard déterminé.

Évan n'a plus le choix, il doit laisser son collègue faire son travail. Dévasté, il enfouit son visage dans ses mains et pleure toutes les larmes de son corps. Tout est sa faute, s'il avait pu la rejoindre au restaurant, tout ceci ne serait jamais arrivé ! Il observe Martin s'éloigner avec Luna sur la civière… Il ne lui reste plus qu'à attendre et prier pour qu'elle s'en sorte. L'homme aperçu précédemment serait donc le *salopard* qui a percuté sa femme. Son poing se serre mécaniquement, Évan n'a qu'une envie, se jeter sur le responsable de cet accident et l'étrangler de toutes ses forces. La tête enfouie dans ses mains, le médecin essaie tant bien que mal de se calmer. La priorité, c'est sa femme, le reste n'est que conjectures. Son attention est soudain attirée par le tintement d'un texto qui arrive sur son portable : c'est sa belle-mère Salomé. Il ne manquait plus qu'elle… Comment va-t-il le lui annoncer ?

El médico, as-tu des nouvelles de Luna ? Ma fille devait venir dîner avec moi, après que tu l'as lâchement abandonnée… encore… Elle devrait déjà être arrivée ! Tiens-moi au courant, je compte sur toi !

Évan ne sait comment lui répondre, doit-il l'appeler au risque de subir son courroux ? Le courage lui manque, il lui apprend la mauvaise nouvelle par SMS. Son monde vient de s'écrouler…

2.

« L'espoir est le dernier à mourir. »

Proverbe brésilien

Salomé arrive en larmes à l'hôpital et se dirige vers l'accueil, le cœur battant, en compagnie de ses amies Ève et Paloma, qui ont insisté pour l'accompagner. L'employée leur demande de patienter pendant qu'elle se renseigne. Ses mains ne cessent de trembler, ses deux acolytes tentent de la calmer, sans succès. Elle ne souhaite que deux choses : se trouver auprès de sa fille et faire la peau à son gendre !

Évan, avalant son troisième café à la machine, s'approche de l'accueil et découvre sa belle-mère prête à écharper l'assistante, lui reprochant sa lenteur. Il accourt vers elle, sachant bien que sa colère se déchaînera contre lui.

— Salomé, venez avec moi, dit-il d'une voix douce.

Ève et Paloma essaient de la retenir par le bras, ayant bien remarqué la rage dans ses yeux. Se jetant sur son gendre, elle lui assène de violents coups de poing sur le torse. Elle se défoule sur lui, le frappant de toutes les forces qu'elle n'avait plus. Et, tandis qu'il étouffe ses sanglots contre son cœur, il continue de murmurer sans s'arrêter : *je suis désolé…* Après quelques minutes à rester accrochés l'un à l'autre, dans un mutisme intime, comme s'ils cherchaient à retarder le moment d'après, Salomé se met à crier.

— Comment as-tu pu lui faire ça ? C'est à cause de toi si elle est ici, tu m'entends, tout est ta faute, *bastardo* ! crie-t-elle avec véhémence.

Évan se laisse faire sans broncher. Que pourrait-il ajouter pour sa défense ? Il est bien l'unique responsable. Il la laisse déverser sa colère sur lui. Au bout de quelques minutes, il la serre dans ses bras et ils pleurent tous les deux. Le médecin lui confirme qu'il attend des nouvelles de Luna, et lui propose de s'installer près de lui dans la salle d'attente.

Les minutes leur paraissent interminables… Martin arrive enfin pour leur dire ce qu'il en est, tout le monde se lève à son approche.

Le médecin se racle la gorge avant de leur expliquer que Luna est plongée dans le coma, des tests sont en cours pour vérifier s'il s'avère léger ou profond. Elle vient de subir une opération pour ses fractures du bras et de la jambe, elle a également une commotion.

Tout ce que retiennent Salomé et Évan, c'est qu'elle est vivante, c'est ce qui compte à leurs yeux. Cette nuit sera déterminante pour Luna, ils en sauront plus quant à son état dans les jours à venir. Martin tente de convaincre son ami de rentrer chez lui pour se reposer. À l'heure actuelle, il ne peut plus rien faire pour sa femme.

Évan souhaite rester à son chevet, il ne la quittera pas, et ne l'abandonnera plus jamais. Salomé désire patienter ici également cette nuit, afin d'être présente si elle se réveille.

Le médecin ne tient pas à lui retirer tout espoir et n'insiste pas. Ève et Paloma les laissent en famille.

Tous deux s'installent dans la chambre de Luna, préalablement équipés d'un masque de protection, d'une blouse médicale et de surchaussures en polypropylène. Le silence qui règne dans la pièce n'est troublé que par le tintement des bips des moniteurs ou le souffle régulier des appareils d'assistance respiratoire. Luna semble dormir paisiblement malgré les plâtres qui recouvrent son bras et sa jambe, maintenue en l'air. Des compresses entourent son crâne. Salomé ne peut s'empêcher de laisser couler ses larmes, en s'approchant de sa fille pour lui embrasser la main et la tenir serrée contre son cœur.

Évan observe sa belle-mère, et se sent incapable de la consoler tellement son chagrin prend le dessus dans son esprit. Ils ne se sont jamais entendus tous les deux. Pourtant, désormais, il faudra se serrer les coudes. Il devra mettre son animosité envers elle de côté… pour Luna. Il s'avance vers sa femme avec précaution et scrute son visage. Le médecin lui prend délicatement l'autre main. Puis, se penche pour caresser son front. Enfin, il s'installe dans le fauteuil proche de son lit, à droite de la fenêtre, croise les jambes et appuie sa tête contre le mur. Une pluie fine caresse la vitre. L'ambiance de la pièce s'accorde parfaitement avec le climat singulier de cet été. Soudain, Salomé se tourne vers Évan.

— Quand as-tu prévu de prévenir Félix ? lance-t-elle d'un ton sec et froid.

Il plonge son visage dans ses mains, et s'effondre. Comment va-t-il lui annoncer le coma de sa mère ? Dans un élan de générosité, Salomé lui propose de l'appeler, mais il refuse, c'est à lui qu'incombe cette tâche.

Rien ne sert de prendre contact avec lui maintenant, l'Australie a huit heures d'avance sur la France, il est donc seulement 7 h du matin, le beau-père ne souhaite pas le réveiller pour le prévenir de cette si terrible nouvelle. Il attendra au moins une heure ou deux avant de l'appeler. De toute façon, il ne dormira pas cette nuit, et enchaînera café sur café.

D'ailleurs, il se lève déjà pour aller s'en chercher un et en propose également à Salomé, qui accepte, tout en recommençant à le fixer d'un œil mauvais. Elle ne tiendra jamais cette nuit sans sa dose de caféine. Elle a promis à ses amies de leur envoyer des nouvelles demain matin. Heureusement qu'elles étaient ensemble, lorsqu'Évan lui a annoncé par message que sa fille était à l'hôpital à la suite d'un accident, le choc a été terrible. Salomé avait pourtant prévenu Luna : Évan n'est pas fait pour elle, tout ce qui compte pour lui, c'est son maudit travail et ses foutus patients ! Et elle avait raison : il n'accorde plus aucune attention à son épouse, la laissant esseulée la plupart du temps.

Au fil des années, elle est devenue aussi invisible à ses yeux qu'un des jolis meubles de leur tout aussi jolie maison. Salomé ne cesse de lui répéter qu'elle mérite mieux, sans succès. Si Luna… QUAND Luna se réveillera, elle fera tout ce qui est en son pouvoir pour la persuader de le quitter, il ne la mérite pas.

Évan contemple sa belle-mère fixant Luna, lui caressant la joue. Il est bien conscient de ce qui se passe dans son esprit. Elle doit certainement le maudire, et le maudira sur plusieurs générations. Comment a-t-il pu encore décevoir sa femme ? Si elle ne se réveillait pas, il s'en voudrait toute sa vie, et ne pourrait pas le supporter, ni se le pardonner.

Rien qu'à cette idée, son cœur s'emballe et ses mains deviennent moites. Il se lève d'un coup et sort prendre l'air dans le parc de l'hôpital. Il s'assoit sur un banc, sort son téléphone et compose le numéro de son fils.

Depuis la minute où il a tenu Félix dans ses bras à sa naissance, il l'a considéré comme son propre enfant et l'a élevé en tant que tel. À l'adolescence, ses parents lui ont révélé la vérité. La situation a été compliquée pour le jeune homme pendant quelques mois, mais il a fini par l'accepter.

Pour lui, Évan est et reste son père. Il raccroche avant que la sonnerie ne se fasse entendre. Comment lui dire ? Il se frotte le visage, prend son courage à deux mains et pianote sur son portable. Une sonnerie... deux sonneries... Son fils répond enfin.

— Allô, papa ? s'étonne Félix, compte tenu de l'heure.

— ...

— Allô ???

— J'ai quelque chose à te dire et je suis désolé de te l'annoncer au téléphone... Je n'ai pas le choix, souffle-t-il, épuisé.

— Tu vas cracher le morceau ! Tu me fais peur, crie-t-il, convaincu qu'il s'agit d'une mauvaise nouvelle.

Évan lui raconte ces dernières heures et le coma de sa mère. Un silence a pris toute la place durant quelques minutes, pendant lesquelles le père a perçu les larmes de Félix.

— Je suis tellement désolé, mon fils, tout est ma faute... Je...

— Je serai là par le premier vol demain, lance-t-il, déterminé, tentant de reprendre sa respiration.

Évan insiste pour qu'il ne rate pas ses cours, c'est peine perdue. Il s'en doutait, évidemment…

Le médecin en profite également pour prévenir les quelques amis de sa femme, elle n'en a pas énormément, sa meilleure amie restant sa mère. Ne trouvant pas le courage de leur téléphoner, il leur envoie un texto leur expliquant la situation. Mécaniquement, il fait de même pour le responsable de la galerie de Luna.

Dans la chambre, Salomé échange avec ses acolytes grâce à leur conversation *WhatsApp*.

Salomé
On dirait qu'elle dort, mi linda niña, ma jolie fille.

Ève
On est là, ma Salomé, tu veux qu'on vienne ? Je retire ma chemise de nuit et mes deux pulls et j'arrive !

Paloma
Reste tranquille, tu vas effrayer toutes les infirmières avec ta coupe de cheveux. Qu'est-ce qu'on peut faire pour toi ?

Salomé
Je me retiens juste d'étrangler Évan ! Rien, merci d'être toujours présentes. Je vous envoie un message quand je rentre ce matin chez moi, on s'y retrouve ?

Paloma
Évidemment, on te prépare le petit déjeuner et je ne veux pas t'entendre me dire que tu n'as pas faim, è capito, c'est compris ?

Salomé résidait déjà dans l'immeuble lorsque Ève avait emménagé sur son palier. Les deux femmes s'étaient rapidement apprivoisées malgré leur caractère bien trempé. Il faut croire que cela les avait rapprochées. Un an plus tard, Paloma s'était installée à l'étage du dessous. Le gang des mamies était né ! Tout le monde les connaît dans le quartier, et autant dire que personne ne leur cherche des noises. Même les plus récalcitrants des jeunes. Lorsque l'une d'elles s'attaque à eux ou leur fait des reproches sur leur façon de vivre, pas un seul ne moufte. Dans leur dos, Amir, un de leurs protégés, a créé des fiches d'identité pour présenter le gang des mamies aux petits nouveaux. Même s'il se méfie d'elles, ce dernier n'avouera jamais à quiconque à quel point il tient à ces trois femmes. Sans elles, Dieu seul sait où il se trouverait… Si, sûrement en prison ou mort. Son frère Naël n'a pas eu cette chance et s'est vite retrouvé dans un gang, à vendre de la drogue. À l'aube de ses dix-huit ans, Amir souhaite poursuivre ses études, et les mamies le soutiennent depuis des années. Ce qui ne l'empêche pas de les taquiner. D'ailleurs, Salomé a couru derrière lui avec son chausson à la main lorsqu'elle a découvert ses fameuses fiches d'identité.

Nom : Salomé Garcia.
Nationalité : Espagnole.
Âge : Environ soixante-dix ans. Ne connaissant pas sa véritable date de naissance, elle a décrété qu'elle était née en 1955. (Il y a de fortes chances pour qu'elle soit plutôt née en 1950, mais chuuuut !).
Traits de caractère : Généreuse, aimante, directive, intransigeante, rancunière. Championne de lancer de chaussons.
Ce qu'elle aime : Les grenades, les rayons du soleil sur son visage, les soirées avec sa fille et ses amies du gang des mamies.

Ce qu'elle n'aime pas : Son gendre, les fraises, les fleurs, la pluie, les jeux vidéo, les gamins du quartier qui n'écoutent pas ses conseils.
Un conseil : Ne pas la chercher… au risque de se prendre un coup de pantoufle !

———

Nom : Ève Pocholle.
Nationalité : Française.
Âge : Soixante-douze ans.
Traits de caractère : Franche, pas du tout diplomate, donnerait tout pour les personnes qu'elle aime.
Ce qu'elle aime : Les comédies romantiques, faire des photos, les réglisses et les insectes.
Ce qu'elle n'aime pas : Les personnes plus grandes qu'elle, car elle doit lever les yeux pour leur parler, l'hypocrisie, elle dit toujours ce qu'elle pense, que ça plaise ou non.
Un conseil : Si on ne veut pas connaître sa façon de penser, ne pas la lui demander…

———

Nom : Paloma Lombardi.
Nationalité : Italienne.
Âge : Soixante-quatorze ans.
Traits de caractère : Passe ses journées à manger, crie lorsqu'elle parle, embrasse et serre tout le monde dans ses bras, profonde gentillesse.
Ce qu'elle aime : Les chats, surtout le sien qui s'appelle Lucifer et qui porte très bien son nom, cuisiner, parler avec les mains, le vin (uniquement le

rouge, les autres sont pour les *tapettes*, comme elle aime à le dire).
Ce qu'elle n'aime pas : Qu'on lui dise NON, qu'on n'ait pas d'appétit à sa table.
Un conseil : Si on n'a pas faim, ne pas accepter une invitation à déjeuner ou dîner, car c'est risquer sa vie…

La nuit a paru durer une éternité à Évan, qui a tout de même réussi à s'assoupir environ une heure, tout comme Salomé. Au petit matin, Martin, le médecin, pénètre dans la chambre et les réveille doucement, d'un discret geste de la main sur leurs épaules. De nombreux tests ont été réalisés cette nuit. Le cœur d'Évan reprend sa course folle lorsqu'il se lève d'un bond, quant à Salomé, elle demeure assise, tétanisée par l'angoisse.

3.

« Je t'aime dans le temps. Je t'aimerai jusqu'au bout du temps. Et quand le temps sera écoulé, alors, je t'aurai aimée. Et rien de cet amour, comme rien de ce qui a été, ne pourra jamais être effacé. »

Jean d'Ormesson

Martin, replaçant ses lunettes, leur livre les moindres détails de sa nuit, passée à lire et relire les résultats. Avant l'opération de Luna, un scanner cérébral et thoraco-abdomino-pelvien a été réalisé, afin de confirmer ses fractures ainsi qu'un œdème cérébral. Un diagnostic a été posé sur son coma, grâce à l'échelle de Glasgow. Salomé ne comprend rien, beaucoup trop de termes compliqués, et se relevant, demande plus d'explications. Voyant qu'Évan allait lui répondre, Martin pose délicatement la main sur son épaule, lui intimant de le laisser continuer. L'échelle de Glasgow représente une échelle neurologique qui constitue une méthode fiable et objective pour évaluer le niveau de conscience d'une personne, lors d'un diagnostic initial après un traumatisme crânien. Sa valeur est également utilisée dans le pronostic du patient et reste d'une grande utilité pour prédire les éventuelles séquelles.

— Et en français, cela signifie ? lance Salomé, les sourcils froncés.

Cette méthode permet d'estimer la gravité du coma. L'état de conscience du patient est évalué à partir de trois critères : l'ouverture des yeux, la réponse motrice et la réponse verbale. Lorsqu'une personne subit un choc violent à la tête, l'exploration neurologique doit être effectuée dans les plus brefs délais. Ainsi, le score obtenu par le patient sert à connaître la gravité de la blessure. En outre, elle sert à identifier les états de coma profond et de voir leur évolution.

Évan commence à s'impatienter, ses mains tremblent, il s'adresse à son ami d'un ton sec.

— Quelle note, Martin ? lâche-t-il, exaspéré.

Ce dernier pose la main sur son épaule avant de lui asséner sa réponse.

— 7, dit-il tout doucement, les yeux baissés.

Salomé se tourne vers son gendre, et l'interroge du regard.

— Coma lourd, murmure-t-il, les larmes aux yeux.

Salomé peine à assimiler ce qu'elle vient d'entendre. Qu'est-ce que cela signifie ? Luna va-t-elle se réveiller un jour ? Aura-t-elle des séquelles ? Toutes ses questions fusent dans son esprit, ne lui laissant aucun répit. Sa tête tourne. Ses jambes se dérobent. Le trou noir…

Quelques minutes plus tard, Salomé reprend connaissance, assise dans le fauteuil près du lit de sa fille, Évan à son chevet, lui tenant la main. Elle la retire comme s'il la brûlait. Elle se masse les tempes, se relève et tourne en rond dans la chambre. Se dirigeant vers son manteau, elle récupère son téléphone et sort de la pièce pour prévenir ses amies, qui doivent s'inquiéter. Évan retourne près de Luna et lui prend la main. Tous ces moments ratés à cause de son travail, le nombre de soirées durant lesquelles sa femme l'a attendu, seule. À son tour de patienter…

— Je te promets que si tu me reviens, je serai auprès de toi nuit et jour. Jamais plus je ne ferai passer mon travail avant toi, tu m'entends ! s'écrie-t-il en lui caressant le bras.

En exprimant cette pensée, Évan se rend compte que ce n'est pas la première fois qu'il lui fait cette promesse. Sera-t-il vraiment capable de la tenir ? Son travail, c'est son monde, sa raison d'être. Pourtant, sa femme lui est indispensable.

Luna est arrivée au bon moment dans sa vie, il venait d'apprendre qu'il ne pourrait pas être père et il rencontrait cet ange descendu du ciel, qui portait la vie dans son ventre. Sa lumière avait rejailli sur lui, et son cœur ne s'y est pas trompé, il est littéralement tombé amoureux de cette femme : de son sourire, de son regard doux et sensuel, de ses cheveux bouclés qu'elle entourait délicatement de ses doigts en lui parlant. Jamais il n'avait rencontré une telle femme, à la fois, si forte et si sensible. À leur deuxième rencontre, Évan avait déjà pris conscience du fait qu'il ne laisserait jamais partir Luna et qu'il passerait le reste de ses jours avec elle.

La vibration de son téléphone le sort de ses pensées, lui indiquant qu'il a reçu un message. Son fils Félix. L'unique vol disponible l'amènera à Bordeaux via Paris en plus de trente-six heures. Peu importe, le jeune homme se rendra au chevet de sa mère coûte que coûte. Évan se languit de le revoir, même dans ces tristes conditions.

Salomé discute avec Ève, tandis que Paloma tente d'écouter la conversation en se collant au téléphone de son amie. Leur tristesse n'a d'égale que leur inquiétude vis-à-vis de leur acolyte, lorsqu'elle leur confie la situation de sa fille. Que deviendrait-elle s'il lui arrivait malheur ? Les deux femmes la rejoindront finalement à l'hôpital ce matin avec quelques douceurs à manger, certaines qu'elle n'a rien avalé depuis son arrivée sur place.

Salomé retourne dans la chambre et s'installe de l'autre côté du lit, face à Évan, ne se donnant même pas la peine de s'adresser à lui. Que lui dire à part qu'elle le déteste et que sa fille se retrouve prisonnière de ce lit par sa faute. Luna lui avait confié un jour qu'elle ne souhaitait pas devenir un *légume*, et avait fait promettre à sa mère de l'empêcher de vivre ce calvaire. Elle chasse immédiatement ses idées de ses pensées et se concentre sur sa fille.

Évan, épuisé par sa courte nuit, souhaite rentrer prendre une douche, et se nourrir uniquement pour avoir du carburant afin de tenir le coup au chevet de sa femme. Salomé lui propose de se relayer pour rester auprès de Luna, cela ne sert à rien d'être présent ensemble. Il acquiesce, n'ayant pas la force de se battre ce matin, il reviendra cet après-midi. Il quitte la chambre, il étouffe et sent tous les regards de ses collègues se poser sur lui. Des regards de pitié et de compassion, que le cardiologue ne supporte pas. Il accélère le pas, n'ayant aucune envie de faire semblant et de discuter. Il manque d'air et se dirige vers le parc, s'asseyant sur le même banc que la veille pour tenter de retrouver son souffle. Il ressent l'horrible sensation que son cœur va exploser et qu'il va mourir. Rien qu'à la pensée de perdre sa femme, son corps tout entier se révulse. Le médecin enfouit son visage dans ses

mains. Est-ce qu'il va enfin sortir de ce cauchemar ?
Un monsieur s'installe près de lui sur le banc et pose la main sur son épaule, ce qui fait sursauter Évan, qui le gratifie d'un regard froid. Il n'a aucun besoin d'être consolé, encore moins par un illustre inconnu. Pourtant, ce dernier ne se laisse pas démonter et s'adresse à lui.

— Ma femme se trouve dans le coma depuis quelques semaines, je me rends sur ce banc chaque jour pour prier, lui déclare-t-il sans préambule.

Évan relève la tête et se tourne vers lui. Son calvaire lui paraît si lourd qu'il ne souhaite pas partager sa douleur, pourtant, les paroles de cet étranger résonnent en lui. L'homme lui tend la main :

— Je m'appelle Raphaël. Nous avons tous besoin de réconfort à certains moments de notre vie, murmure-t-il, le fixant de son regard azur.

— Je suis Évan. Que c'est difficile, répond-il en serrant la paume calleuse de cet inconnu tombé du ciel.

— La vie nous envoie uniquement les épreuves qu'elle nous sait capable de surmonter, ajoute-t-il d'une voix suave.

Une discussion imprévue et totalement spontanée commence entre les deux hommes. Chacun comprenant le chagrin de l'autre. Sa femme, Élisa, est tombée dans le coma, à la suite d'un accident vasculaire cérébral, et depuis plus de son, plus d'image. Aucune amélioration depuis plusieurs semaines.

Ces quelques minutes ont fait du bien à Évan, qui se lève. Il ne saurait l'expliquer, cet homme dégage quelque chose d'incompréhensible, une bonté, qui lui a réchauffé le cœur en quelques minutes. Partager sa douleur avec une personne confrontée au même calvaire doit y être pour beaucoup. Son regard profond et lumineux également, une certaine douceur émane de lui, qui a immédiatement eu l'effet de ralentir son rythme cardiaque, qui s'emballait à l'idée de perdre Luna.

— Merci Raphaël, nous nous croiserons sûrement à nouveau, lance-t-il d'une voix emplie de reconnaissance.

— Je serai sur ce banc chaque jour, ajoute-t-il en lui souriant.

Évan se dirige vers sa voiture et retourne chez lui avec appréhension. Il ne s'est jamais retrouvé seul dans leur maison. Luna était toujours présente à son retour. Il se gare, ouvre la porte et la première chose qui le frappe, c'est l'odeur… Le parfum de sa femme embaume l'entrée. Fondant en larmes, il tombe à genoux devant la porte, incapable de retenir ses sanglots.

— Luna, qu'est-ce que je t'ai fait ? crie-t-il, complètement perdu et profondément triste, fixant le plafond.

Au bout de plusieurs minutes, il se relève et prend son courage à deux mains pour se rendre dans leur chambre afin de préparer quelques affaires à sa femme. Il compose le numéro de l'hôpital, pour prévenir sa hiérarchie, il ne reviendra pas travailler et demande un congé, qui lui est évidemment accordé. Son chef reste à son entière disposition jour et nuit s'il souhaite discuter, Évan apprécie et raccroche.

Il découvre les textos envoyés par les amis de Luna, et son responsable à la galerie, sur son portable. Tous aimeraient lui rendre visite si cela s'avère possible. Il écrit une réponse identique à chacun, lui indiquant de passer quand il le souhaite.

Une boule s'est formée dans sa gorge, aucun mot ne sort plus de sa bouche. Il se met en quête du parfum de Luna dans la salle de bains et le dépose dans son sac, l'odeur de sa femme ne le quittera plus à présent.

Son attention est attirée par la table de chevet de Luna. Un carnet dépasse du tiroir laissé ouvert. Évan s'approche et découvre ce petit livre qui semble être son journal intime. Il le caresse. Sa curiosité lui intime l'ordre de l'ouvrir pour le lire, mais son respect pour son épouse le lui interdit. Pourtant, ne pouvant communiquer avec elle, peut-être pourrait-il savoir où en est sa femme ? Ce qui comblait sa vie, ce qui au contraire la rendait triste. Se torturant l'esprit, il décide de le remettre dans son tiroir. Peut-être plus tard…

De retour à l'hôpital, Évan croise dans la salle d'attente Sarah, Loïc, ainsi que Lola, les amis les plus proches de sa femme. Il les salue, et chacun le serre dans ses bras pour le rassurer. Salomé sort de la chambre pour aller se chercher un café, les amis de sa fille en profitent pour lui rendre visite, séparément, ne pouvant pas entrer dans la chambre tous les trois en même temps. Sarah s'y rend la première, des larmes coulent déjà sur son visage en observant son amie clouée dans ce lit, paraissant dormir. Luna, si solaire, si dynamique, la voici prisonnière de cette chambre.

Elles se sont rencontrées quelques années auparavant par l'intermédiaire de leur ami commun Loïc, qui les a présentées durant un *afterwork*. Depuis, elles ne se sont plus quittées. Même si elles ne se voient pas très souvent, chacune prise par le tourbillon de sa vie et de son travail, chaque moment passé ensemble reste un véritable plaisir. Des discussions interminables jusqu'au bout de la nuit, une douche et au travail ! Des soirées cinéma, restaurant, ou simplement à discuter et refaire le monde autour d'un bon verre de vin. Comme tout cela va lui manquer, Sarah se sent si impuissante face au malheur de son amie. Lola et Loïc entrent ensuite, chacun à leur tour, ressentant la même tristesse et incapacité à l'aider que Sarah. Le contraste entre la gaieté, la force et la vitalité de Luna et cette position allongée dans ce lit leur brise le cœur. Luna, c'est un peu le moteur de leur amitié, le lien entre tous leurs amis, celle qui réunit tout le monde et qui donne le sourire. Ils ne l'abandonneront pas et resteront auprès d'elle durant cette épreuve, afin de la soutenir, restant persuadés qu'elle les entend. Ils se relayeront chacun à leur tour pour que Luna les sente à ses côtés.

Salomé, de retour dans la chambre, les remercie de se montrer présents pour sa fille. Elle aime savoir que sa Luna reste bien entourée et soutenue.

Le téléphone d'Évan sonne. Sur l'écran s'affiche le nom d'Étienne, le patron de sa femme. Après une courte hésitation, il décroche. Etienne regrette de ne pas pouvoir quitter la galerie de la journée mais souhaiterait passer en début de soirée. Évan accepte, évidemment, et s'inquiète pour l'avenir de sa femme à son travail. Son directeur le rassure, Luna lui a déjà fait parvenir plusieurs toiles pour sa prochaine exposition qui aura lieu dans quelques mois. Certes, certaines se trouvaient encore en attente de finitions, il s'en accommodera.

Évan, rasséréné, rejoint Salomé dans la chambre et s'installe dans le fauteuil près du lit de sa femme, lui tenant la main. Plusieurs infirmières se rendent dans la pièce, pour s'enquérir de la patiente et rassurer Évan. Il se sent tellement perdu qu'il apprécie leurs attentions. Lui si consciencieux dans son travail, si sûr de lui… voit toutes ses certitudes s'effondrer. Il ne se sent pas capable de survivre si sa femme ne se réveille pas, et se sent si faible face à cette épreuve.

La journée file rapidement, et déjà Étienne arrive pour rendre visite à Luna. Salomé, étant rentrée chez elle, Évan se trouve seul dans la chambre. Étienne lui sert la main, et se tourne vers Luna, visiblement ému. Ce dernier brise ce silence pesant.

— Ne vous inquiétez de rien en ce qui concerne la galerie, je gère. Prenez soin de votre femme, murmure Étienne, tentant de le rassurer comme il le peut.

— Je vous remercie, souffle Évan, soulagé.

Après le départ du patron de sa femme, Évan reste encore un moment au chevet de Luna. Il ne se résout pas à la quitter, à la laisser seule dans cette chambre si triste et si sombre. Il pose délicatement la tête sur le ventre de sa bien-aimée, ferme les yeux et s'imagine marchant avec elle au bord de la mer, discutant et prenant du bon temps comme autrefois. Elle lui manque tant…

4.

« Le pardon n'est pas au bout du chemin ;
il est le chemin. »

Françoise Chandernagor

Quelques semaines passent. La chambre de Luna s'est garnie de décorations apportées par ses nombreux visiteurs : des photos, des tableaux, des dessins, des fleurs artificielles, qui contribuent à colorer l'endroit et lui rendre un semblant de lumière. Une certaine routine s'est installée. Salomé reste au chevet de sa fille le matin. Évan prend le relais le reste de la journée, afin que Luna ne se retrouve jamais seule. Félix est arrivé et s'est installé dans son ancienne chambre. Lorsqu'il avait découvert sa mère dans cette pièce sombre, aux rideaux d'un autre temps, entourée de murs plus gris les uns que les autres, son cœur avait manqué un battement. Tous ces tuyaux, les compresses et ces plâtres... Rien n'aura été épargné à sa mère.

Certains jours, il tient compagnie à sa grand-mère le matin, et d'autres, il se joint à son père. Le reste du temps, il tente de se changer les idées en retrouvant ses amis de lycée.

Évan et Raphaël sont devenus très proches, un lien s'est créé entre les deux hommes. Comme un rituel, ils se retrouvent devant un sandwich sur leur banc fétiche afin de discuter et de partager leur peine.

Aucune amélioration ni pour l'un ni pour l'autre. Deux personnalités s'opposent dans l'esprit d'Évan : le médecin qui a perdu tout espoir, le mari qui ne cesse de croire que Luna va se réveiller. Elle ne peut pas l'abandonner. C'est impensable.

Ce soir, Félix sort avec ses amis, son père semble ravi que son fils ne se morfonde pas seul à la maison. Il s'inquiète seulement pour ses cours, mais son fils l'a rassuré en expliquant que ses professeurs lui envoyaient des cours de rattrapage enregistrés par vidéo. Compte tenu du décalage horaire, impossible d'organiser des visioconférences en direct. Le jeune homme demeure sérieux dans son travail, ce qui lui occupe l'esprit. Chaque soir, il visionne ses cours et envoie ses devoirs par e-mail.

Allongé sur son lit, Évan pense à Luna. Elle lui manque tant, ses baisers, ses caresses, son rire… Malgré lui, son regard se fixe sur la table de chevet. Il ouvre le tiroir et attrape son journal intime. Bien conscient du fait qu'il ne devrait pas le parcourir, il laisse pourtant sa curiosité prendre le dessus. Le besoin de l'entendre parler prend le pas sur tout le reste, même si cela se traduit uniquement à travers ses mots écrits.

Évan ouvre délicatement le carnet et lit la première page. En découvrant la date du premier jour décrit par sa femme, le 20 mars 2004, son cœur bat la chamade. Luna a commencé son journal le jour de leur rencontre. Au fil de sa lecture et des mots qui défilent, son esprit se retrouve propulsé à cette époque en un millième de seconde.

Le 20 mars 2004

Bonjour mon cher journal,

C'est la première fois que je t'écris, je t'ai acheté hier, sur un coup de tête, pensant qu'un jour, j'aurai peut-être envie de te raconter mon histoire, surtout depuis qu'un petit être grandit dans mon ventre depuis quelques mois. Ce que je ne savais pas, c'est que j'allais en plus faire une belle rencontre. Ne sois pas impatient, je te raconte !

Quelle chaleur aujourd'hui ! Cela fait du bien de pouvoir porter une jolie robe fleurie avec mes sandales préférées. Comme à mon habitude, je me suis rendue au Starbucks pour prendre mon premier café de la journée. Je connais tous les serveurs, qui me préparent mon caramel macchiato sans que j'aie besoin de le commander, mais aujourd'hui, c'est un nouveau qui me sert, je dois donc lui demander d'y ajouter un soupçon de sirop saveur chocolat blanc. Il n'est normalement servi que dans le Mocha blanc, mais étant une cliente fidèle, j'ai ce privilège.

Un homme commande son café juste derrière moi pendant que je patiente pour récupérer le mien. Les deux breuvages arrivent en même temps, le mien doit être légèrement plus long à préparer. Nos regards se croisent et nous nous sourions avant de les récupérer. Je m'installe à ma table favorite, près de la fenêtre. J'allais boire mon café, lorsque je perçois son odeur. Ce n'est pas celui que j'ai demandé. Je retourne au comptoir et croise à nouveau l'homme qui était derrière moi, ils se sont également trompés sur sa commande. Chacun regarde son gobelet, et je découvre le prénom Évan. Nous nous rendons compte qu'ils ont inversé nos boissons, et les échangeons.

Il en profite pour m'inviter à m'asseoir à sa table, j'accepte volontiers. Nous avons discuté de la pluie et du beau temps. Son regard ! mais son regard ! Si tu savais comme il a de beaux yeux bleus, qui m'ont transpercée. Je ne cessais de les observer lorsqu'il me parlait, j'aurais plongé dedans avec plaisir. Je regardais ses mains également, soignées. Tu sais, c'est important pour moi les mains, elles nous apprennent beaucoup sur leurs propriétaires. Au fil de notre discussion, j'ai découvert qu'il était médecin et célibataire. Un bon parti… enfin, c'est ce que dirait ma mère Salomé. Je lui ai raconté ma vie, je lui ai parlé de mon métier : peintre, mais je lui ai caché le plus important : je porte la vie dans mon ventre depuis presque quatre mois. Le père m'a lâchement abandonnée. Soudain, repensant à toute cette histoire, j'ai paniqué et je l'ai laissé, prétextant un rendez-vous oublié auquel j'allais être en retard. Je ne pouvais pas lui annoncer de but en blanc que j'attends un enfant, alors que l'on venait à peine de se rencontrer. Je l'ai juste entendu me demander mon numéro de téléphone de loin, mais j'étais déjà en train d'ouvrir la porte et de m'enfuir.

Tu penses que j'ai bien fait ? Je ne saurais expliquer pourquoi, mon cœur battait la chamade à chacune de ses paroles. Il me plaît et j'aurais aimé en savoir plus sur lui mais, entre mon futur enfant et ma mère qui ne supporte plus aucun homme dans notre vie, tout sera trop compliqué.

Voilà pour cette première journée, je te dis, à demain. Et je te laisse avec ce proverbe danois : Le bœuf peut avoir peur quand le lion l'invite à dîner.

Évan laisse échapper quelques larmes, et maintient le journal serré contre son cœur. Revivre cette journée, du côté du ressenti de sa femme, lui apparaît si étrange. De multiples émotions débordent, les souvenirs s'insinuent dans son esprit. Son cœur qui battait lorsqu'elle lui souriait et s'installait à sa table. Sa bouche sèche en discutant avec elle. Son regard qui ne la quittait pas des yeux. Se laisser bercer par le son de sa voix suave.

Toutes ces émotions qu'il a ressenties lors de leur première rencontre lui explosent au visage. L'impression de tomber amoureux d'elle en seulement quelques minutes. Sa beauté, sa façon de parler et de toucher les cheveux lorsqu'elle s'exprimait, toutes ces petites choses que l'on remarque et auxquelles chacun fait attention durant une première rencontre. Toutes ces petites choses que l'on aime chez son conjoint et qu'on oublie avec le temps, avec les années qui passent… Il s'endort sur cette pensée.

Salomé est épuisée, les journées passées au chevet de sa fille lui prennent toute son énergie. Ève et Paloma patientent dans son salon, savourant leur café lorsqu'elle arrive. Les deux femmes lui ont préparé le déjeuner, sachant pertinemment qu'elle aurait sauté ce repas, à nouveau… Les traits fatigués et tristes de leur amie leur confirment sans un mot que l'état de Luna ne s'améliore pas. Comment la consoler ? Il n'y a rien de pire que de risquer de perdre son enfant, peu importe l'âge. Pourtant, la condition de sa fille ne reste pas son unique préoccupation.

Contre toute attente, Salomé s'inquiète énormément pour son gendre. Ève et Paloma n'en croient pas leurs oreilles. Elle qui l'a toujours détesté, le rendant responsable de l'accident de sa fille. Que lui arrive-t-il ? Aurait-elle perdu la tête ? Salomé comprend leur étonnement. Ce que ne soupçonnent pas ses amies, c'est que lorsqu'elle le croise à l'hôpital, ses cernes et sa perte de poids la terrifient.

S'il ne tenait pas le coup ? Si Luna se réveillait et que son mari n'était plus là pour l'accueillir. Rien n'effacera tout ce qu'il a fait subir à son enfant. Pourtant, son cœur de maman ne peut rester indifférent à sa douleur, qui la transperce.

— Je suis bien consciente du fait que cela va vous paraître étrange. J'ai l'intention de l'inviter à dîner à la maison de temps en temps avec Félix, afin de m'assurer qu'il se restaure. J'ai l'intime conviction qu'il ne doit pas manger très souvent quand il rentre seul dans leur maison, confie-t-elle du bout des lèvres.

Ses deux acolytes comprennent bien sûr, la plus grande qualité de leur amie étant la générosité, rien d'étonnant à sa réaction. Salomé l'appellera lorsqu'il quittera l'hôpital, comme chaque jour, réglé comme une horloge, aux environs de 20 h.

Plus les semaines défilent, plus l'espoir de retrouver sa fille s'enfuit. Elle se serait déjà réveillée, non ? Le médecin leur a donné rendez-vous demain matin afin de leur parler. Est-ce mauvais signe ? Que va-t-il encore leur annoncer ? Ses mains tremblent à l'évocation de cet entretien. Ève et Paloma tentent de lui changer les idées sans succès. Soudain, une idée germe dans l'esprit de Paloma, qui se lève et s'adresse à Salomé.

— Et si nous allions réprimander les petits jeunes du quartier ? Cela fait un moment que je n'ai pas crié sur eux ! lance-t-elle en se relevant, fière de son petit effet.

Son intervention a au moins le mérite d'arracher un sourire sincère à Salomé, qui ajuste ses chaussons, au cas où elle aurait à en lancer un !

Évan avale rapidement son sandwich, toujours en compagnie de Raphaël, sur leur banc fétiche. Il ne saurait l'expliquer, ces rendez-vous quotidiens le rassérènent. D'ailleurs, sans ces discussions avec son nouvel ami, il ne sait même pas s'il aurait la force de se nourrir. Tous ses collègues ne savent plus comment lui exprimer leur soutien pour le consoler, voyant bien qu'il commence à perdre tout espoir de retrouver sa femme, au fil des semaines qui s'égrènent à une vitesse incroyable. La chambre de Luna s'est remplie de nouveaux dessins d'enfants à qui elle enseigne la peinture après son travail le soir, et de temps à autre, le week-end. Toutes ces couleurs continuent à enjoliver cette chambre si triste et morne et apportent un souffle de joie dans le cœur d'Évan. Tout ce soutien et cet amour, provenant d'illustres inconnus envers sa femme, le touchent infiniment. Le soutien de ses collègues et des amis de Luna lui permet également de tenir le coup. Pas une journée ne se termine sans la visite d'une infirmière ou d'un médecin qui vient s'enquérir de Luna. En retournant dans la chambre, il croise Félix à la machine à café. Le père le trouve si courageux, il n'a pas hésité une seconde à tout quitter pour rester au chevet de sa mère. Sa fierté n'a pas de limite. Jamais il n'aurait cru pouvoir devenir père, et grâce à Luna, son rêve est devenu réalité. Même s'il a été incapable de lui donner un autre enfant, son amour pour son fils remplit tout son cœur et le comble de bonheur. Il s'approche de Félix, prend un café et pose sa main sur son épaule tout en discutant avec lui. La communication n'a jamais été leur fort, mais leur regard en dit long. Ils se soutiennent sans un mot.

— Est-ce que maman m'entend lorsque je lui parle ? tente-t-il, peu convaincu.

Son père prend une profonde inspiration avant de lui répondre, le plus honnêtement possible.

— Le médecin te dirait que ce sont les médicaments et les lésions qui provoquent l'impression d'avoir vu ou entendu quelque chose, comme une expérience onirique. Le père te dit qu'il reste persuadé que tout ce que nous lui confions, elle l'entend... souffle-t-il en caressant la joue de son fils.

Félix aimerait s'adresser à sa mère, il ne l'a pas fait jusqu'ici, restant persuadé que cela ne servait strictement à rien. Le discours paternel a achevé de le convaincre de lui parler. Il retourne dans la chambre et un long monologue s'ensuit, sous l'œil attentif et attendri de son père, la main cachant ses lèvres qui tremblent.

Mama,

Cela fait maintenant trente jours que tu t'es endormie, et que je n'ai plus entendu le son de ta voix... Tout de toi me manque, nous manque... Ton odeur, ta sensibilité, tes colères, tes câlins, ta cuisine... enfin presque.

Depuis que je suis parti étudier à l'étranger, mon épi en haut de la tête est revenu, toi seul sait le dompter, il paraît que c'est de famille... c'est mamie qui le dit !

Me manque aussi la musique que tu écoutais lorsque tu faisais le ménage et que j'habitais encore à la maison. T'observer danser avec le balai ou l'aspirateur...

Je suis persuadé que tu nous entends, grâce à toi et à tes conseils, que je n'écoute pas toujours, j'essaie d'être une meilleure personne. Même si je reste cet intellectuel incapable de monter une armoire Ikea ou planter un clou, sortant à des soirées et passant de fille en fille. J'ai bien retenu tout ce que tu m'as inculqué, qu'une femme ça se respecte... Pourtant, je dois dire que j'ai encore besoin de tes conseils avisés, ne me laisse pas sans toi, je n'y arriverai pas... Tu me dois bien ça ! Déjà qu'a priori, c'est toi qui as eu l'idée de m'appeler Félix. Je ne te remercie pas, je ne compte plus les séances de psy pour me convaincre que je ne suis pas un chat... Mais ce n'est pas le sujet !

Tu m'as tellement appris, surtout l'importance de la famille, si tu savais à quel point tu nous es indispensable.

Ne nous laisse pas, nous avons besoin de toi, j'ai besoin de toi... Mamie Salomé a besoin de toi, sur qui va-t-elle jeter son fameux chausson ? Tu sais papa en prend pour deux depuis que tu es dans ce lit, et je ne sais pas combien de temps il tiendra encore ! Je veux encore t'entendre chanter dans la belle langue de notre famille :

> *Piensa en mí*
> *Cuando sufras,*
> *Cuando llores*
> *También piensa en mí.*
> *Cuando quieras*
> *Quitarme la vida,*
> *No la quiero para nada,*
> *Para nada me sirve sin ti.*
> *Te amo tanto, vuelve a mi.*

Je t'aime tellement, reviens-moi. Je ne cesserai jamais d'y croire, de croire en toi !

Bouleversé par le discours de son fils, Évan ne peut retenir le flot de larmes qui coule sur son visage. Il ignorait qu'il chantait si bien. Il fait preuve de tant de maturité à seulement dix-sept ans. Leur garçon a quitté la maison pour ses études si jeune, leur laissant l'impression qu'il n'avait plus besoin de ses vieux parents. Et pourtant...

Comme chaque jour, Évan s'approche de sa femme et la coiffe, muni de sa brosse préférée. Son fils, qui lui en a énormément voulu à son arrivée, découvrant les circonstances de l'accident, a cessé de culpabiliser son père. À quoi bon ? Ils doivent se montrer soudés pour sa mère.

Évan reçoit un appel et quitte la chambre pour répondre. Lorsqu'il découvre que Salomé tente de le joindre, il semble tout à coup très inquiet. Qu'est-ce qu'elle lui veut ? Quelle n'est pas sa surprise lorsqu'elle l'invite à dîner. Il a bien tenté de trouver une excuse, mais on ne peut rien refuser à Salomé. Ses sourcils froncés ont traversé son téléphone et ne lui ont laissé aucun choix. Heureusement, il s'y rendra en compagnie de son fils.

En quittant l'hôpital, Évan propose à Félix de se rendre chez un fleuriste pour prendre un bouquet pour sa grand-mère.

— Tu sais pertinemment que mamie déteste les fleurs ! lance-t-il en inclinant la tête sur le côté.

— Ah bon ? répond son père innocemment, un sourire pointant du bout des lèvres, en ouvrant la portière de la voiture.

— Ne viens pas te plaindre si tu te prends un coup de chausson ! rétorque Félix le gratifiant d'un clin d'œil.

Durant le trajet, les deux hommes demeurent silencieux, chacun fuyant dans ses pensées. Félix observe son père, se rendant compte depuis qu'il est de retour, à quel point il lui a manqué. Imaginant le pire, si sa mère meurt, son père se retrouvera seul. Sera-t-il capable de repartir et de le laisser isolé dans cette grande maison ?

Il chasse cette idée d'un revers de la main et observe la route. Même s'il connaît la relation tendue de son père avec sa grand-mère, il reste néanmoins ravi qu'elle les ait invités à dîner. Un bon repas ne fera pas de mal à son père. Le jeune homme a bien remarqué qu'il ne se nourrissait pratiquement plus. Il aura fallu ce malheur pour qu'il passât moins de temps à son travail… Bien que les regrets apportent souvent leur lot de tristesse et d'amertume, ils rappellent également que nous savons que nous pouvons mieux faire.

Évan se gare dans le parking extérieur de l'immeuble de Salomé. Il se dirige vers l'entrée sous l'œil curieux des jeunes du quartier. Sa *BMW* ne passe pas inaperçue dans cette partie de la ville. Amir et quelques autres jeunes sont posés sur un muret à fumer et discuter. L'un deux, Cédric, s'approche de la voiture d'Évan. Amir s'adresse à lui.

— Si tu tiens à ta vie, et que tu ne souhaites pas avoir le gang des mamies sur le dos, je te conseille de ne pas t'approcher de cette voiture. Elle appartient au gendre de Salomé ! insiste-t-il, lui intimant l'ordre de revenir d'un signe de la tête.

Le jeune homme s'exécute, pensant tout de même que la revente pour pièces de cette voiture lui rapporterait un joli petit pactole.

Évan sonne à la porte, le bouquet de fleurs à la main, fier de son idée, ayant hâte de découvrir la réaction de sa belle-mère. Paloma leur ouvre.

— C'est Erwan ton gendre avec ton adorable petit-fils, crie-t-elle à l'attention de Salomé, en serrant Félix dans ses bras.

Évan s'y attendait de la part de Paloma. En dix-sept ans, elle ne l'a jamais appelé par son vrai prénom. Au fil des années, il a cessé de se vexer et de le lui faire remarquer. Il entre à la suite de son fils et se dirige vers Ève et Salomé, qui se trouvent dans la cuisine. Il dépose les fleurs sur le plan de travail et embrasse sa belle-mère, avant de rejoindre son fils dans le salon. Ève, le suivant, lui murmure à l'oreille qu'il cherche les ennuis avec ce bouquet.

Salomé les rejoint afin de servir l'apéritif et s'adresse à son amie en criant.

— Paloma, tu peux me trouver un, une... oh, je ne trouve plus le mot, pour mettre le bouquet de fleurs, tu sais !

— Un vase ? tente sa complice, jouant le jeu.

— Une poubelle ! lâche Salomé, fixant son gendre du regard.

La guerre semble déclarée !

5.

« Le seul mauvais choix est l'absence de choix. »

Amélie Nothomb

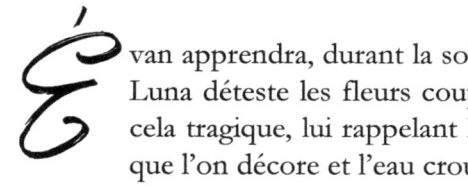van apprendra, durant la soirée, que la mère de Luna déteste les fleurs coupées car elle trouve cela tragique, lui rappelant la mort, les tombes que l'on décore et l'eau croupie.

Tout le monde se retrouve à table et déguste le bon repas préparé par Salomé. Cela faisait quelques semaines qu'Évan ne s'était pas restauré de la sorte, et reconnaît que ce n'est pas du luxe. Le médecin se rend bien compte que s'il souhaite tenir le coup et conserver ses forces pour rester auprès de Luna, il doit s'occuper de lui et se nourrir correctement. Malgré son animosité envers Salomé, il apprécie cette soirée et ce succulent dîner. Pourquoi l'a-t-elle invité ? Souhaite-t-elle instaurer une trêve entre eux ? Et si ce malheur devenait une occasion pour eux de se concentrer sur ce qu'il y a de plus important, Luna…

Salomé observe discrètement son gendre s'alimenter par petites touches, bien consciente du fait qu'après tout ce temps à manger de pauvres sandwichs le midi et pratiquement rien le soir, son estomac n'est plus habitué à un tel repas. La femme semble en pleine réflexion… Tout est tout de même sa faute, c'est à cause de cet homme que sa fille chérie se trouve inconsciente dans ce lit d'hôpital. Pourtant, elle se surprend à ressentir de la peine pour lui, mesurant tout l'amour qu'il éprouve pour sa fille. Cela fait plus d'un mois qu'il n'est pas retourné au travail, et qu'il reste au chevet de Luna. Il aura fallu un tel malheur pour qu'il se rendît compte de ce qui demeure important, quel gâchis !

Soudain, le bruit d'une chatière qui s'ouvre fait sursauter Félix. Lucifer, qui a droit à une ouverture pour chaque appartement du gang des mamies, se promène de maison en maison au gré de ses envies. Le chat a dû respirer la bonne odeur du dîner et devait se sentir seul chez sa maîtresse. L'animal s'approche de Félix et ronronne en tournant autour de ses jambes, puis il se dirige vers Évan et crache en le fixant du regard.

— Ce chat a très bon goût ! lance Salomé avec un large sourire.

— Cela mérite une photo, ajoute Ève en prenant quelques clichés de Lucifer et surtout du regard interloqué d'Évan.

Celui-ci esquisse un sourire en coin. Ce chat ne l'a jamais apprécié, depuis le premier jour, sans aucune raison particulière. Son nom Lucifer lui va à ravir, une vraie teigne ! Ce dernier s'installe sur les genoux de Paloma.

Félix adore sa grand-mère, son caractère bien trempé et sa générosité. Même si parfois, il la trouve un peu dure et intransigeante avec son père. Le jeune homme paraît ravi qu'elle l'ait invité à dîner. Il ne savait plus comment le convaincre de s'alimenter, et se culpabilisait de sortir avec ses amis, le laissant seul parfois le soir. Devant l'insistance de son père à souhaiter qu'il se change les idées, il avait cédé. En silence, tout le monde semble inquiet pour l'entretien de demain avec le médecin. Évan a bien conscience de ce qu'il va lui confier, mais garde toujours un infime espoir. Luna ne les abandonnera pas, c'est impossible !

Les deux hommes quittent l'appartement de Salomé en la remerciant pour cette soirée. Le gang des mamies reste ensemble, Salomé ne va sans doute pas fermer l'œil cette nuit et ses copines ont bien l'intention de lui tenir compagnie, afin de la soutenir.

***

Le lendemain matin, Évan, Salomé et Félix patientent dans le bureau de Martin. Le médecin ne cesse de secouer sa jambe de bas en haut, ce qui agace fortement Salomé qui le lui fait remarquer. Il tente de se détendre, mais connaissant les rouages de cet hôpital, il semble bien lucide quant à la raison de ce rendez-vous. Cela fait plus d'un mois que sa femme se trouve dans le coma, sans aucun changement, ni amélioration…

Martin arrive enfin, les bras remplis de dossiers qu'il dépose sur son bureau. Après les politesses d'usage, le médecin évoque leurs constatations. La prise en charge des patients dans le coma représente un enjeu très important. Améliorer le diagnostic, le pronostic et le traitement des patients deviennent des défis majeurs. Différentes méthodologies sont développées pour améliorer l'évaluation et ont montré que des patients sans réponse comportementale pouvaient présenter malgré tout des fonctions perceptives et cognitives préservées. Évan s'impatiente.

— Où veux-tu en venir, Martin ? l'interrompt-il, se frottant les mains.

Le médecin souffle et lui confirme que depuis un mois, Luna ne réagit à aucune stimulation. Évan l'écoute sans vraiment l'entendre, tellement habitué à lui-même prononcer ce discours à ses patients.

Les lésions cérébrales provoquées par le traumatisme de l'accident sont très graves : contusions, hématomes intracérébraux, lésions axonales diffuses. La croissance de l'œdème risque en effet de comprimer le cerveau. Les médecins vont tout faire pour enrayer l'aggravation du coma. D'autant que par ailleurs, et surtout dans les accidents de la circulation, des lésions d'autres organes peuvent menacer le pronostic vital.

Évan fait son possible pour expliquer la situation à Salomé, avec ses mots de médecin, ce qui a le don de la mettre hors d'elle.

— Ne peux-tu pas t'adresser à moi comme si j'avais cinq ans ? crie-t-elle en le fixant de son regard froid.

Bien qu'il ne puisse pas assurer qu'elle ne se réveillera jamais, il serait bon de se préparer à d'autres éventualités. Salomé se sent perdue, elle ne comprend pas ce qui se joue devant elle. Félix semble dans le même état et se tourne vers son père.

— Martin nous demande de commencer à penser à… la débrancher… souffle-t-il en plongeant son visage dans ses mains.

Salomé pousse un cri venant du cœur, inconcevable de penser à cette possibilité. Les médecins se trompent, Luna est forte, elle va se réveiller ! La grand-mère se tourne vers Évan et s'accroche à son bras, le secouant de toutes ses forces.

— Ne les laisse pas faire ça à ma Luna, je t'en supplie ! implore-t-elle, les larmes aux yeux.

Félix n'en peut plus de cet ascenseur émotionnel, et de voir sa grand-mère dans cet état, il craque lui aussi et quitte la pièce subitement. Martin essaie de les rassurer, ils n'en sont pas encore à exiger qu'ils prennent une décision. Juste l'envisager s'il n'y a pas d'améliorations notables ces prochaines semaines.

Chacun sort du bureau, dépité et découragé, et ils rejoignent Félix dans le couloir, debout, la tête posée contre le mur. Martin souhaite parler à Évan seul à seul. Le médecin tâte le terrain et lui intime l'ordre de bien réfléchir à la question. Il comprend bien que les résultats sont mauvais et que les chances que sa femme se réveille sont infimes. Plus le temps passe, plus elles diminuent. Martin tente de le mettre face à ce constat, sans succès. Évan demeure persuadé que sa femme ne les quittera pas, les résultats peuvent prouver ce qu'ils veulent. Il ne l'abandonnera pas et lui laissera toutes les chances de revenir. Martin le serre dans ses bras, comprenant sa réaction, il n'est pas encore prêt. Le temps fera son office.

Martin souhaite évoquer d'autres sujets avec son ami. Après une discussion avec les ressources humaines et la plupart de ses collègues les plus proches, le département a décidé d'envoyer un message à tous les employés de l'hôpital. Ils souhaitaient faire un appel au don pour des jours de congé, afin de permettre à Évan de rester au chevet de sa femme, sans s'inquiéter de sa situation professionnelle. Le médecin paraît très touché par cette attention, lui qui n'avait même pas réfléchi à ce détail, pourtant si important dans sa vie il y a encore si peu de temps. Martin lui précise qu'ils ont reçu tellement de réponses et de dons, qu'il pourra se tenir auprès de sa femme plusieurs mois. Le soulagement se lit sur le visage d'Évan.

Gêné, Martin évoque pourtant un second sujet. Le conducteur du camion à l'origine de l'accident de sa femme. Évan ne souhaite pas entendre parler de lui, mais son ami ne lui laisse pas le choix.

L'homme a grillé un feu rouge, ne pouvant pas s'arrêter à cause de cette pluie torrentielle. Sa grande vitesse, à plus de 80 km/h au lieu des 50 km/h préconisés en ville, ainsi que son taux d'alcoolémie élevé s'avèrent être les causes principales de l'accident. N'ayant eu que des blessures bénignes, il est rapidement sorti de l'hôpital. La justice suit son cours et l'homme va être poursuivi, aucune démarche à effectuer du côté d'Évan. Tant mieux, le cardiologue n'en aurait pas eu la force de toute façon. Le procès devrait avoir lieu dans les mois à venir. Évan écoute sans vraiment prêter attention aux paroles de son ami, la seule chose qui compte à ce moment précis reste la guérison de sa femme.

Salomé retourne au chevet de sa fille, s'installe dans le fauteuil près de son lit. Elle sort son matériel pour tricoter, et lui prépare un joli pull. Luna le portera lorsqu'elle se réveillera, car elle se réveillera, aucun doute n'est permis ! Félix retourne à la maison avec son père, il doit rattraper quelques cours et envoyer ses devoirs. Il reviendra avec Évan cet après-midi.

Le médecin s'enferme dans sa chambre et se saisit du journal de sa bien-aimée dans le tiroir. Ce livre est le seul contact qu'il maintient avec sa femme, il lui devient très précieux. Ce besoin de l'entendre via sa lecture demeure indispensable, surtout après cette discussion. Et s'il la perdait ? S'il n'entendait plus jamais le son de sa voix ? Chassant cette idée d'un revers de la main, il ouvre le journal et commence sa lecture.

Le 27 mars 2004

Bonjour mon cher journal,

Cette journée a été, comment dire, inattendue ! Comme chaque matin, je me suis rendue au Starbucks pour prendre mon café. Quelle ne fut pas ma surprise lorsque j'ai voulu régler mon achat, et que le serveur m'a expliqué qu'il avait déjà été payé et m'a glissé un mot dans la main. Je me suis installée à ma table et je l'ai lu.

« Chère Luna, depuis une semaine, mes pensées ne vous ont pas quitté une seule seconde. Vous êtes partie si rapidement que je n'ai pas eu le temps de vous demander votre numéro de téléphone. Je me suis permis de vous offrir votre café, et j'aimerais vous inviter à déjeuner aujourd'hui. Je vous donne rendez-vous à midi, si vous êtes disponible, au restaurant Les Mauvais Garçons, 23 rue Neuve, square Jean Bureau. Je vous y attendrai, en espérant vous revoir. »

Non mais, tu te rends compte, mon journal !!! Comment résister à une telle invitation ? J'ai trouvé sa façon de reprendre contact avec moi si originale, que je ne me voyais pas refuser. Après tout, ce déjeuner ne m'engage à rien, juste à passer un peu de bon temps. Ma mère me tuerait si elle l'apprenait. Depuis qu'Alessandro m'a quittée à l'annonce de ma grossesse, aucun homme ne trouve grâce à ses yeux et ne peut plus s'approcher de moi en sa présence. Il est vrai que cela m'a bien refroidie, mais tous les hommes ne sont pas des salauds ? Hein, mon journal ? Donc, j'ai décidé de me laisser tenter et l'ai rejoint au restaurant.

Il m'attendait à une table, me faisant signe de la main à mon arrivée. Il s'est levé pour me faire la bise, puis a décalé ma chaise afin que je m'assoie. Quelle galanterie ! Je sais ce que tu penses, il ne faut pas grand-chose pour m'émerveiller, pas la peine de me le faire remarquer.

Nous avons passé l'après-midi à discuter et à nous découvrir. Évan est intelligent, et comme je te l'ai déjà dit : médecin, célibataire et sans enfant. J'ai observé sa main, pas de bague au doigt, ni de trace de bronzage au niveau de l'annulaire. Je sais que je regarde trop la télévision.

J'ai préféré être honnête dès le premier rendez-vous afin qu'il n'y ait aucune équivoque, cela ne sert à rien de perdre notre temps. Je lui ai parlé de ma mère LOL, tu as cru que j'allais lui dire autre chose, hein ? Avoue, cher journal ! Je l'ai prévenu que les hommes de ma vie et elle ne font en général pas bon ménage, et qu'il fasse attention à ses coups de chausson. Plaisanterie à part, il a bien fallu que je lui parle de ma grossesse.

Après les classiques, ce que tu aimes, ce que tu détestes, tes livres préférés, ton film préféré, je l'ai évoquée. D'ailleurs, il se trouve que nous avons le même film préféré : Will Hunting, et comble de la coïncidence, nous n'avons tous les deux jamais eu l'occasion de le voir en entier. Nous nous sommes amusés à deviner ce qu'il se passait à la fin de ce film, en se promettant de le regarder ensemble un jour. Ma supposition : Matt Damon et Ben Affleck quittent leur travail et ouvrent un food truck. Évan a bien ri, mais n'y croit pas un seul instant, pour lui : Matt Damon, ce surdoué, accepte la proposition de travail de son professeur. Les paris sont lancés.

Enfin, je me suis écriée : « Je peux te faire très peur ! » Il a répondu : « J'en doute. » Puis, je lui ai confié que j'étais enceinte, observant sa réaction. À ma grande surprise, il a répondu par une question : « Tu veux que je te fasse peur ? » Puis, il m'a lancé : « Je ne peux pas avoir d'enfant. »

Nous sommes restés sans voix quelques minutes, enfin il a brisé le silence. « Il y a de la place pour deux personnes dans mon cœur. » Il était l'heure que je parte pour rejoindre ma mère chez elle, je lui ai tendu ma carte professionnelle, avec mon numéro de téléphone... « Réfléchis bien, je n'ai pas de temps à perdre... », « c'est tout réfléchi », a-t-il répondu en m'embrassant la main.

Comme d'habitude, je te laisse sur ce proverbe persan : Le sage réfléchit avant d'agir.

Ces détails sur leur rencontre, qu'il a pourtant déjà vécus, lui offrent une tout autre perspective. Évan oscille entre la culpabilité de s'immiscer dans l'intimité de sa femme et cet irrépressible besoin d'elle, de ressentir ce lien entre eux... Un message sur son téléphone le fait sursauter... Salomé.

El Médico, bon, il ne faudrait pas que tu t'habitues à venir manger à la maison tous les jours, mais demain si tu veux, je vais préparer une paella. Tu es le bienvenu, avec Félix évidemment, si tu étais seul, tu penses bien que je ne t'aurais pas invité ;-)

Sa réponse ne tarde pas.

Nous serons présents, madastra, belle-maman, j'apporte le dessert !

Qu'est-ce qu'elle n'apprécie pas déjà ? Ah oui, les fraises. Il l'en régalera demain, il ne faudrait pas se laisser aller à trop de gentillesse.

6.

« La douleur persiste pour qui n'a pas d'espoir »

Hazrat Ali

*P*endant qu'Évan retourne au chevet de sa femme pour l'après-midi, Salomé rentre chez elle. Elle se rapproche de son immeuble, épuisée, le dos voûté. Amir l'aperçoit de loin, et se dirige rapidement vers elle, remarquant son désarroi. Cette grand-mère s'est toujours montrée si gentille envers lui, et l'a énormément soutenu, bien plus que ses propres parents qui n'ont cure de ce qu'il devient.

Le jeune homme la respecte, et d'une façon plus générale, a toujours ressenti une certaine admiration envers ses aînés. Les rides sur leur visage représentent, pour lui, les témoins de leur vie passée, présente et future. Bien souvent, ils ne mâchent pas leurs mots et n'hésitent pas à mettre leurs failles à nu. Pour Amir, ils demeurent un puits inépuisable de connaissance, que l'on souhaite chérir à tout prix. Le jeune homme n'a jamais eu la chance de connaître ses grands-parents, décédés avant sa naissance, Salomé fait office de grand-mère.

Sans un mot, il la déleste de son sac et la maintient par le bras pour l'aider à avancer. Ève et Paloma observent la scène du balcon de cette dernière, la gorge nouée, visiblement émues. Ève prend discrètement quelques photos de ce doux moment, afin de figer cet instant dans son souvenir. C'est que certains jeunes du quartier leur donnent du fil à retordre. Amir n'a pas échappé à la règle. Le convaincre de ne pas terminer comme son frère dans le trafic de drogue, ou dans un gang, ne fut pas une mince affaire. Son intelligence les a immédiatement frappées, il est si différent des autres gamins du coin. L'aide et le soutien inconditionnel de ces mamies-là l'ont sorti de situations difficiles. Même si ses parents estiment qu'elles n'ont pas à se mêler de ses affaires, ils sont bien conscients du fait qu'elles agissent pour le bien de tous ces petits, qu'elles considèrent comme leur famille.

Amir accompagne Salomé jusqu'à son appartement, et propose de lui préparer un café. Elle ne se fait pas prier. De la cuisine, il lui crie qu'il n'y a plus de sucre dans le placard. La grand-mère envoie un texto à son amie Paloma. Quelques minutes suffisent et un panier arrive sur le balcon, tiré par Salomé avec du sucre à l'intérieur.

— Système D, assène-t-elle à Amir, le gratifiant d'un clin d'œil.

Ses deux amies arrivent une demi-heure plus tard, pour leur partie de cartes quotidienne et invitent Amir à jouer avec elles. Il se laisse tenter, il adore jouer au tarot. Même s'il vaudrait mieux être cinq, ils feront des équipes de deux. Après quelques parties, Amir doit retourner en cours. Salomé raconte à ses amies l'entretien difficile avec le médecin. Ses acolytes ne peuvent qu'imaginer ce qu'elle peut ressentir.

Évan déguste son sandwich sur le banc avec son nouvel ami Raphaël et fait le bilan de son entretien de ce matin. L'espoir de retrouver sa femme s'échappe au fil des semaines qui s'égrènent, sans lui laisser de répit. Son cœur ne souhaite pas abandonner. Pourtant, s'il se montrait vraiment honnête, il admettrait que les chances sont minces… très minces qu'elle se réveille un jour… et surtout, sans séquelles…

— Rien n'est perdu tant qu'il lui reste un souffle de vie, tente Raphaël d'une voix douce et rassurante.

— Tu disposes d'un carnet prêt à l'emploi avec plusieurs répliques de ce type ? s'amuse Évan, à son grand étonnement.

— Laisse le temps faire son office, le chemin peut être long et sinueux, mais je suis persuadé que tu trouveras la lumière au fond de ce tunnel, ajoute Raphaël, le fixant de son regard profond.

— Et encore une ! lance Évan, en tapant dans ses mains. Je suis arrivé sur ce banc complètement déprimé, et en quelques minutes, tu m'as redonné le sourire, mais comment fais-tu ? l'interroge-t-il, visiblement étonné.

— Si je te le dis, je serai obligé de te tuer, lui répond-il, le gratifiant d'un clin d'œil.

Cet homme procure le plus grand bien à Évan, ses paroles, son soutien lui sont devenus indispensables. Que faire ? Attendre combien de temps ? Et s'il n'y a jamais d'améliorations ? Comment décider que tout est fini, qu'il ne reste plus aucun espoir et la laisser partir ? Sa femme lui avait fait promettre de ne jamais chercher à la maintenir en vie à l'état de *légume*. A-t-il le droit d'en décider autrement, et de la forcer à rester ainsi, pour lui ? Pour son incapacité à la laisser partir. Est-ce juste pour elle ?

Le médecin ne sait plus quoi penser, il est si facile de conseiller d'autres familles, mais lorsqu'il s'agit de la sienne, tout semble tellement difficile. Raphaël le rassure, une décision ne doit pas être prise dès maintenant, qu'il s'accorde le temps de constater l'évolution de l'état de sa femme les prochaines semaines. Il avisera par la suite.

Évan retourne au chevet de Luna, et lui tient la main. Il ressent le besoin de se confier et de lui avouer qu'il lit son journal intime. L'impression de la trahir grandit en lui ces derniers jours. Pourtant, cette lecture le réconforte, comme un lien qu'il garde avec Luna à travers le temps et l'espace. Comme si elle s'adressait à lui par le biais de ces lignes.

La plaisanterie et le rire ont toujours fait partie intégrante de leur vie, depuis leur rencontre, même dans les moments les plus éprouvants, une manière de s'échapper de la réalité. Force est de reconnaître que cette pseudo-guerre avec sa belle-mère lui permet de tenir le cap. Observer son regard à chaque mauvais coup de sa part le réjouit et lui rappelle qu'il est en vie. Il lui raconte son dîner avec Félix chez Salomé, ainsi que ses petites piques lancées avec le bouquet de fleurs et les fraises prévues pour le lendemain. Il entend la voix de sa femme lui scandant à quel point il se montre puéril, puis sa fossette aurait apparu au coin de sa joue gauche, laissant échapper un sourire. Elle a beau dire, sa femme aime les contempler se crêper le chignon depuis des années.

Son esprit reste tiraillé… Que deviendront Félix et lui sans Luna ? Sans cette lumière qui égaye leur univers ? Cette femme, depuis leur rencontre, a changé sa vie dans tous les sens du terme. Sans elle, il n'aurait jamais pu goûter au bonheur d'être père. Ni n'aurait jamais connu la passion et la fusion. Depuis que cette tornade est entrée dans sa vie, son monde n'en est que plus beau et plus joyeux, plus animé également, mais il ne va pas s'en plaindre. Comment a-t-il pu la négliger si longtemps ? Faire comme si tout était acquis et qu'elle n'avait pas besoin d'attention. Espérant ne pas s'en rendre compte trop tard, ses larmes coulent. La fixant de son regard intense, Évan s'engage, si elle lui revient, à faire d'elle sa priorité et de l'aimer comme elle le mérite.

— Je te promets ! murmure-t-il à son oreille, l'embrassant sur la joue.

Le gang des mamies s'est rendu au supermarché afin de s'approvisionner en vue du dîner du lendemain. Ève et Paloma sentent bien qu'elles ont beau faire, leur amie se perd dans ses pensées et s'échappe involontairement loin d'elles. Une seule solution pour vraiment lui changer les idées : le coiffeur ! Seul endroit dans lequel elles se donnent le droit de *débiner* les gens du quartier et de s'adonner à l'une de leurs activités favorites : le commérage. Salomé, initialement contre cette idée, se laisse finalement tenter, cela ne peut lui faire que du bien.

Après avoir déposé les courses chez Salomé, les trois compères se dirigent vers leur coiffeur préféré : *Faudra Tif'Hair*. Habituellement, elles auraient dû prendre rendez-vous, mais Ève avec son franc-parler a convaincu Fatima. Compte tenu de la situation, la femme n'a pu refuser et trouvera une place à Salomé à son arrivée, dans son planning chargé de la journée.

Les trois femmes s'installent dans le coin *attente* du salon, patientant pour une place pour leur amie. Des posters d'un autre temps ornent les murs, de superbes femmes comme Marylin Monroe, Liz Taylor, Grace Kelly,

Ava Gardner, Audrey Hepburn et tant d'autres… De belles répliques de tableaux de grands peintres habillent également la pièce. Des chaises multicolores sont disséminées un peu partout dans le salon, égayant l'endroit. Salomé a toujours adoré ce lieu, pour le professionnalisme de sa coiffeuse personnelle Fatima, bien sûr, mais surtout pour les discussions improbables qui durent parfois des heures.

Aujourd'hui, elle en ressent tellement le besoin. Remarquant Edna, la plus grande commère du quartier, en train de se faire coiffer, la grand-mère a bien conscience du fait qu'elle risque de passer un bon moment. Sa manière de se rengorger et de prendre des airs de conspiratrice pour lui confier ses scoops la fait beaucoup rire. Comme elle n'est jamais vraiment méchante – seulement très indiscrète – elle passe en général un très bon moment en sa compagnie. Se délecter de quelques potins, c'est nettement plus réjouissant que d'échanger des banalités sur la météo ! Selon elle, le commérage peut être considéré comme un véritable plaisir oratoire et conversationnel. Il se construit sur la délectation du bon mot, le bonheur de broder autour d'un événement anodin et d'émettre mille hypothèses.

Edna se tourne vers Salomé et la serre dans ses bras, lui laissant sa place sur la chaise, c'est enfin son tour. Ève et Paloma rapprochent leur chaise des filles. Une discussion, à l'initiative d'Edna concernant les infidélités de sa voisine de palier Céline, s'enclenche.

— Il s'en passe des choses lorsque son mari se rend à son travail, je ne vous raconte pas ! Mais si, bien sûr, je vous raconte ! plaisante Edna, en esquissant un signe de la main.

Edna continue sur sa lancée et distille des détails très croustillants sur ce qu'elle a appris sur les nombreux amants de sa voisine. Salomé n'a pas vu ces dernières heures passer. Sans doute aucun, ses amies ont eu raison de la traîner ici.

Une couleur et une coupe de cheveux plus tard, les trois acolytes sortent du salon, le sourire aux lèvres. Évidemment, Ève a immortalisé ce moment par quelques clichés, la nouvelle coupe de cheveux de son amie, il ne faudrait pas oublier le plus important ! Ce que cela fait du bien de parler pour ne rien dire ! Chacune rentre chez soi se reposer, cet après-midi fut éprouvant. Une sieste ne sera pas du luxe.

Évan n'a pas quitté la chambre de Luna lorsque Félix arrive. Son fils lui propose d'aller se dégourdir les jambes, pendant qu'il reste auprès de sa mère. Le médecin se dirige vers le parc, lorsqu'une infirmière l'interpelle et lui demande des nouvelles. Cette dernière se souvient de l'état de son collègue lorsque sa femme est arrivée aux urgences. Difficile de poser des questions, ne sachant trop que dire dans ces moments d'épreuves difficiles. Évan lui confie ce que lui a expliqué Martin, ce qui l'attriste. Elle sera toujours là pour lui si besoin et lui caresse la main.

Évan la retire violemment, ce contact ne lui plaît pas du tout. L'infirmière le ressent et s'excuse, elle souhaite juste le rassurer. Évan admet qu'il a mal réagi, ses émotions sont exacerbées en ce moment, un rien le contrarie. Il lui sourit et s'éloigne, pensant tout de même qu'elle n'attend qu'un geste de sa part pour l'inciter à tromper sa femme. Des avances, elle lui en a déjà fait à plusieurs reprises, qu'il a toujours refusées. Dans ce contexte, comment peut-elle ne serait-ce qu'y songer ? Il s'installe sur le banc et éprouve l'étrange sensation de vivre la même journée depuis plusieurs semaines. Se lever, de plus en plus tard, se nourrir pour avoir du carburant, se doucher, et se rendre à l'hôpital. Une routine qui commence à le miner. Il n'aurait jamais cru penser cela un jour : heureusement que sa belle-mère se montre présente, à sa façon, pour lui. Sous ses airs renfrognés, il prend doucement conscience du fait qu'il doit compter pour elle et cela a le mérite de le raséréner. À sa grande surprise, Raphaël le rejoint. Ce n'est pas à son habitude, lorsqu'Évan se promène parfois l'après-midi, il ne le croise jamais, uniquement durant le déjeuner.

Muni d'un sac, l'homme en sort des viennoiseries. Évan se laisse rapidement convaincre, l'appel du ventre se montre plus fort, d'autant qu'il ne compte pas dîner ce soir. Tous deux fixent leur regard vers l'horizon, sans piper mot. Raphaël brise le silence.

— À quoi penses-tu ? l'interroge-t-il en croquant dans son croissant.

— J'ai tellement peur de la perdre, que je n'en dors plus. Mais tu sais ce que c'est ! confie-t-il en soufflant.

— La vie sera toujours plus forte. Le plus important, c'est également de prendre soin de toi, si Luna se réveille et qu'elle te voit dans cet état, comment penses-tu qu'elle va réagir ? Le matin, je me lève en me faisant beau pour ma femme, si elle se réveille, je serai présent pour elle et tu dois faire de même.

Ses paroles se plantent en plein cœur, Évan se laisse aller ces dernières semaines, ne prenant aucun soin de lui. Ne pensant qu'au malheur qu'il vit et à l'épreuve qu'il subit. Sans même s'occuper de ce que son fils peut ressentir en ce moment même, auprès de sa mère. Quel égoïste ! Il doit se prendre en main et se montrer présent pour Félix, c'est son rôle. Il remercie Raphaël et rejoint son fils dans la chambre de Luna. Il s'installe près de lui avec sa chaise, et pose son bras sur son épaule.

— Je suis là, mon fils, on ne l'abandonnera pas. Je t'aime, lui murmure-t-il dans le creux de l'oreille.

Félix avait tant besoin d'entendre ces mots de la part de son père, le jeune homme craint tellement de perdre sa mère. Ce lien qu'il leur a toujours permis de rester soudés, ensemble. Se battre n'est plus une option, il ne la quittera pas tant qu'elle ne se réveillera pas, peu importe ses cours, sa famille avant tout. Il relève les yeux vers son père et s'adresse à lui, d'une voix chevrotante.

— Papa, promets-moi qu'on tentera tout ce qui est humainement possible pour la ramener, on ne lâchera pas, on ne la débranchera pas ! insiste-t-il, le fixant d'un regard déterminé.

— Je te promets, mon fils, lui répond-il, l'embrassant sur le front.

7.

« La nostalgie ? Ça vient quand le présent n'est pas à la hauteur des promesses du passé. »

Neil Bissondath

Le lendemain, après une nouvelle journée passée au chevet de Luna, l'heure du dîner approche. Félix observe son père dans la voiture, et se demande s'il ne cherche pas les ennuis avec les barquettes de fraises, achetées au supermarché sur la route menant à chez sa grand-mère. Après tout, le jeune homme a bien remarqué que cette situation aidait son père à tenir le coup et lui offrait une raison de sortir de la maison.

Les deux hommes sonnent à la porte, Paloma les accueille à nouveau.

— Bonsoir Emmanuel, lance-t-elle en le bousculant pour serrer Félix dans ses bras.

Évan, hochant la tête, entre à la suite de son fils dans l'appartement et dépose les barquettes sur le plan de travail de la cuisine, avant de se diriger vers le salon. Salomé, bien qu'ayant remarqué les fraises, ne pipe mot et leur propose de boire un verre pour l'apéritif pris sur le canapé. Salomé se rend à nouveau dans la cuisine.

Soudain, Évan sent un chausson lui arriver en pleine tête. Il se tourne vers sa belle-mère, lui souriant et lui faisant un signe de la main en guise de paix.

— Je l'ai bien mérité celui-là ! lance-t-il, fier de son petit effet.

Ève, qui avait évidemment prévu le coup, a pris un beau cliché de la pantoufle arrivant sur Évan. Cette situation a le mérite de déclencher un fou rire dans toute l'assemblée. Que ça fait du bien de se divertir jusqu'à se déclencher des douleurs au ventre. Cela fait si longtemps, qu'ils n'avaient pas tous ri franchement, sans pouvoir s'arrêter. Ève, accompagnée de son tact légendaire, fait remarquer à Évan sa mine déplorable. Malgré son manque de diplomatie, il ne peut qu'acquiescer et reste bien conscient du fait qu'il ne paraît pas au meilleur de sa forme. Soudain, Évan remarque la nouvelle coupe de cheveux de sa belle-mère, il hésite une seconde avant de s'adresser à elle, puis se lance.

— Ne me dites pas que votre coiffeur vous a fait payer pour cette coupe ? Une journée de promotion, peut-être ? plaisante-t-il en buvant son verre de vin.

— J'ai eu 50 % de réduction, tout comme sur le cyanure que j'ai acheté aujourd'hui et déposé dans ton verre, *idiota* ! rétorque-t-elle, les mains sur les hanches.

Le regard d'Évan oscille entre son verre et sa belle-mère, pensant qu'elle pourrait bien en être capable, en petite dose, pour le rendre malade. Salomé remarque son hésitation.

— Oh, ça va, je plaisante... *O no* ! ajoute-t-elle, retournant vers la cuisine pour achever le repas.

Félix n'en peut plus de rire, la guerre entre son père et sa grand-mère ne cessera donc jamais. Le repas se déroule sous de bons auspices, le gang des mamies mène la conversation et prend des nouvelles des cours de Félix. Il avance doucement, manquant de concentration, ne souhaitant néanmoins se trouver nulle part ailleurs. Salomé raconte des anecdotes au sujet de sa fille, dans sa jeunesse, pour la garder un peu près d'elle, malgré son absence.

Lucifer arrive par la chatière et se dirige droit vers Évan, ce qui le surprend. Pensant que le chat souhaite faire la paix, il commence à le caresser. Ce dernier tourne autour de ses jambes, puis se met en position et… se soulage sur les chaussures du médecin, qui se tourne vers Paloma, médusé.

— Ne me regarde pas comme ça, je n'y suis absolument pour rien, Éric. Lucifer prend ses propres décisions ! lance-t-elle le plus naturellement du monde.

Salomé a failli s'étouffer avec son verre, en découvrant cette scène. Évan se rend dans la salle de bains pour nettoyer ses chaussures et tenter d'enlever cette odeur abjecte et tenace. Ce chat va terminer sur une broche !

Paloma leur parle de ses enfants et petits-enfants, venus lui rendre visite récemment. Sa famille réside seulement à une vingtaine de kilomètres, pourtant, elle n'a pas le loisir de les recevoir chez elle très souvent. Le tourbillon de la vie ainsi que leurs obligations limitent leurs visites, ce qu'elle regrette profondément. La femme se rend bien compte qu'elle se trouve plus vers la fin de sa vie que son début, et souhaiterait profiter plus régulièrement de moments de bonheur en famille. Évan l'écoute parler, enfin crier, et ressent soudain une profonde empathie envers cette femme, qui a le cœur sur la main. Son caractère bien trempé l'irrite souvent, pourtant, cachée au fond, certes bien au fond, se révèle une femme sensible, qui se sent seule. Heureusement, les trois mamies se sont trouvées et parent ensemble à cette solitude qui leur est imposée.

Salomé avait bien évidemment prévu un dessert, sachant pertinemment que son gendre aurait apporté une pâtisserie qu'elle n'appréciait guère. Pas folle, la guêpe ! La grand-mère dépose une tarte maison au citron sur la table, découpant des parts pour tous ses invités. Paloma rejoint tout le monde dans la salle à manger et remplit une assiette pour Lucifer, sous le regard amusé d'Évan. Les fraises ont trouvé preneur !

Après la dégustation de ce délicieux dessert, Évan se rend sur le balcon pour fumer une cigarette. Salomé arrive à son tour, lui apportant un café, munie d'une tasse de thé. Tous deux profitent de ce moment de calme, sans dire un mot. Évan brise ce silence pesant au bout de quelques minutes, la remerciant pour ses invitations à dîner.

— Ne te méprends pas, *el médico*, je le fais pour ma fille ! insiste-t-elle, le fixant du regard.

Évan ne sait que trop bien que derrière ce masque de froideur, se cache un cœur tendre, qui donnerait tout pour sa famille. Il lève les mains en signe de paix, et lui sourit. Rares sont les moments durant lesquels ils se sont retrouvés seuls pendant ces dernières années. Luna était toujours présente. Le manque commence à se faire sentir pour Salomé, autant que pour Évan, ce point commun les rapproche inconsciemment.

La discussion se concentre sur Luna, la solaire Luna… La jeune femme a toujours constitué le lien entre eux. Chacun faisait l'effort pour lui faire plaisir. Ils n'ont jamais tenté de construire une relation, peut-être serait-ce l'occasion ?

Évan hésite à lui parler du journal intime, mais préfère finalement taire cette information, il tient à sa vie ! Félix les rejoint sur le balcon, son père pose le bras sur son épaule. Salomé en profite pour leur demander de la suivre dans une pièce, qu'elle a transformée en atelier et galerie d'art, mettant en valeur de nombreuses toiles peintes par sa fille. Les deux hommes en restent pantois. Ses peintures sont magnifiques, ni l'un ni l'autre ne les avaient jamais vues.

Évan s'approche et caresse les toiles de ses doigts. Les couleurs sont tellement belles, ses toiles leur font ressentir tant d'émotions. Pendant les longues soirées durant lesquelles sa fille se retrouvait seule, elle venait ici pour peindre. Salomé aimait l'observer s'adonner à son art. Choisir et mélanger ses couleurs, lever son pinceau en réfléchissant à la façon dont elle allait habiller sa toile. Évan baisse les yeux, se sentant si triste. Tout un pan de la vie de sa femme lui reste totalement inconnu. Que lui a-t-elle caché d'autre ? Connaît-il vraiment sa femme ?

Le rythme de son cœur s'accélère, se rendant compte que tout ceci reste sa faute. S'il ne l'avait pas laissée seule si souvent, elle n'aurait pas ressenti le besoin de chercher de la compagnie ailleurs. Cet accident lui aura ouvert les yeux sur sa vie. Sa famille qu'il aime tant, il n'a fait que la négliger au profit de son travail. Il apprécie ce qu'il accomplit chaque jour, mais tout ceci lui paraît moins essentiel aujourd'hui. À quoi bon s'il lui manque le plus important ? Félix pose sa main sur l'épaule de son père et lui sourit pour le rassurer. Il ne doit pas se culpabiliser, se concentrer sur ce qui reste le plus précieux devient nécessaire : Luna. Rien ne sert de se faire plus de mal en se torturant l'esprit. Évan se montre si fier de son fils, il grandit tellement vite. Salomé s'en rend compte également, le temps file trop rapidement. Même si Évan n'est pas son vrai père, Salomé retrouve des traits de son gendre sur le visage de son petit-fils. La façon que le jeune homme a de remettre ses cheveux en place, de marcher, de parler, tout lui rappelle Évan. Souvent, les enfants adoptés prennent par mimétisme les habitudes de leurs parents et finissent par leur ressembler.

Les deux hommes prennent congé et remercient Salomé pour ce délicieux dîner. Le gang des mamies se retrouve autour de la table, ayant l'envie de prolonger cette soirée. Salomé souffre de plus en plus de sa solitude. Ses amies l'ont bien compris et se montrent encore plus présentes qu'habituellement, si tant est que cela soit possible, sachant qu'elles passaient déjà tout leur temps ensemble.

Après avoir installé trois chaises sur le balcon, les mamies observent ce qu'elles appellent *la dalle*. Une grande étendue de béton où les gamins du quartier passent leurs journées et surtout, leurs nuits. Ève n'est pas la dernière à sortir de ses gonds certains soirs pour leur expliquer sa façon de penser, à tous ces enfants qui ne devraient pas se trouver dehors à une heure aussi tardive. Salomé se souvient, lorsque Luna était encore une enfant, et qu'elle s'amusait toute la journée dehors, sans surveillance. Elle se rend compte qu'à l'époque, elle ne ressentait aucune inquiétude à laisser sa fille avec ses amis. A contrario, aujourd'hui, Salomé ne se verrait pas laisser son enfant sans la présence d'un adulte dans cet endroit.

Les mentalités évoluent, le temps et les époques filant, le contexte se modifie. Les trois acolytes terminent leur soirée en buvant un thé et jouant aux cartes.

Félix a rejoint ses amis en boîte de nuit, ayant vraiment besoin de se vider la tête ce soir. Évan a filé sous la douche depuis plus d'une demi-heure. Un filet d'eau coulant sur son visage, il pense aux doux moments passés avec sa femme au creux de cette cabine. Il ressent sa présence, son odeur, la douceur de sa peau… Tout cela lui manque terriblement. Revivra-t-il ses instants un jour ? Si elle se réveille, restera-t-elle la même ? Toutes ses interrogations le hantent, l'empêchant de fermer l'œil durant toutes ses nuits, agitées par de nombreux cauchemars, passées seul dans son lit, qui lui paraît immense sans la présence rassurante de Luna. Toutes ces soirées durant lesquelles sa femme l'attendait… Dorénavant, c'est à son tour de patienter, sans savoir si elle lui reviendra.

L'observer chaque jour immobile dans ce lit d'hôpital lui fait prendre conscience du fait que la vie ne tient qu'à un fil. Pourtant, par son métier, cette éventualité devrait se trouver ancrée dans son esprit… L'adage prônant que ça n'arrive qu'aux autres ne lui a jamais paru aussi fardé. Évan se sent tellement impuissant face à la souffrance de sa femme. Il donnerait sa vie, si cela pouvait la sortir de son coma. L'espoir, c'est tout ce qui lui reste, pour lui, mais surtout pour son fils. En tant que médecin, il sait combien les chances qu'elle se réveille sont minces, voire inexistantes, au fil du temps qui passe. Quant à envisager les séquelles… Évan s'allonge sur le lit, et comme un rituel bien rodé, ouvre le tiroir de sa femme pour en extraire son journal. Ces moments deviennent pour lui des occasions inespérées de conserver ce lien avec Luna. Il se retrouve tout à coup projeté à nouveau dans son passé. Ses poils se dressent et le rythme de son cœur s'accélère au rythme de sa lecture.

8.

« Deux sourires qui se rapprochent finissent par faire un baiser. »

Victor Hugo

Le 9 avril 2004

Bonjour mon cher journal,

J'aimerais te raconter une chose merveilleuse, tu ne vas pas me croire. Je viens de tomber amoureuse, en une seule soirée ! Après tout ce que j'ai vécu avec… tu sais qui… je ne pensais plus que mon cœur pourrait battre à nouveau pour un autre homme, et pourtant… Je sais que tu es impatient que je te révèle mon histoire.

Je me trouvais dans mon atelier, à peindre, comme tu peux t'en douter. Quelqu'un a sonné à la porte, je suis allée ouvrir et suis tombée nez à nez avec un coursier, muni d'un énorme paquet, accompagné d'une lettre. De prime abord, étonnée, j'ai tout de même accepté le colis et signé son registre.

Je me suis installée à une table afin de l'ouvrir. Je suis restée sans voix. Une magnifique robe de soirée, noire, en soie, m'attendait. Pressée de connaître l'expéditeur de ce joli cadeau, j'ai décacheté la lettre. Il n'y avait que quelques mots, non signés, mais mon cœur ne s'est pas trompé sur celui qui les avait écrits.

Luna, c'est tout réfléchi. Rendez-vous ce soir à 19 h au restaurant Café Opéra, pour une mise en bouche, puis une soirée à l'opéra nous émerveillera. J'ai hâte de te voir dans cette robe !

Comment refuser une telle invitation ? Il sait y faire, le bougre ! J'ai passé l'après-midi à penser à cette soirée, impossible de rester concentrée sur mes toiles. J'aurais voulu appeler ma mère, mais tu la connais, une vraie tornade, je préfère m'assurer que cette histoire a un avenir avant d'en discuter avec elle. Le temps passant trop lentement à mon goût, je me suis mise à peindre une nouvelle toile. Uniquement en fermant les yeux, je revois mentalement son beau visage, son regard à la fois troublant et profond, et mes mains commencent à agiter mon pinceau sans que je puisse les contrôler. Quelques heures plus tard, mon portrait a bien avancé, je le terminerai plus tard, il est temps pour moi d'aller prendre une douche et de me préparer.

Je prends le premier taxi que je trouve en sortant de chez moi et me rue à l'intérieur, en direction du restaurant. J'espère ne pas en avoir trop fait au niveau de mon maquillage, je souhaitais faire honneur à cette très jolie toilette.

Comme à notre précédent rendez-vous, Évan est déjà installé à table et me fait signe de le rejoindre. Le temps a été clément aujourd'hui, nous gratifiant de beaux rayons de soleil, qui nous ont permis de profiter de l'immense terrasse.

Nous commandons l'apéritif et commençons à discuter. Je m'assure qu'il a bien réfléchi à ma situation et qu'il est bien conscient d'où il met les pieds... Bon, je ne lui ai pas encore vraiment parlé du caractère de maman, chaque chose en son temps...

Il a déjà pas mal de choses à digérer ! Il me rassure du regard, et souhaite également être certain que le fait qu'il ne pourra jamais me donner d'enfant ne m'effraie pas. Après ces préambules, il me confie ce que nous allons contempler à l'opéra, un ballet très connu, rejoué cette année durant quelques semaines : Le Lac des cygnes. Je ne suis encore jamais allée à l'opéra, pourtant celui de Bordeaux est très réputé et semble magnifique. Évan paraît très féru et me raconte que cette version proposée par l'Opéra de Bordeaux se révèle être celle du chorégraphe Rudolph Noureev, créée à l'Opéra national de Paris en 1984. L'une des plus sombres et célèbres interprétations du ballet. L'histoire reste toujours sensiblement la même, mais Rudolph a opéré quelques modifications de taille : une fin tragique qui rejoue le rêve prémonitoire du prince, et la place centrale qu'il donne au personnage masculin, à égalité avec l'héroïne. Il accentue par ailleurs la dimension freudienne de l'histoire en soulignant la dualité de tous les personnages, ainsi que l'importance du rêve. J'en avais l'eau à la bouche.

Avant de nous diriger vers la soirée qui nous attendait, j'avais envie de continuer notre jeu pour trouver la fin du film Will Hunting, que nous n'avons jamais regardée. Cela a eu le mérite de le faire sourire. « Très bien », a-t-il rétorqué, « il a tout quitté pour élever des moutons à la campagne ». Pour moi, il est parti en trekking en Tanzanie.

Le repas était succulent, et ne parlons pas de la multitude de choix de desserts. Je me suis régalée. Ayant déjà réglé le dîner précédent, je souhaitais m'en acquitter à mon tour en sortant ma carte bleue. Il me l'a retirée des mains, m'expliquant que c'était son invitation et que peut-être, il dit bien peut-être, il acceptera une prochaine fois.

En reculant ma chaise pour me lever, il me chuchote à l'oreille qu'il me trouve sublime dans cette robe et qu'elle me sied à ravir. Tu ne vas pas me croire, je me suis sentie rougir, cela faisait longtemps que ça ne m'était pas arrivé.

En marchant vers l'opéra, à seulement quelques pas du restaurant, je me suis surprise à rêver de notre avenir. Je sais, je sais, toutes mes résolutions sont parties en fumée en seulement quelques minutes. Moi qui jurais de ne plus me laisser avoir par le charme d'un homme, que je ne pouvais plus offrir ma confiance à aucun, et bla-bla-bla… Je suis bien consciente de tout ce que j'ai dit… je ne sais pas… je n'ai jamais éprouvé de telles sensations en présence d'un homme. Il me fait un effet incroyable. Buvant toutes ses paroles, il pourrait évoquer la plus grosse idiotie que j'acquiescerais, le gratifiant d'un large sourire. Bref, tu as compris l'idée, un rien m'émoustille à son contact, mes poils se hérissent et mon cœur bat la chamade.

Nous nous sommes installés à nos places, très bien situées, soit dit en passant, cet homme ne laisse rien au hasard. Durant la soirée, mon attention oscille entre le magnifique ballet qui s'offre sous mes yeux et Évan, dont le regard semble envoûté par le spectacle. Pendant la pause entre les deux actes, Évan me raconte que ce Lac des cygnes vaut d'être vu et surtout entendu, car la véritable star de ce ballet, c'est la musique de Tchaïkovski. Lorsque le théâtre de Moscou lui en a commandé la mélodie, le compositeur aurait répondu à ses amis qui lui déconseillaient de s'atteler à ce sous-genre de composition : Il n'y pas de genre inférieur en musique, il n'y a que de petits musiciens. Il donne à son Lac des cygnes une dimension symphonique et compose des thèmes mélodiques pour les personnages principaux d'une mélancolie désespérée. Sa culture m'impressionne, j'aime l'écouter aborder des sujets qui le transportent. Son regard brille de mille feux. Selon lui, cette version se regarde comme un rêve éveillé et il fait bon de rêver, comme le prince Siegfried, pour voler quelques heures à notre réalité.

Je suis tellement d'accord avec lui, qu'il est bon de rêver ! Avec tous mes soucis, je l'avais presque oublié… La trahison d'Alessandro m'a fait tellement de mal, je ne m'autorisais plus aucun plaisir. Et soudain, entre dans ma vie cet homme venu de nulle part, qui s'est emparé de mon cœur en quelques instants.

Après la représentation, nous n'avions ni l'un ni l'autre envie de nous quitter, nous souhaitions prolonger cette soirée le plus longtemps possible. Nous avons marché dans un parc, sous le regard intense des étoiles qui ne brillaient rien que pour nous. Il a posé sa veste sur l'herbe et m'a proposé de m'y installer. Nous sommes restés sous ce beau ciel étoilé quelques heures à discuter, à continuer à nous découvrir. Je lui ai proposé de boire un dernier verre à mon appartement, il a accepté.

Je n'ai pas de mots pour te décrire la nuit que nous avons passée ensemble, enfin si, je vais te la raconter !

Plus la distance entre lui et moi diminuait, plus mon cœur s'accélérait. Nous restions l'un en face de l'autre, je sentais son souffle caresser ma peau, son parfum m'envahir et éveiller le moindre de mes sens. Ses premiers mouvements ont été faits dans la plus grande des délicatesses pour ne pas me faire mal, ni me blesser. Nos baisers parfois doux, parfois plus langoureux, m'ont rendu folles. Ses caresses m'ont troublée et j'ai été envahie par une palette d'émotions. J'avais le sentiment que nous ne faisions plus qu'un, que dans ce monde, il n'y avait plus que lui et moi. Le temps m'a donné l'impression qu'il s'était arrêté, afin de nous laisser profiter de cet instant magique. Ses gémissements agissaient comme une douce mélodie qui berçait mes oreilles. Une fusion comme je n'en avais jamais connu.

Voilà, tu sais tout… Prochaine étape : en discuter avec le dragon… enfin ma mère… J'en profiterai pour lui en parler durant notre prochaine soirée filles mercredi soir. C'est à mon tour d'apporter le film et les pop-corn. Que j'aime cette soirée hebdomadaire, on discute de tout et de rien, et on passe un moment de qualité ensemble, rien que nous deux. Sans Ève et Paloma, le reste du gang des mamies. Ne te méprends pas, je les adore, mais elles sont sans cesse scotchées ensemble. Impossible d'avoir une discussion seule avec ma mère, alors ces soirées représentent mes seules occasions.

Lorsqu'il a quitté mon appartement, je n'avais pas fait attention au fait qu'il avait laissé un petit mot doux sur ma table de chevet. Je l'ai seulement aperçu en sortant de la douche.

« Merci pour ce moment magique, je vous aime déjà ! Et je ne te vouvoie pas… »

Mon cœur a raté un battement lorsque j'ai compris qu'il parlait de moi et du petit être qui grandissait dans mon ventre. Je ne suis pas au bout de mes surprises avec cet homme et j'avoue que ça ne me déplaît guère !

Lorsque je me suis réveillée le lendemain matin, son odeur planait encore dans ma chambre. Quel bonheur intense ! Je me suis rendue à mon atelier, je n'avais pas beaucoup avancé la veille sur les toiles que je dois rendre à la galerie à la fin du mois. Il va falloir que j'accélère le mouvement, si je veux terminer à temps pour l'exposition.

Mes pensées se sont toutes évadées en direction d'Évan et de notre nuit, impossible de me concentrer sur mon travail. Allez, au boulot maintenant !

Et je te laisse sur cette citation d'Oscar Wilde :

Le seul moyen de se délivrer d'une tentation, c'est d'y céder. Résistez et votre âme se rend malade à force de languir ce qu'elle s'interdit.

Évan, relisant certains passages du journal de Luna, ressent des frissons à leur lecture. Jamais sa femme ne s'était confiée sur ce qu'elle avait ressenti lors de leur première nuit d'amour. Le découvrir par ses mots le grise et lui fait ressentir une multitude d'émotions, qu'il n'a pas éprouvées depuis si longtemps. Le couple n'a jamais discuté à cœur ouvert de leurs sentiments l'un pour l'autre.

En refermant le journal, Évan se promet de déclarer à nouveau sa flamme à sa chère et tendre. Le médecin tente de se remémorer cette fameuse soirée, certains détails lui reviennent, même des sensations. À cause de son travail, il s'est beaucoup éloigné de sa femme. Comment changer cette situation ? Se sentant incapable d'abandonner ses patients, il va pourtant falloir trouver un meilleur équilibre entre sa vie professionnelle et personnelle. Pourquoi faut-il toujours qu'il arrive le pire pour que l'on se remette en question ?

Félix rentre d'une soirée avec des amis, Évan entend la porte d'entrée s'ouvrir. Puisqu'il ne dort pas, il descend rejoindre son fils au rez-de-chaussée. Ce dernier se sert un verre de jus de fruits dans la cuisine.

— Tu as passé une bonne soirée avec tes amis ? s'enquiert Évan, remplissant un verre d'eau pour l'accompagner.

— Une soirée sympa, qui m'a permis de me changer les idées, répond-il, trinquant avec son père.

Évan réfléchit. Pourquoi ne profiterait-il pas de cette occasion, d'avoir son fils rien que pour lui, pour passer du temps ensemble ? Il lui propose de partir un jour ou deux pour pêcher, comme lorsque Félix était enfant. Après une courte hésitation, ayant l'impression d'abandonner sa mère, Félix accepte. Cela ne peut leur faire que le plus grand bien à tous les deux.

Chacun monte dans sa chambre. Évan pense à Luna, étant certain qu'elle ne lui en voudrait pas de la laisser pour partir avec leur fils. Il préviendra Salomé demain à l'hôpital. Et s'endort sur cette pensée.

9.

« Tu ne peux pas voyager sur un chemin
sans être toi-même le chemin. »

Bouddha

Le lendemain matin, après une grasse matinée, Évan prend son petit déjeuner avec son fils. Les deux hommes ont hâte de partir pêcher le jour suivant. Le médecin a déjà tout organisé, ils se rendront, comme quelques années auparavant, aux étangs de Floirac à seulement une demi-heure de chez eux. Un lâcher de truites est prévu dès 8 h 30, cent-soixante kilos pour être précis : 60 kilos de grosses et 100 de plus petites. Après sa visite à sa femme, Évan se rendra dans le garage pour récupérer tout le matériel nécessaire à leur virée, dont une tente pour s'installer pour la nuit. De nombreuses guinguettes ouvrent sur place, dans lesquelles ils pourront profiter de savoureuses spécialités de poisson.

Salomé, au chevet de sa fille depuis le début de la matinée, commence à perdre espoir. Les semaines s'écoulent sans aucun changement, ni amélioration de son état. Elle l'observe et se sent si impuissante face à sa souffrance. Tellement frustrée, elle ne sait comment aider Luna. Hormis se montrer présente à ses côtés, mais ce n'est pas suffisant. Qu'elle aimerait prendre la place de sa fille… Salomé la revoit encore, coiffée de couettes, jouer dans la cour de leur immeuble. Son caractère et son corps de femme se forgeant au fil des années, Salomé s'était toujours promise de veiller sur elle… Elle a manqué à cette promesse et maintenant sa fille risque de quitter ce monde avant elle, quelle injustice ! Elle la trouve si belle, si apaisée, semblant plongée dans un profond sommeil. Salomé n'est pas certaine qu'elle l'entende mais elle s'adresse à elle comme si sa fille pouvait la comprendre. Tenant sa main de toutes ses forces, elle tente de la faire réagir en lui touchant les bras, caressant la joue, racontant leurs souvenirs, sans succès.

Une infirmière entre dans la chambre, et vérifie les constantes de Luna, sans piper mot. Elle commence à bien connaître Salomé depuis tout ce temps. Malgré l'habitude du défilé des familles arborant ce regard vide, l'infirmière ne peut s'empêcher de ressentir une profonde empathie pour Salomé. Elle aimerait lui donner de bonnes nouvelles, pourtant l'état de sa fille ne le justifie pas. Aucune réaction depuis de longues semaines, les médecins commencent à envisager le pire. Il va bientôt falloir le considérer également pour la famille.

La matinée, comme chaque jour, passe à une vitesse folle. Évan et Félix ne vont pas tarder à prendre le relais. Ses journées se suivent et se ressemblent, sa fille lui manque terriblement. Leurs soirées à regarder des films romantiques, leurs sorties shopping ou coiffeur. Luna représente tout son univers, tout ce qui lui reste, et son pouls s'accélère en imaginant sa vie sans sa présence. Salomé chasse cette idée noire d'un revers de la main. Sa fille est forte, elle ne se laissera pas partir sans lutter, sa mère en reste persuadée. Les deux hommes arrivent dans la chambre et embrassent Salomé. Félix propose d'aller leur chercher du café. Pendant ce temps, Évan en profite pour lui parler de leur idée de partir à la pêche.

— Je pense que cela ferait du bien à Félix de changer d'air ! ajoute-t-il, se culpabilisant tout de même de laisser sa femme.

— Ne t'inquiète pas, je serai présente pour Luna, comme je l'ai toujours été pour elle, lance sa belle-mère, le fixant de son regard noir.

Évan se doutait bien que cet instant viendrait, celui où une explication devrait avoir lieu entre eux. Cela leur pendait au nez depuis l'accident. C'est le moment de parler à cœur ouvert.

— Que voulez-vous insinuer par-là, Salomé ? l'interroge Évan, d'un ton plus sec.

Salomé saisit la perche tendue par son gendre, cela la démangeait depuis un long moment. Elle se lance dans un long monologue qui sort du plus profond de son cœur.

— Tu sais très bien ce que je sous-entends, *el médico* ! Tu l'as abandonnée et si elle est clouée dans ce lit, c'est uniquement par ta faute ! Ces dernières années, elle s'est sentie si seule. Ah oui, au début, quand il s'agissait de la charmer, tu as su y faire, mais avec le temps, tu l'as complètement ignorée et délaissée. Comme un joli meuble posé dans ta jolie maison, qui t'attendait chaque soir, chaque nuit sans jamais se plaindre. Tu l'as oubliée, te concentrant uniquement sur ton travail, si noble ! C'est tellement plus simple de prendre soin de tes patients, plutôt que de ta femme.

Les larmes lui montent aux yeux et son rythme cardiaque s'accélère, elle ne décolère pas et continue à lui cracher son venin au visage. Elle en a besoin, l'envie de trouver un responsable à toute cette situation.

— Tu ne la mérites pas ! Je te le dis comme je le pense, tu ne lui arrives pas à la cheville. Elle a tout donné pour toi, et elle t'aurait même donné sa vie. Et toi, tu passais ton temps à l'hôpital. Je ne compte plus les soirées où elle est arrivée en pleurs chez moi, parce que tu lui avais posé un lapin au restaurant, ou que tu n'étais pas rentré de la nuit sans la prévenir. Mais dans quel monde tu vis, bon Dieu ? C'est quoi ce monde dans lequel le travail reste plus important que ta propre famille ? Pose-toi les bonnes questions, parce que si ma fille se réveille, et elle se réveillera, si c'est pour vivre la même vie, alors laisse-la !

Évan ne s'attendait pas à un tel déchaînement de colère, et tente de digérer toutes ses paroles afin de ne pas laisser s'échapper des mots qu'il pourrait ensuite regretter.

— Parce que vous croyez que je ne suis pas conscient du fait que ma femme est dans ce lit par ma faute ! Vous pensez que je ne me culpabilise pas assez pour ça ! Si vous saviez comme je l'aime, elle est tout ce que j'ai avec Félix. Je ne dors plus depuis des semaines, je ne pense qu'à Luna et je regrette sincèrement de ne pas avoir pris soin d'elle comme elle le mérite. Vous ne comprenez pas que c'est difficile de concilier mon travail avec ma vie de ma famille.

— Bien sûr, c'est facile à dire maintenant que tu risques de la perdre, il fallait t'en rendre compte avant. Ton travail, c'est tout ce qui importe à tes yeux ! Tu l'as rendue si malheureuse. J'ai vu sa lumière s'éteindre année après année. Je vais être honnête avec toi, je ne compte plus les fois où je lui ai conseillé de te quitter. Et puis, qu'est-ce qui nous prouve que tu ne l'as pas trompée ? C'est si facile d'être absent toute une nuit !

— Vous allez trop loin, Salomé, crie-t-il, désemparé.

Même si l'homme s'aperçoit qu'il mérite tout ça, ses paroles lui font mal, très mal. Comme un couteau aiguisé qui se planterait au plus profond de son cœur. Il n'imaginait pas qu'elle lui en voulait à ce point, mais tente de comprendre sa douleur. Elle aussi a été abandonnée par son mari, et s'identifie à sa fille. Il n'est pas le seul à souffrir de cette situation.

— Laissez-moi vous prouver, LUI prouver que je l'aime plus que tout au monde. Jamais je ne lui ai souhaité le moindre mal, je prends conscience d'énormément de choses depuis son accident.

— J'espère juste qu'il n'est pas trop tard, à cause de toi, ma fille s'est éteinte et je t'en veux, si tu savais comme je t'en veux ! lance-t-elle, pointant son index contre sa poitrine.

Salomé semble se calmer, révéler tout ce qu'elle avait sur le cœur lui a procuré un bien fou. Cependant, elle sait bien qu'elle vient de faire beaucoup de mal à son gendre. Il devait entendre ce qu'elle avait à lui dire ! Épuisée par cette conversation, elle se tourne vers la fenêtre et continue de s'adresser à lui sans même un regard.

— Écoute, Évan, on n'a jamais été très proches tous les deux, faisons un effort pour Luna. Nous l'aimons, je ne veux que son bonheur.

Soudain, Luna se met à bouger. Le médecin s'approche, affolé, et observe sa femme faire une grimace. Il se rue à l'accueil pour demander que Martin soit bipé. Quelques minutes plus tard, ce dernier le suit dans la chambre, accompagné par une infirmière. Salomé et son gendre se tiennent la main, Félix arrive à ce moment, et laisse tomber les cafés.

Après un rapide examen de ses constantes, Martin baisse les yeux et se tourne vers son ami. Ce n'est qu'un faux espoir. Il arrive que dans certains cas de coma, le patient soit pris de contractions musculaires, totalement involontaires de sa part, et c'est bien ce qui s'est passé.

Tout le monde paraît déçu et s'attendait à une amélioration de l'état de Luna. Pourtant, Salomé prend cela comme un signe. Elle reste persuadée que sa fille les entend et a réagi à leur dispute et leurs cris.

Évan ressent le besoin de prendre l'air, cette discussion, puis ce faux espoir ont eu raison de son moral. Il s'assoit sur le banc et retrouve Raphaël déjà installé. Quel soulagement de le croiser à cet endroit chaque jour, comme une bouffée d'oxygène pur qu'il avale, comme une dose dont il a grand besoin. L'envie de se confier à son nouvel ami reste forte, Évan se laisse aller sur son épaule réconfortante. Le médecin se sent si fragile, si inutile. Toutes les vérités reçues au visage par sa belle-mère n'ont fait que confirmer ses doutes. Il se révèle être un mari déplorable !

— Je sais que ça fait mal de l'entendre, mais sois honnête, de ce que je comprends, elle n'a pas vraiment tort ? insiste Raphaël, posant délicatement la main sur son épaule, pour lui montrer son soutien.

Étonné par sa question, il relève la tête. Réfléchissant à son comportement avec sa femme ces dernières années... Bien sûr que Salomé a raison...

— Comment tout changer dans ma vie ? Mon travail fait partie intégrante de mon univers...

— Ta femme aussi, je me trompe ? balance Raphaël, fier de son petit effet, personne n'est parfait, tout le monde fait des erreurs. Le principal, c'est de s'en rendre compte à temps et de modifier le cours des choses. Concentrer son énergie sur les événements positifs du quotidien, et laisser glisser le reste sans lui donner autant d'importance.

Des larmes coulent à flots sur les joues d'Évan, qui n'essaie même pas de les retenir. Il a comme l'impression de se vider, et en ressent le besoin. Tout ceci paraît si simple et naturel dans la bouche de Raphaël. À son contact, Évan ne saurait expliquer exactement ce qu'il éprouve, il se montre à chaque fois revigoré et rempli d'espoir.

Son ami lui propose un morceau de son sandwich, Évan a l'estomac noué. Incapable d'ingurgiter la moindre nourriture. Ce soir, il dîne en tête à tête avec son fils, et compte bien se démener pour lui préparer son plat préféré, celui que Luna confectionne à merveille : une *tortilla*. La cuisine n'étant pas son point fort, Évan va devoir surfer sur Internet et se laisser guider par les recettes. Il se rendra au supermarché pour acheter les ingrédients, dont il a dressé la liste la veille.

Il remercie Raphaël pour son excellente compagnie et retourne au chevet de Luna. Salomé est rentrée, Félix s'est installé dans le fauteuil près du lit de sa mère. Une larme coule sur son visage. Évan s'approche de lui et pose la main sur son épaule, tentant de le rassurer. Il espère que ces deux jours passés ensemble leur permettront de se confier l'un à l'autre et de se soutenir dans cette terrible épreuve à laquelle ils sont confrontés.

Espérant trouver les mots pour le consoler et lui redonner espoir, il lui raconte les nombreuses histoires de personnes s'étant réveillées au bout de plusieurs semaines, voire plusieurs mois, de leur coma.

— Si elle se réveille, est-ce qu'elle aura des séquelles ? l'interroge Félix, connaissant pertinemment la réponse à cette question.

— Personne ne peut l'affirmer en l'état actuel des choses, mon fils, tout peut arriver. Ta mère peut sortir indemne de ce coma, comme elle peut également se retrouver avec des séquelles. On ne le saura que lorsqu'elle se réveillera. Et connaissant ta mère et son fichu caractère, s'il y a quelqu'un de l'autre côté, il la renverra ici illico ! plaisante-t-il, secouant son fils.

Cette dernière phrase aura eu le mérite d'arracher un sourire sincère à Félix. Le jeune homme a bien senti la tension entre sa grand-mère et son père en entrant dans la chambre, il souhaite cependant les laisser régler ce problème entre eux. Parfois, il vaut mieux que les paroles se libèrent, pour un nouveau départ sur des bases plus saines.

Les deux hommes passent l'après-midi en compagnie de Luna, puis Félix rejoint des amis et retrouvera son père à la maison pour le dîner. Cela fait un moment qu'Évan n'a pas discuté avec ses collègues, il s'est beaucoup isolé ces dernières semaines. Le manque se fait sentir, il se dirige vers la salle de repos et les y retrouve. Chacun semble ravi de le revoir et de pouvoir enfin discuter avec lui. Personne n'osait le déranger pendant ses visites à sa femme. Tous tentent de le rassurer, en étant pourtant persuadés que la situation ne va pas aller en s'améliorant. L'important reste de se montrer présents pour leur ami et collègue, quoi qu'il advienne.

10.

« Un père ce n'est pas celui qui donne la vie, ce serait trop facile, un père, c'est celui qui donne l'amour. »

Denis Lord

Le lendemain matin, après avoir récupéré tout le matériel nécessaire dans le garage, Évan prépare son sac à dos. Félix patiente déjà dans l'entrée, prêt à partir et à en découdre avec les poissons. Le médecin semble ravi que son fils se montre si heureux de se retrouver seul avec lui durant ces deux prochains jours.

La veille, en rentrant chez lui, Évan hésitait à appeler Salomé pour discuter de leur échange houleux dans la chambre. Finalement, il a préféré laisser le temps faire son office et aborder ce sujet à leur retour. Ses émotions demeurent encore trop exacerbées à la suite de ce conflit. Le besoin de digérer avant de se lancer dans une nouvelle discussion avec sa belle-mère se fait ressentir.

La voiture chargée, les deux hommes se mettent en route vers les étangs de Floirac. Une petite demi-heure devrait leur suffire pour atteindre leur destination. Évan se laisse bercer par la musique émanant du poste de radio, et se dandine au rythme de la chanson d'Ariana Grande. Félix l'observe en souriant. Sa bonne humeur s'avère contagieuse, son fils se laisse entraîner de bon cœur. Les voilà tous deux, tentant de chanter les paroles et gesticulant dans tous les sens. Cette légèreté improvisée leur procure un bien fou.

Arrivés à leur destination, Évan avance vers le propriétaire des lieux pendant que Félix sort le matériel du coffre. Muni d'un plan qui les conduira vers leur emplacement, il retrouve son fils. Ils pourront planter leur tente au même endroit où ils se rendaient lorsque Félix était enfant.

Évan reconnaît le lieu à la première seconde, ce petit coin de paradis dans lequel il a passé tant de bons moments, accompagné de son fils. Avant de s'installer pour pêcher, le médecin propose de lui faire faire le tour du propriétaire, qui sait, peut-être croiseront-ils des personnes connues ? Félix suit son père et tente de se remémorer ces lieux, sans succès. Un vague souvenir se hisse dans son esprit, rien de plus précis. Nul visage connu sur leur route, ils retournent à leur emplacement pour préparer le matériel. Tout en assemblant les différents éléments des deux lignes de pêche, Évan se complaît à tout expliquer à nouveau à son fils, qui selon lui, a bien sûr oublié depuis toutes ces années. Bien que se rappelant tous ces détails, Félix le laisse étaler sa science. Il aime observer ses yeux pétiller, lorsqu'il débat d'un sujet qui le passionne.

Félix l'écoute lui énoncer l'utilité de chaque élément. Le corps de ligne, généralement en nylon ou en fil tressé, représente la base du montage d'une ligne puisqu'il fait le lien entre le bas et la canne à pêche. Le flotteur, occupant plusieurs fonctions, avertit le pêcheur lorsqu'il a une touche, soutenant la ligne lestée de façon qu'elle dérive naturellement. La plombée a pour but d'équilibrer le flotteur dans l'eau. Le bas de ligne se compose d'un fil en nylon très fin pour ne pas attirer l'attention du poisson qui pourrait fuir. Enfin, l'hameçon, avec sa pointe affûtée, recouvert d'un appât, permet de ferrer le poisson.

Après son long monologue, Évan fixe son fils en souriant, se rendant bien compte qu'il l'a peut-être légèrement ennuyé en décrivant tous ces détails. D'autant que Félix fait mine de s'être endormi. Évan lui lance le sachet d'appâts au visage. Les deux hommes se courent après autour de la tente, chacun essayant de faire tomber l'autre à l'aide de ses bras. Ils finissent tous deux à terre, allongés sur le dos, le sourire aux lèvres, essoufflés. Ils contemplent le ciel sans piper mot, le temps que leur respiration ralentisse.

Leur esprit s'échappe vers l'hôpital et vogue vers Luna. Va-t-elle se réveiller un jour ? Dans quel état ? Le médecin se montre lucide ; plus longtemps son coma perdure, plus les séquelles seront importantes. Évan chasse ses idées noires de son esprit, se lève et aide son fils à se relever.

Les deux hommes s'installent, munis de leur ligne, attendant que les truites présentes dans l'étang mordent à leur hameçon.

Salomé se trouve au chevet de sa fille, comme tous les matins depuis presque deux mois. Cet après-midi, les amis de Luna viendront lui rendre visite. La grand-mère tricote encore et encore, et tente de s'occuper afin de ne pas trop réfléchir. Ayant bien conscience d'avoir causé beaucoup de mal à son gendre en lui jetant toutes ses paroles au visage, elle s'en veut tout de même. Soudain, Salomé reçoit un message sur WhatsApp.

Paloma
Scusa de t'ennuyer avec ça, la mère d'Amir sort de chez moi, elle te cherchait, apparemment, il est en garde à vue.

Salomé
C'est bien le moment de se remettre à faire ses conneries !

Ève
Tu veux qu'on s'en occupe ?

Salomé
Non, je me rends au commissariat, ce ne sera pas la première fois. Paloma, confirme à sa mère que je m'en charge.

La femme range ses affaires et se rend au plus vite au poste de police, maudissant Amir sur trois générations. Il ne perd rien pour attendre !

Accoudée au comptoir du commissariat, Salomé décline son identité et demande à rendre visite à Amir. Évidemment, étant en garde à vue, cela lui est refusé. Sentant la colère monter, elle se dirige vers l'accueil, espérant tomber sur l'un des officiers qu'elle connaît afin d'en savoir plus. Salomé découvre Éric, à qui elle a déjà eu affaire concernant Amir, prenant un café devant la machine. Elle se rue dans sa direction. La voyant se diriger vers lui, l'agent s'approche et tente de la calmer, connaissant bien son caractère. Le policier lui explique la situation. Ses hommes ont effectué une descente dans leur cité, à la suite des informations reçues par une personne anonyme sur un trafic de drogue. Lorsque les équipes sont arrivées sur place, ils ont en effet découvert de la drogue et ont arrêté toutes les personnes présentes, dont Amir.

Ce n'est pas possible, Amir ne peut pas avoir participé à ce trafic, s'évertue-t-elle à lui expliquer. Salomé insiste sur le fait qu'il a vu son frère tomber, partir en prison à cause de ça, et qu'il s'est juré de ne pas reproduire ce même schéma. Elle ne peut y croire ! Le policier tente de la rassurer, c'est juste une garde à vue, sans preuve, ils ne peuvent rien contre lui. Il reconnaît pourtant que se trouver à cet endroit, à ce moment précis, lui portera peut-être préjudice et que cela risque d'être versé à son casier judiciaire. Amir sera en garde à vue jusqu'au lendemain 9 h 30, heure à laquelle les jeunes ont été appréhendés dans la cité. Il devrait donc sortir le lendemain à la même heure, si ces déclarations ne permettent pas de l'incriminer pendant son interrogatoire.

Salomé se rend bien compte qu'elle ne peut plus rien faire, et reviendra demain pour le chercher. Le policier l'observe s'éloigner, restant prudent, s'étant déjà pris un coup de chausson. Salomé se retourne et s'adresse à lui en lui souriant.

— Ne t'inquiète pas, tu ne l'as pas mérité aujourd'hui !

Salomé retrouve ses amies dans son appartement et s'affale sur le canapé du salon, épuisée par cette matinée. Elle leur raconte son périple au commissariat en dégustant un bon café, préparé par Ève. Lucifer, semblant ressentir la tristesse de Salomé, saute sur ses genoux et se blottit contre elle, en ronronnant. Ce bruit, cette chaleur procurent un bien fou à Salomé, qui semble enfin se détendre. La grand-mère n'avait pas encore raconté sa discussion avec son gendre de la veille à ses amies, elle profite de ce moment de calme pour se confier.

Ève et Paloma comprennent tout à fait sa réaction, Évan a mérité d'entendre tous ces mots. Même si Salomé acquiesce, elle se rend bien compte qu'elle est allée un peu loin, et se culpabilise énormément.

— Souviens-toi qu'il est venu avec des fleurs et qu'il t'a rapporté des fraises, ce goujat ! plaisante Paloma, la gratifiant d'un coup de coude.

Salomé se rattrapera en l'invitant à nouveau à dîner à leur retour, afin de discuter et de calmer le jeu entre eux… pour Luna.

Évan et Félix paraissent bien installés, d'ailleurs, le premier poisson ne se fait pas attendre, une petite truite se laisse prendre sur la bordure. Félix ouvre le score, sous l'œil bienveillant de son père. Rapidement suivi par ce dernier qui en attrape une également. Leur sac se remplit à vitesse grand V. Évan a bien remarqué que son fils tentait de se confier à lui, mais sentait son hésitation. Le père essaie de le mettre à l'aise, afin de lancer la discussion.

— Comment ça se passe en Australie, ton école te plaît toujours ? s'aventure-t-il, espérant obtenir ses confidences.

Félix souffle et se perd dans ses pensées. Il se tourne vers son père, lui avouant qu'il se sent coupable en ce moment. Le père tente de comprendre pourquoi et semble saisir la raison de son hésitation.

— Tu as rencontré quelqu'un, c'est bien de cela dont il s'agit ? ajoute-t-il, connaissant pertinemment la réponse à cette question.

Félix paraît surpris de la question de son père, comment a-t-il pu deviner ? Le jeune homme se sent coupable de vivre sa passion avec sa petite amie et d'être heureux, alors que sa mère reste clouée dans ce lit et ne va peut-être pas s'en sortir. Son père le rassure immédiatement, Luna serait si fière et heureuse pour lui.

— Comment s'appelle-t-elle ? Raconte-moi ! lance Évan, lui adressant un clin d'œil.

Félix et Jade partagent de nombreux cours, et se sont retrouvés à maintes reprises à travailler en binôme sur certains projets et devoirs, ce qui a fini par les rapprocher. Cela fait six mois qu'ils se fréquentent, et le jeune homme semble très amoureux. Évan, plus que ravi de cette excellente nouvelle, prend son fils par l'épaule et le serre contre lui. Rien ne pouvait lui faire plus plaisir. La vie trouve toujours son chemin, et doit continuer.

Les épreuves modifient le regard que l'on pose sur soi, sur sa vie ainsi que sur les autres. Après les avoir traversées, il n'est pas toujours facile de retrouver confiance et légèreté. C'est pourtant la condition pour revenir au centre de sa vie, plus conscient et plus attentif à ce qui en fait sa valeur. On ne peut pas s'arrêter de vivre, ou appuyer sur le bouton « pause ». Au contraire, ces petits bonheurs leur permettent de tenir le coup et de traverser cette dure épreuve. Chacun passe par des périodes de vie sombres, qui peuvent altérer la confiance que l'on a dans la vie.

Certains décident alors de repartir à zéro, d'autres se sentent écrasés par la fatalité et se résignent à vivre « jamais plus comme avant ». Les épreuves mettent souvent au jour des ressources et des capacités insoupçonnées.

Félix sort son portefeuille et montre un cliché de Jade et lui. Cela rappelle à Évan ses premières années avec Luna, celles où il devient difficile de se quitter et où le manque de l'autre semble si présent.

Après avoir jeté un œil à leur butin, les deux hommes décident de faire une pause et de préparer un barbecue pour déguster toutes ces truites. Évan regarde le ciel et pense à sa femme, comme elle serait fière de son fils.

11.

« Vis comme si tu devais mourir demain,
apprends comme si tu devais vivre toujours. »

Gandhi

Le lendemain matin, avant de se rendre à l'hôpital, Salomé se dirige vers le commissariat pour récupérer Amir, ayant prévenu sa mère, qui de toute façon n'aurait même pas pris la peine de se déplacer. La grand-mère lui aurait bien exprimé ses quatre vérités au téléphone, mais ce serait peine perdue !

Salomé se présente à l'accueil, comme la veille, et demande si Amir peut sortir. Le policier souhaite savoir si elle est de la famille du prévenu, elle indique être sa grand-mère. L'homme se dirige vers les bureaux et revient en compagnie d'Éric. Ce dernier précise à Salomé qu'Amir va pouvoir être libéré, la paperasse d'usage est en cours de finalisation. Salomé s'installe dans la salle d'attente, préparant son chausson.

Amir arrive quinze minutes plus tard, visiblement étonné de découvrir Salomé. Il se cache derrière Éric, qui a vite saisi la situation et se maintient devant lui. Cela n'empêche en rien Salomé de lui jeter sa pantoufle au visage, passant derrière les deux hommes.

— ¿ Qué te pasó, pequeño mocoso ? *Qu'est-ce qui t'a pris, petit morveux ?* s'énerve-t-elle en se mordant les lèvres, et ne cessant de le frapper avec son chausson.

Le jeune homme continue à se protéger à l'aide de ses mains. Salomé s'arrête enfin, visiblement rassérénée. Elle défroisse sa jupe et d'un signe de tête lui intime l'ordre de la suivre. Le regard suppliant d'Amir se tourne vers Éric qui, levant ses mains, lui explique qu'il devra se débrouiller avec *sa grand-mère*. Même s'il ne reste pas persuadé que les coups de chausson soient l'idée du siècle, ils ont le mérite de calmer les ardeurs.

Amir suit Salomé sans mot dire jusqu'à la cité. Il se dirige vers chez lui, mais elle l'attrape par le bras, lui faisant comprendre qu'elle n'en a pas terminé avec lui. Ils pénètrent dans l'entrée et prennent l'ascenseur en direction de l'appartement de la grand-mère. Conscient du fait qu'il va se prendre une soufflante, Amir se sent de plus en plus mal à l'aise, d'autant qu'il découvre Ève et Paloma dans le salon, le regard fixé sur lui.

Salomé lui installe une chaise, il s'assoit face au gang des mamies. Il n'en mène pas large. Le jeune homme préférait de loin sa garde à vue !

— Il faut que je te supplie ou tu nous racontes ? s'écrie Salomé en secouant la main.

Amir prend une grande inspiration, rien ne sert de leur mentir, elles s'en rendront rapidement compte. Le jeune homme a reçu un coup de téléphone de ses amis Axel et Salim, lui proposant une occasion en or de se faire de l'argent facilement. Les envoyant d'abord balader comme à son habitude, il s'est finalement laissé convaincre. Cet argent lui permettrait d'aider ses parents, en grande difficulté financière. Amir les a rejoints, et devait juste livrer un paquet et revenir avec un autre, vite fait, bien fait. Amir se doutait bien de ce qu'il y avait dans ce colis, mais a cru que ce ne serait l'affaire que de quelques heures et qu'il s'en sortirait facilement. Il n'avait pas prévu la descente de policiers. À son retour, il a confié le paquet à ses amis en plein échange de marchandises avec des *clients*. C'est pile à ce moment que la cavalerie est arrivée.

Le jeune homme baisse les yeux, honteux de ce qu'il vient de leur confier. Salomé se frotte les yeux, et souffle, hésitant de la conduite à tenir. Encore une fois, il n'a pas réfléchi, mais à nouveau, il souhaitait aider sa famille. Amir se prend tout de même un autre coup de chausson. La grand-mère se lève et, contrairement à toute attente, l'aide à se relever et le prend dans ses bras. Puis, le fixant de son regard aimant, elle s'adresse à lui d'une voix suave.

— Ce n'est pas à toi de t'occuper de ta famille, c'est le rôle de tes parents. Tu dois vivre ta vie en pensant à ton avenir. Je comprends que cet argent facile peut se révéler attirant. Penses-tu que cela aurait aidé tes parents si tu t'étais retrouvé en prison ? Tu es jeune, et ne mesures pas encore vraiment les conséquences de tes actes, tu as l'impression que tu es fort et que rien ne t'arrivera. Tu te trompes, chaque acte a des conséquences, et il faut les assumer. Éric te laisse une dernière chance de te rattraper, si tu ne la saisis pas, il ne pourra plus rien faire pour plaider ta cause !

Amir perçoit la tristesse et la compassion de Salomé, il semble tellement reconnaissant de la façon dont elle s'occupe de lui, alors qu'il n'est pas même un proche. Ève et Paloma se lèvent à leur tour et entourent Amir de leurs bras également. Comme une famille, certes un peu spéciale, pourtant, c'est ce que ressent Amir envers ces trois femmes. Sachant pertinemment qu'elles seront toujours présentes pour lui, contrairement à ses parents, qui ne le gratifient d'aucune attention. Conscient du fait qu'il vient de commettre une énorme bêtise, il se jure qu'on ne l'y reprendra plus. Néanmoins, la mauvaise conscience de ne pouvoir aider ses parents dans cette situation difficile, le rend triste et impuissant. Comme si Salomé lisait dans ses pensées, elle lui propose de l'aider à trouver un travail après les cours et le week-end pour se faire un peu d'argent, ce qui a le mérite de soulager le jeune homme, qui la serre très fort dans ses bras. Salomé recule, essuyant les larmes qui perlent sur son visage.

— Bon, terminée, la séquence émotion. Maintenant, au boulot, mon garçon ! Je vais te donner quelques numéros de téléphone, tu les appelleras de ma part, est-ce bien clair ? insiste-t-elle, les sourcils froncés.

— À vos ordres, chef ! répond-il en souriant.

Après qu'Amir est rentré chez lui, Ève et Paloma accompagnent Salomé à l'hôpital.

La nuit passée dans la tente a rappelé énormément de souvenirs à Évan, qui lui ont procuré un bien fou. Il observe son fils, encore endormi, et pense à leur soirée. Entre discussions, rires et larmes. Chacun a pu se confier à l'autre sans tabou, cela faisait une éternité que le père et le fils ne s'étaient pas parlé ainsi à cœur ouvert. Malheureusement, les épreuves de la vie deviennent des occasions pour relativiser et retrouver le bonheur des choses simples.

Après s'être confié à son père concernant sa relation avec Jade, Félix se sentait soulagé et moins coupable de profiter de son bonheur en ce moment. Chacun a pu partager ses peurs et ses peines. Évan repère un endroit où prendre leur petit déjeuner et réveille son fils. Après ce délicieux repas, les deux hommes rejoignent l'étang, munis de leur canne à pêche, pour une dernière matinée. Après le déjeuner, ils rentreront et se rendront directement à l'hôpital. Ces quelques moments passés loin de Luna, bien que leur ayant procuré beaucoup de bien, leur ont rappelé à quel point elle leur manque et tous deux ont hâte de se retrouver auprès d'elle.

La glacière garnie de truites, ils remplissent le coffre pour leur départ. Après un dernier regard vers l'étang, Évan démarre. Entre appréhension et espoir, il plonge dans ses pensées. Martin, son ami médecin, lui a téléphoné hier soir, pour un autre rendez-vous le lendemain matin en compagnie de Salomé et de son fils. Une décision doit être prise. Le médecin ne s'imagine pas laisser partir sa femme… A-t-il d'autres options ? Il a promis à Félix…

La demi-heure de voiture se déroule dans le silence le plus complet. Chaque pensée vogue vers Luna. Salomé, étant arrivée en retard ce matin à cause d'Amir, se trouve encore dans la chambre lorsque les deux hommes pénètrent dans la pièce. La grand-mère propose d'aller leur chercher un café, Évan l'accompagne, c'est le bon moment pour discuter. Il la suit jusqu'à la machine, prend une gorgée de son café et s'adresse à sa belle-mère, lorsqu'elle l'interrompt d'un signe de la main.

— Avant toute chose, je souhaiterais m'excuser, murmure-t-elle à brûle-pourpoint. J'ai bien conscience de m'être montrée très injuste et dure envers toi, tu ne le méritais pas, admet-elle, les yeux baissés.

Ses quelques paroles ont le mérite de soulager Évan, qui se sent apaisé. Il ne s'attendait pas du tout à des excuses de sa part, et se montre touché par cette attention.

— Je suis désolé, Salomé, je peux tout à fait comprendre les raisons de cette colère envers moi, reconnaît-il, la fixant du regard. Je n'ai pas été à la hauteur de Luna, je m'en rends bien compte. Je vais tout faire pour me rattraper, si le destin me laisse cette chance !

— Tout ce que je souhaite, c'est que ma fille soit heureuse dans sa vie, et si elle l'est avec toi, je l'accepte, lâche-t-elle, commençant à repartir vers la chambre.

Évan la suit. La grand-mère se retourne vers lui, puis ajoute.

— Même si j'aurais préféré Bradley Cooper, mais bon, on ne peut pas tout avoir, plaisante-t-elle, le gratifiant d'un coup de coude amical.

Le sourire qui se forme sur le visage de Salomé n'a pas de prix pour Évan, cela lui redonne une énergie dont il ne se soupçonnait plus être capable. Tous deux se retrouvent dans la pièce, en compagnie de Félix, qui tient la main de sa mère.

Salomé les laisse et retourne chez elle retrouver ses deux amies, pour quelques courses, ayant invité Évan et Félix à dîner ce soir.

Évan sort prendre l'air et s'installe sur son banc habituel. Une dizaine de minutes plus tard, Raphaël le rejoint, ce qui le ravit. Il lui raconte ces derniers jours, en tête à tête avec son fils, sa discussion avec Salomé, mais également le rendez-vous prévu demain avec Martin, qui l'inquiète au plus haut point.

Son ami cherche à le rassurer à nouveau, sans grand succès. Deux mois et demi de coma lourd, sans aucun signe d'amélioration. Rien ne prouve que Luna pourra un jour se réveiller et surtout, qu'elle n'aura pas de séquelles... Évan se demande si cela ne serait pas le moment de la laisser partir, de cesser de s'acharner à la garder près d'eux. Elle qui n'aurait jamais accepté de rester dans cet état, il le lui impose égoïstement, afin de ne pas la laisser s'échapper.

— Écoute ton cœur et nul autre examen médical ou discours de médecin. Lui seul sait quel chemin prendre, personne d'autre, lui explique Raphaël, le regard attiré vers le ciel.

Évan se rend compte que son ami trouve toujours les mots pour le rassurer et le guider dans ses choix, sans pour autant les lui imposer. Écouter son cœur lui paraît être un bon conseil à suivre, mais où cela le mènera-t-il ? Contraindre toute la famille à espérer un événement qui n'arrivera peut-être jamais ? Les obliger à contempler chaque jour Luna, clouée dans ce lit ? Un espoir qui s'échappe de jour en jour, semaine après semaine… Implorant le ciel, il se demande quelle est la meilleure solution, pour sa famille, pour lui. Ce fardeau énorme devient beaucoup trop lourd pour ses frêles épaules. Cette responsabilité le ronge.

Évan apprécie que son ami soit toujours présent pour lui et le rassure, alors que lui ne fait rien pour lui. Il prend des nouvelles de sa femme. Aucun changement. Après quelques minutes, il rejoint son fils dans la chambre et y passe le reste de la journée. À leur retour à la maison, Évan ressent le besoin de se poser dans son lit avant d'aller dîner chez sa belle-mère. Il souhaite se connecter à Luna, le manque d'elle le rend dingue. Prenant le journal dans le tiroir de la table de chevet de sa femme, il en commence la lecture et se retrouve projeté le jour de sa rencontre avec Salomé. Quelle soirée !

12.

« Une vraie rencontre, une rencontre décisive, c'est quelque chose qui ressemble au destin. »

Tahar Ben Jelloun

Le 24 avril 2004

Bonjour mon cher journal,

J'espère que tu vas bien, moi… disons que ça pourrait aller mieux et que je ne sais pas trop à quoi m'en tenir. J'ai peur que cette soirée avec ma mère ait plus que découragé Évan, je pense qu'il ne voudra plus jamais me revoir de peur de subir son courroux. Je t'explique !

Après notre superbe sortie à l'opéra, comme à mon habitude, je suis allée chez ma mère pour notre soirée hebdomadaire. On a regardé pour la énième fois Bridget Jones *en dégustant une pizza maison. J'ai eu du mal à détourner la conversation sur Évan, j'y suis parvenue lorsque nous dégustions notre dessert. Je lui ai raconté notre rencontre fortuite au Starbucks, puis comment il a déclenché un rendez-vous, enfin notre soirée à l'opéra. Si tu avais pu voir sa tête et l'expression de son visage, j'ai cru qu'elle allait me sauter à la gorge et me manger toute crue !*

Comme elle ne peut s'en empêcher, elle m'a rappelé combien j'avais été déçue par Alessandro, et bla-bla-bla… Je n'avais aucune envie de l'écouter, je voulais juste la prévenir et lui demander si l'on pouvait venir dîner chez elle la semaine prochaine afin de le lui présenter.

Je sais ce que tu vas me dire, elle ne souhaite que mon bonheur et me protéger, mais ce n'est pas la bonne manière. Elle doit également me laisser vivre et faire face à mes échecs. Je ne vais tout de même pas finir ma vie seule pour lui faire plaisir ! Bref, je ne lui ai pas laissé le choix, je continuerai à voir Évan qu'elle le veuille ou non. Elle a fini par capituler et accepter ce dîner. J'appréhendais tout de même sa réaction, et je ne m'étais pas trompée.

Durant cette semaine avec Évan, nous nous sommes revus à trois reprises, je me sens revivre, et perçois mon cœur battre à nouveau pour quelqu'un, que c'est bon ! Tout de lui me manque lorsque nous sommes séparés : son odeur, sa douceur, la façon qu'il a de replacer ses cheveux, sa fossette au bord de sa joue gauche, son regard plongé dans le mien, ses mains se baladant sur mon corps. Je n'en reviens pas d'éprouver tant d'émotions à son simple contact.

Tu vas me dire que je me crois dans un film, mais je t'assure que tout ceci n'est pas un rêve, je ressens vraiment toutes ces sensations en sa présence. D'ailleurs, cette situation me fait peur également, et s'il ne nourrissait pas les mêmes sentiments en retour ? Si je me trompais ? S'il allait me rendre malheureuse ? Bref, ce n'est pas de ça que je souhaitais parler, mais de notre soirée. Évan est passé me chercher chez moi et nous nous sommes rendus ensemble chez ma mère. Il avait acheté un très beau bouquet de fleurs, MINCE ! j'avais oublié de le prévenir que ma mère les déteste ! Qu'à cela ne tienne, avec sa bonne humeur, son large sourire et sa spontanéité, il l'a offert à la première femme que nous avons croisée sur notre route en marchant. Cela a eu le mérite de déclencher un franc sourire à cette jeune femme ! Qu'il est galant…

Arrivés devant la porte, je suis plus stressée que lui, semblant totalement détendu, il ne sait pas ce qui l'attend derrière cette porte. Salomé nous ouvre et se décale pour nous laisser pénétrer dans l'entrée. Elle me fait la bise et serre la main d'Évan, qui avait commencé à s'approcher pour l'embrasser. Salomé 1 – Évan 0. Je lui ai tout de même fait les gros yeux, elle a fait mine de ne pas comprendre. Elle nous a installés dans le salon pour prendre l'apéritif, suivi d'un interrogatoire en règle, Évan que faites-vous dans la vie par-ci, Évan comment voyez-vous votre avenir avec ma fille par là, j'en avais honte. Je ne sais pas comment il a réussi à conserver son flegme, il répondait à toutes ses questions en la fixant du regard, je crois que ça l'a surprise.

Le temps que ma mère prépare le plat dans la cuisine, je me suis excusée je ne sais combien de fois auprès d'Évan pour son attitude incorrecte, il m'a rassurée, en posant la main sur ma cuisse : elle ne me fait pas peur.

Tout à coup, un chausson arrive droit sur Évan, qui n'a pas eu le temps de reculer et le prend en plein sur le ventre. Son regard en disait long sur sa surprise, puis ma mère s'est esclaffée : vous pourriez venir m'aider à porter tous ces plats dans la salle à manger !

Je lui ai répondu qu'elle pouvait demander gentiment sans lancer de pantoufle. Évan, restant courtois, a ramassé sa savate, la lui a rapportée, et a proposé son aide pour dresser la table. Comment fait-il pour conserver son calme ? Je lui aurais jeté son chausson au visage ! Pourquoi se comporte-t-elle de la sorte ? Elle veut vraiment le faire fuir et que je reste seule ? Ne souhaite-t-elle pas mon bonheur ? Je ne lui pardonnerai jamais son attitude, elle va m'entendre !

Le reste du dîner se passe de façon civilisée. Salomé reste froide et distante. Évan tente de meubler la conversation, sans succès, puisque ma mère répond laconiquement de quelques mots sans relancer le dialogue. J'ai vraiment eu honte de son comportement, si tu savais. Et attends, je ne t'ai pas tout dit ! Au dessert, Ève et Paloma étaient invitées et se sont jointes à nous. Il ne manquait plus qu'elles… Non mais, sérieusement ! C'était la goutte d'eau… Elles n'ont pas cessé de critiquer sa façon de s'habiller, de lui trouver des défauts. Voyant que la patience d'Évan commençait à atteindre ses limites, j'ai écourté le dîner et après le dessert, nous avons pris congé rapidement.

Je me suis confondue en excuses durant tout le trajet retour jusqu'à mon appartement. Il m'a arrêtée et m'a fixée de son regard azur profond pour me dire : rien ne se mettra entre nous, même pas ta mère avec ses coups de chausson et ses remarques, tu m'entends, rien ! Je ne sais pas si son discours était sincère ou juste pour me rassurer, je suis perdue. Comment a-t-elle pu me faire subir ça ? Une mère ne souhaite-t-elle pas que sa fille rencontre l'amour et soit heureuse ?

Je n'en ai pas dormi de la nuit et le lendemain matin, je n'ai même pas osé lui envoyer un message. Je pensais l'avoir perdu. Je me suis rendue à la galerie en mode automatique, mon patron Étienne l'a bien remarqué et m'a proposé d'aller boire un verre pour me détendre, je ne me suis pas fait prier. Je lui ai tout raconté, il m'a rassurée. Si Évan tient à moi, cela ne changera rien à ses sentiments. J'ai attendu toute la journée d'avoir des nouvelles de lui, j'ai enfin eu un message en fin d'après-midi :

Hello, dis-moi, ta mère a sorti le grand jeu hier, c'est juste pour moi ou fait-elle cela avec tous tes prétendants LOL ?

Le fait qu'il le prenne avec humour me réconforte immédiatement. Je lui réponds qu'elle s'est rarement montrée aussi agressive, qu'il doit être une personne spéciale. Il me répond qu'il a envie de lui rendre la pareille et de l'inviter à dîner chez lui. Je lui demande s'il a envie de mourir ! Cela le fait rire. Mais je suis sérieuse ! Il insiste et me propose un jour de la semaine prochaine, je cède à sa demande et j'appelle ma mère, aussi surprise que moi, pourtant elle accepte, certainement par défi. Je ne me suis tout de même pas privée de lui expliquer à quel point j'ai eu honte de son attitude envers Évan et que cela ne changerait rien à notre relation.

Comme convenu, nous nous sommes retrouvés chez lui quelques jours plus tard. Le petit malin m'avait posé beaucoup de questions sur ce qu'elle aimait ou non. La guerre semble déclarée et il compte bien lui rendre la monnaie de sa pièce.

Évan nous a accueillies avec un large sourire et nous a fait entrer. Son appartement est magnifique, si tu le voyais ! Un grand duplex avec une sublime terrasse qui s'étend tout autour de l'appartement. Le temps nous a permis de prendre l'apéritif à l'extérieur.

Première crise de fou rire de ma part, Évan a disposé un énooormme bouquet de fleurs sur la table de la terrasse : Évan 1 – Salomé 0. Si tu avais pu observer le regard de ma mère, je n'en pouvais plus. Elle nous a tout de même octroyé un petit sourire en coin !

Évan a mis les petits plats dans les grands et nous a concocté un délicieux dîner, accompagné d'un dessert que je n'ai pas vu venir, mais comme on dit, c'était The cherry on the cake, la cerise sur le gâteau, enfin plutôt la fraise pour ce magnifique fraisier ! Je n'ai pas pu m'empêcher de rire, j'ai tenté de mettre ma main devant la bouche pour l'atténuer. Il a fait fort sur ce coup-là. Ma mère, pour te dire, l'a même applaudi et contre toute attente a lancé : je l'ai bien mérité ! On a tous ri aux éclats, ce qui a eu le mérite de détendre immédiatement l'atmosphère.

Le reste du repas s'est mieux déroulé, on a pu avoir une vraie discussion, non remplie de reproches ou de questions. J'ai même senti ma mère plus détendue et appréciant la compagnie d'Évan.

Lorsque nous nous sommes levés pour quitter l'appartement après cette soirée inattendue, ma mère, tout de même fidèle à elle-même, lui a lancé son chausson au visage. Oui, elle se balade tout le temps en savates, même à l'extérieur, je n'arrête pas de lui acheter des chaussures, mais elle n'en démord pas ! Bref, elle a ajouté : je ne déroge pas à ma réputation, même si j'ai passé une bonne soirée, en le gratifiant d'un clin d'œil. Je n'en revenais pas ! Ce serait-elle radoucie ? Ou a-t-elle bien conscience du fait qu'un valeureux adversaire se trouve face à elle ? Peu importe, je me suis sentie si heureuse. Je critique beaucoup ma mère, tout de même, son assentiment me tient à cœur, bien que, j'aurais pu faire sans.

Voilà, tu sais tout. Ces quelques moments passés en compagnie d'Évan me confirment qu'il est l'homme qu'il me faut. Je me sens en sécurité et aimée dans ses bras et c'est tout ce qui compte. Je ne sais pas ce que l'avenir nous réserve, je reste juste persuadée que je l'entrevois en sa présence. Il représente l'homme que j'attendais, que j'espérais sans trop y croire. Pour la première fois depuis longtemps, je me sens en pleine confiance et j'ai envie de m'abandonner dans ses bras.

Chaque seconde, minute, heure, passées loin de lui m'est insupportable. Dès que nous nous quittons, je pense déjà au prochain moment que nous allons passer ensemble. Je l'aime si fort...

Bon, je te laisse avec ce proverbe persan :

Celui dont le cœur est ressuscité par l'amour ne mourra jamais.

De chaudes larmes perlent sur le visage d'Évan, sa tristesse déborde. Il relit sans cesse les mots de Luna : *Je me sens en sécurité et aimée dans ses bras et c'est tout ce qui compte.* Il se sent si honteux et coupable. Condamnable de ne pas l'avoir aimée comme elle le mérite, et de ne pas non plus se montrer capable de la protéger. D'avoir tout donné à son travail, et n'avoir laissé que les miettes à sa femme. Il se souvient de cette sensation de bonheur et d'excitation au début de leur relation, tout ceci lui revient grâce à son journal intime. Comment a-t-il pu oublier et laisser de côté l'une des personnes les plus importantes de sa vie et faire passer son travail en priorité ?

Peut-être que Salomé avait raison, il ne la mérite pas... S'immiscer dans ses pensées lui permet, d'une certaine manière, de la sentir vivante auprès de lui. S'accrocher à elle reste sa seule option pour tenir le coup et survivre à son absence. Tout d'elle lui manque. Après plus de deux mois de coma, Évan se sent si frustré, tellement impuissant face à cette situation. Que peut-il faire ? Abandonner et la laisser partir ? Continuer à se battre en la gardant le plus longtemps possible ? Que souhaiterait Luna ? Elle prend les décisions concernant tous les sujets, Évan se laisse guider. Et aujourd'hui, il détient le pouvoir de vie ou de mort sur elle, quelle injustice ! Le médecin a bien conscience du fait que le rendez-vous de demain avec Martin sera décisif. Faut-il continuer à s'acharner ? Il l'a promis à son fils…

Ce dernier arrive justement dans leur chambre et s'installe près de son père dans leur lit. Le jeune homme se blottit dans ses bras, cherchant à se sentir rassuré. Cela fait bien longtemps qu'il n'avait pas passé autant de moments en sa compagnie, il aura fallu ce malheur pour que cela se concrétisât. Bien loin de lui l'idée de le juger, mais il reste clairvoyant, il consacre depuis des années toute sa vie à l'hôpital. Les moments à trois se faisaient rares, même durant son enfance, la plupart de son temps, il le passait en compagnie de sa mère. Cette épreuve douloureuse devient pour lui l'occasion de se rapprocher de son père et tenter de créer un nouveau lien. Ses études attendront, effectuant ce qu'il peut pour ne pas être perdu et dépassé par les cours, toutefois ce n'est pas certain que cela suffise. Il devrait se montrer inquiet, pourtant, cela glisse sur lui, sa priorité reste sa famille et surtout soutenir son père et se montrer présent pour sa mère, au cas où… au cas où, elle se réveille… Doit-il encore y croire ?

Son père regarde sa montre, il est grand temps de retrouver Salomé chez elle pour le dîner. Cette fois, pas de coup tordu, il se sent trop fatigué et sans force, et ressent juste un immense besoin de réconfort.

13.

« Les souvenirs oubliés ne sont pas perdus. »

Sigmund Freud

Évan et Félix sonnent à la porte de Salomé. Comme à son habitude, Paloma leur ouvre, préparant un nouveau prénom à infliger à Évan. Choquée par son visage amaigri, rempli de cernes, les yeux encore humides, elle ne pipe mot et s'écarte pour les laisser pénétrer dans l'entrée.

Salomé prépare l'apéritif dans la cuisine, son amie la rejoint, partageant ce qu'elle a ressenti en découvrant son beau-fils. Déjà que la grand-mère s'en voulait de lui avoir parlé de cette manière durant leur dernière discussion, sa culpabilité vient de prendre une tout autre dimension ! Soufflant pour ravaler sa propre tristesse et angoisse, elle rejoint tout le monde dans le salon, tout sourire. Son objectif de la soirée : changer les idées de son gendre. En sera-t-elle capable ? Elle qui ne pense qu'au rendez-vous de demain avec le médecin. Salomé se doit de le soutenir, comme il le fait lorsqu'elle vacille. Ils doivent former une équipe soudée pour Luna.

Le gang des mamies anime la soirée, racontant les péripéties de Salomé en compagnie d'Amir au commissariat. Évan connaît bien l'implication de sa belle-mère auprès des jeunes du quartier, et l'admire pour cela. Après le dîner, il prend l'air sur le balcon, suivi de sa belle-mère. Félix reste en compagnie de Paloma et Ève, leurs histoires lui évitent de penser à la situation de sa mère et lui procurent énormément de bien.

Salomé s'installe près d'Évan et entame la discussion. S'excusant à nouveau pour son comportement, elle ne pensait pas tout ce qu'elle lui a envoyé à la figure. Sa colère et son angoisse ont pris la parole à sa place. Ainsi que son besoin de désigner un responsable. Le médecin semble touché par ses mots, se tournant vers elle, lui adressant le premier sourire de la soirée, ce qui la rassure.

Soudain, un flot de larmes coule sur son visage, incapable de l'arrêter, Évan laisse parler sa peine. Salomé s'approche de lui, le cœur brisé, et le serre dans ses bras aussi fort que possible. Partageant sa tristesse, elle ne peut que s'évertuer à le réconforter, tentant de se convaincre elle-même.

Évan ne souhaitait pas faire part de ses doutes et craintes quant au rendez-vous de demain, ni sur ce qu'il éprouve, mais le besoin se fait sentir de se confier.

— Je n'en peux plus… Fixer le corps de Luna inerte chaque jour devient de plus en plus difficile, et la culpabilité me ronge ! lâche-t-il d'un trait, plongeant son visage dans ses mains.

Peut-être est-elle déjà partie et ils ne font que s'acharner à la garder auprès d'eux ? Elle se retrouve seule dans ce corps, et l'espoir commence à quitter l'esprit d'Évan. Pour le médecin, sa femme ne vit plus, ne porte plus ses yeux sur le monde, sur eux. Est-elle encore présente ? Leur vie reste suspendue à la sienne, il a envie de hurler sa colère et son impuissance !

Salomé écarte ses mains de son visage et les serre très fort, tout en s'adressant à lui, les larmes aux yeux.

— Je me trouve dans le même état que toi, mais je garde l'espoir, sinon je m'effondrerais. Luna a encore plus besoin de nous, et de notre soutien, on ne peut pas l'abandonner ! crie-t-elle, totalement désemparée.

Luna a besoin de sentir qu'ils pensent qu'elle va se réveiller. S'ils renoncent à tout espoir, sa fille le sentira et n'aura plus envie de se battre pour vivre ! Les mots de Salomé font mouche, Évan se calme et inspire une grande bouffée d'air.

Félix les rejoint sur le balcon, accompagné du reste du gang des mamies, munies de tasses de thé et de café. Celles-ci sont les bienvenues. Ève propose un jeu de cartes pour détendre l'atmosphère pesante. Chacun acquiesce et s'installe sur les petites chaises autour de la table.

La soirée se termine sous de bons auspices, chacun rentre chez soi, avec une seule idée à l'esprit : que va-t-il se passer demain dans le bureau du médecin ?

***

Le lendemain matin, Salomé, Évan et Félix patientent dans le bureau de Martin. La tension semble à son comble, personne n'ose prononcer un mot, chacun s'évadant dans ses pensées. Le médecin arrive enfin, au terme d'une attente interminable qui leur a paru des heures.

Martin se racle la gorge et commence son monologue, le regard sérieux fixé sur Évan. Les résultats ne sont pas très encourageants, aucune amélioration de l'état de Luna ces dernières semaines. Bien que son pronostic vital soit toujours engagé par les lésions qui ont conduit à son coma, elles ne s'aggravent pas grâce aux traitements mis en place. Cependant, aucune évolution n'est à noter ni dans un sens ni dans l'autre. Un diagnostic qui les amène à penser que son état stagnant ne tend pas vers une amélioration et qu'il serait maintenant temps d'envisager de ne plus s'acharner.

Ces derniers mots tombent comme un couperet pour toute la famille, qui s'y attendait, mais qui ne veut pas y croire. Félix fond en larmes, le jeune homme n'imagine pas laisser partir sa mère. C'est inenvisageable. D'un regard implorant, il se tourne vers son père, désemparé. Évan s'adresse à son ami, ils doivent réfléchir et ne peuvent prendre une décision hâtive aussi grave ici et maintenant. Martin comprend évidemment et leur laisse le temps dont ils ont besoin, rappelant pourtant à son collègue et ami, qu'il faut également penser au don d'organe tant que cela s'avère encore possible.

Tous trois sortent du bureau, le cœur brisé. L'espoir de retrouver Luna s'enfuit peu à peu. Salomé vacille, Évan la prend par le bras pour l'aider à marcher et l'installe dans le fauteuil de la chambre de Luna. Félix prend la main de sa mère dans la sienne et la serre de toutes ses forces, ayant tellement peur de la perdre. Tous ses souvenirs d'enfance tournoient dans son esprit. Lorsque sa mère lui préparait des cookies pour le goûter, quand elle lui a appris à faire du vélo et qu'elle soignait ses blessures. Les nombreuses fois durant lesquelles elle l'a aidé à réviser pendant ses examens. Sa mère s'est toujours montrée présente dans les moments importants de sa vie. La peur que cela n'arrive plus lui coupe le souffle. Elle ne rencontrera peut-être jamais sa petite amie Jade, ne connaîtra pas ses enfants. Cette idée noire le torture. Son père sentant bien que son fils va s'effondrer, s'approche, s'accroupit face à lui et colle son front au sien. Salomé paraît émue de les contempler, semblant si proches.

— Mon fils, je ne suis pas prêt à laisser partir ta mère, elle est tout ce que nous avons. Peu importe ce que pensent les médecins, je souhaite tout tenter ! insiste-t-il, fixant son regard sur celui de son fils.

— J'ai tellement peur… murmure Félix, fondant en larmes.

Félix s'effondre dans les bras de son père, Salomé les rejoint et les serre très fort. Se montrer unis pour Luna devient leur priorité, lui donner le courage de continuer à vivre. Chacun se rapproche d'elle et lui parle, tentant de la stimuler par des caresses.

Évan, proposant d'aller chercher des cafés, se rend dans le parc pour essayer de trouver Raphaël, qui s'y trouve déjà, le regard vers le ciel. Évan, qui s'est montré fort devant son fils et sa belle-mère, ressent maintenant le besoin de se confier sincèrement et de craquer. Des larmes coulent sur son visage, alors qu'il s'assoit près de son ami. Le médecin lui raconte son entretien et ses inquiétudes. Sa promesse à son fils de tout tenter tournoie dans son esprit, mais sera-t-il capable de la tenir ? En a-t-il vraiment l'envie ? Sa vie sans Luna, sans cette femme solaire et lumineuse, ne vaudra plus la peine d'être vécue. Dire qu'il l'avait auprès de lui toutes ces années et qu'il l'a tant négligée. Aujourd'hui, il ressent le besoin d'elle, de lui parler, de la sentir près de lui, de l'enlacer et de prendre soin d'elle. Cet avenir va lui être retiré.

Raphaël semble peser ses mots avant de s'adresser à son ami.

— Crois-tu en Dieu ? lance-t-il laconiquement.

Évan est étonné de sa question, pourtant il se sent assez à l'aise en sa compagnie pour lui répondre et se montrer honnête.

— Je ne crois pas qu'il y ait quoi que ce soit après la mort et encore moins un Dieu. Comment pourrait-il laisser faire tout ça ? ajoute-t-il.

— Ma foi m'aide à surmonter ma peine. Nul besoin de croire ou non, l'important reste de se faire du bien et de tenter de se rassurer, ajoute Raphaël posant délicatement sa main sur la sienne.

Raphaël aime sentir cette puissance supérieure et semble y trouver du réconfort. Il conseille à Évan de faire de même, se parler à soi-même peut faire sortir tout ce qui se trouve en lui et faire du bien. Le médecin a honte de lui, et pense qu'il paie pour son égoïsme. Son ami tente de le convaincre que rien n'est sa faute, c'est un accident, personne ne pouvait rien y faire et certainement pas lui. Sa culpabilité le ronge, et cette douleur ne cesse de croître. Raphaël, cherchant à détendre l'atmosphère, s'adresse à lui en souriant, fier de son petit effet :

— La culpabilité, c'est comme le « H » d'Hawaï, ça ne sert à rien !

Évan, écarquillant les yeux, visiblement surpris, se voit pris d'un fou rire. Que les discussions avec cet homme lui font du bien. Sans sa présence, il se sentirait bien seul, incapable de se confier à son fils ou à Salomé de cette manière, tenant coûte que coûte à se montrer fort pour eux et ne pas exprimer son désarroi.

Après s'être enquis de nouvelles de la femme de Raphaël, Évan le quitte. Avant de rejoindre Salomé et Félix dans la chambre, il se dirige vers la chapelle de l'hôpital. Pour la première fois depuis toutes ces années, il y pénètre, allume un cierge et s'installe sur une chaise. Ne sachant pas vraiment quelle attitude adopter dans ce lieu de culte, il ferme les yeux et pense très fort à Luna. Aujourd'hui, à cette minute, il aime à croire qu'il existe quelqu'un qui entend sa prière. Lorsque des événements tragiques se produisent, beaucoup de personnes se tournent vers l'inexplicable pour trouver du réconfort. Évan ne se serait jamais cru capable de se rendre dans cet endroit et de s'adresser à un Dieu auquel il ne croit pas. Pourtant, si son ami a su trouver du réconfort dans ce moment difficile, pourquoi pas lui ? Il commence à prier, à sa façon, comme il pense devoir le faire, ne s'étant jamais livré à cet exercice. Il regrette le peu de temps qu'il a consacré à sa femme et à son fils ces dernières années, obnubilé par son travail de cardiologue. Il promet que si Luna survit, il lui consacrera le plus clair de son temps. Il souhaite de tout son cœur bénéficier d'une seconde chance de prouver à sa femme à quel point elle est importante à ses yeux.

Cet événement tragique lui fait prendre conscience de ce qui reste indispensable. Le médecin reste pourtant souvent confronté à la mort… Cette fois, elle le touche de plein fouet, en plein cœur.

Soudain, Évan entend la porte de la chapelle s'ouvrir et entrevoit Salomé qui le rejoint. Tenant la croix qui se trouve sur sa chaîne dans la main, elle s'assoit près de lui. La grand-mère prie encore plus souvent qu'à son habitude depuis la tragédie qui l'a frappée. Évan pose sa main sur celle de Salomé, tous deux demeurent immobiles, dans un silence complet. Chacun se recueille à sa façon et selon ses croyances.

Où que soit Luna, ils espèrent qu'elle entend leurs prières et se bat pour revenir auprès d'eux. Ils lui laisseront le temps de reprendre des forces et de revenir, il est hors de question de la débrancher. Le courage leur manque, pourtant le peu d'espoir qui leur reste leur suffit à tenter le tout pour le tout.

D'un seul regard, ils se comprennent, rien n'entamera leur motivation à tout faire pour ramener Luna parmi eux, restant persuadés que cette dernière fait tout ce dont elle reste capable de son côté.

14.

« L'amour extrême regarde l'horizon
et au-delà même de l'horizon,
il regarde à l'infini. »

Vladimir Jankélévitch

Après son retour chez elle, Salomé n'ayant aucune envie de se retrouver seule ce soir, appelle ses deux compères, qui déboulent dans la minute. Paloma, comme à son habitude, n'arrive jamais les mains vides et apporte des pâtisseries faites maison. Ne jamais discuter le ventre vide ! Ève semble hésitante et donne l'impression de vouloir s'exprimer sans oser le faire, le comble pour cette femme. Cette dernière lâche enfin le fond de sa pensée à son amie, pour son bien.

— Ne penses-tu pas qu'il serait préférable de laisser partir Luna ? Personne ne peut savoir si elle se réveillera et encore moins avec quelles séquelles, murmure-t-elle, ne pouvant s'empêcher de conserver cette pensée plus longtemps.

Salomé la fixe d'un regard froid et fronce les sourcils. Il est hors de question d'abandonner sa fille et elle ne comprend pas qu'Ève ose ne serait-ce que l'évoquer !

Personne n'a à lui expliquer comment elle doit se comporter face à cette situation, elles ne peuvent pas comprendre ce qu'elle vit en ce moment.

— Je peux savoir ce qui te prend d'oser l'envisager, si moi-même je continue à vouloir me battre pour ma fille ? s'énerve-t-elle, le visage renfrogné.

— Je me devais de te le dire, je ne suis pas près de toi que pour les bons moments, on doit tout s'avouer, même les choses qui fâchent ! insiste-t-elle, posant la main sur la sienne.

Salomé retire sa main immédiatement, visiblement très remontée contre son amie et n'acceptant pas son discours. Pour qui se prend-elle ? La grand-mère qui souhaitait trouver du réconfort auprès de ses meilleures amies, s'est trompée, et leur demande de quitter son appartement. Ève n'insiste pas, Salomé n'est pas encore prête à entendre ses propos. Paloma tente de désamorcer la situation, sans succès. Avant de quitter Ève, Paloma la sermonne tout de même, qu'est-ce qu'il lui a pris de lui parler de la sorte ? Il fallait que ça sorte, les amies sont censées tout s'avouer et ne rien se cacher. Malgré sa tristesse, c'est une option qu'elle ne peut ignorer.

Salomé n'en revient pas, comment son amie peut-elle lui demander de faire une croix sur sa propre fille ? Personne ne comprend que cela lui est impossible ! Même infime, l'espoir continue à se montrer présent dans son esprit.

Évan réfléchit, allongé sur son lit, pendant que son fils visionne ses cours dans sa chambre. Sa discussion avec Martin le ronge, pourtant il semble rasséréné par les mots de Raphaël. Encore deux ou trois semaines maximum et il devra vraiment se poser la question de son avenir professionnel. En effet, les dons de journées de congé arrivent bientôt à épuisement, il sera de retour au travail et ne pourra plus consacrer autant de temps à sa femme. Le patron de la galerie de Luna s'inquiète également, que vont devenir ses œuvres ? Doit-il annuler les expositions prévues dans les mois à venir ? Toutes ces interrogations le hantent, n'ayant aucune réponse à apporter. Chacun a mis sa vie entre parenthèses pour Luna, espérant que tout ceci ne reste pas vain.

Comme un rituel bien rodé, il s'empare du journal de sa femme, le serre contre son cœur et l'ouvre pour en poursuivre sa lecture. Évan passe certains passages et s'arrête sur celui qui lui donne l'envie de le découvrir.

Le 22 août 2004

Bonjour mon cher journal,

Cela fait quelques jours que je ne t'ai pas écrit, pas d'inquiétude, c'est pour la bonne cause. Il y a deux jours, mon petit Félix est venu au monde, non sans mal ! Enfin, je dis « mon » mais je devrais dire « notre ». Depuis des mois, nous filons le parfait amour avec Évan, qui a pris très au sérieux son rôle de futur père. Si tu savais comme il est attentionné envers moi, il a même participé à tous les achats pour le bébé, de ses vêtements aux meubles de sa chambre. J'avais si peur que notre relation avançant, il se sente de moins en moins concerné par mon enfant... Au contraire, son attachement grandit de jour en jour.

Je t'avoue que le fait qu'il ne puisse pas être père m'a légèrement effrayée au début de notre relation, pourtant cela ne me rend plus triste, car nous avons Félix dorénavant. Je l'aime tellement, ce petit être a bouleversé ma vie dès que son regard s'est posé sur moi.

Tout d'abord, je me dois de te raconter l'accouchement, décidément rien ne se passe simplement dans ma vie ! Évan travaillait, une garde de 24 heures, je dormais paisiblement quand j'ai ressenti les premières contractions. J'ai directement joint l'hôpital qui m'a envoyé une ambulance, me sentant incapable de prendre le volant. J'ai également écrit un message à ma mère, ne me demande pas pourquoi j'ai fait ça, magistrale erreur !

Elle se trouvait déjà à l'hôpital avant mon arrivée avec l'ambulance, mais comment fait-elle ça ??? Bref, on m'a installée dans un fauteuil roulant pour me conduire dans une chambre, dans laquelle ma mère m'a suivie. En l'absence d'Évan, elle me tenait compagnie.

Mon médecin préféré était coincé au bloc pour une opération depuis des heures et on ne savait pas quand il allait pouvoir me retrouver. Alors autant dire que j'ai entendu parler du pays… « Tu vois, je te l'avais dit qu'il ne serait même pas présent pour toi pour ton accouchement ! » ou « mais quel égoïste ! » et bla-bla-bla… Tu imagines ma montée de stress à chacune de ses paroles. Je pense que mon regard a suffi à la calmer, je ne l'ai plus entendue critiquer Évan ensuite.

Au bout de trois longues heures, interminables, j'ai enfin eu droit à la péridurale. Quel moment de bonheur, on aurait dit une camée à qui on venait enfin de donner sa dose. Je flottais pour ainsi dire. Je regardais le monitoring, voyant monter les contractions sans les sentir. Toujours aucune nouvelle d'Évan, qui devait toujours se trouver au bloc. J'avais tellement peur d'accoucher sans sa présence ! Ma mère a tenté de me rassurer en m'expliquant qu'elle ne bougerait pas d'ici tant qu'il ne serait pas revenu. Tu parles, si ça m'a rassurée… bref…

Ma mère me montrait comment respirer, comme si mes cours d'accouchement sans douleur n'avaient pas suffi. Qu'est-ce que j'ai détesté ces cours, Évan également, je trouvais que cela ne servait à rien… Eh bien, finalement, j'aurais dû écouter un peu plus, je n'arrivais pas à respirer correctement et surtout j'avais faim. Je devais rester à jeun, quelle torture ! Comme si l'accouchement n'était pas assez difficile, il fallait en plus me priver de nourriture.

Après les chansons, les potins sur les copines, les critiques sur Évan (oui, elle a continué finalement), mon homme est enfin arrivé en s'excusant. Ma mère n'a pas manqué de lui lancer son chausson en plein visage en signe de mécontentement : « Comme d'habitude, toujours en retard, tu as failli rater la naissance de ton fils ! » Bien qu'énervé de s'être pris un coup de savate, j'ai senti dans le regard d'Évan de la gratitude et des étoiles dans les yeux, lorsque ma mère a dit « ton fils ». Rien ne pouvait lui faire plus plaisir. Il s'est approché d'elle et l'a serrée dans ses bras pour la remercier de m'avoir tenu compagnie. Bien qu'elle se soit rapidement écartée d'Évan, j'ai bien senti qu'elle était ravie. C'est fou qu'elle ne lui montre jamais à quel point elle tient à lui, il faut toujours qu'elle le critique. Bref…

Évan se montrait enfin présent à mes côtés et me tenait la main, tout en me soutenant avec ses paroles rassurantes. Autant habituellement, j'aurais été ravie, mais là tout de suite, je ne pensais qu'à une chose. Ce petit être d'environ 55 cm et 3,900 kg (estimation du médecin) qui devait être expulsé de mon bas-ventre… Autant te dire que je ne faisais pas la fière et que je n'étais pas d'humeur à entendre ses mots consolateurs. Je ne sais pas ce qui m'a pris, nous allons mettre tout ceci sur le compte des hormones, je me suis déchaînée contre lui. En criant, je lui ai expliqué qu'il n'était pas à ma place et que c'est moi qui souffrais, pas lui ! Que je n'en avais rien à faire de ce qu'il me disait, que j'avais faim, soif et envie d'aller aux toilettes. Le pauvre n'a pas compris ce qui lui tombait dessus, je l'ai bien senti. En plus de tout ça, je serrais sa main de toutes mes forces sans m'en rendre compte, je lui en ai fait voir, le pauvre !

Lorsque la sage-femme s'est dirigée vers moi et qu'elle a demandé : « Comment ça va ? », Évan a répondu : « Ça pourrait aller mieux, j'ai la main en compote, il fait chaud, non ? » La sage-femme et moi nous sommes observées et comprises, ça a eu le mérite de nous déclencher un fou rire. Évan, qui s'est enfin rendu compte de sa bourde, a ajouté : « Ah, vous demandiez à ma femme sûrement… » Non mais, je te jure, et il est médecin !!!

Les contractions se sont rapprochées de plus en plus, et j'ai commencé à pousser. Évan se permet de m'expliquer comment pousser plus fort, je crois qu'à mon regard, il a compris que s'il continuait à me parler, il allait finir avec un œil au beurre noir.

Après une quinzaine de minutes, Félix a enfin montré le bout de son nez. Son père l'a suivi partout où il allait avec la sage-femme, ne le quittant pas d'une seule semelle. Et enfin, le moment tant attendu est arrivé, ils l'ont déposé sur ma poitrine. J'ai senti son cœur battre près du mien, j'ai touché tous ses membres, pour m'assurer que tout était bien à sa place. J'ai regardé Évan, qui pleurait à chaudes larmes, et je lui ai demandé de s'approcher. Nous avons reniflé son odeur tous les deux et nous sommes enlacés. Nous formions enfin une famille. Je l'ai allaité pendant un long moment, puis Évan a souhaité le prendre dans ses bras.

Ce moment restera gravé dans ma mémoire tout au long de ma vie... Félix a ouvert grand les yeux et a fixé Évan pendant plusieurs minutes sans bouger. Il a fait de même, comme s'ils commençaient à faire connaissance. Puis, il s'est tourné vers moi, et ce qu'il m'a dit...

« On ne l'a pas encore évoqué, j'espère que tu seras d'accord, je souhaite adopter Félix et qu'il porte mon nom, je suis son père tout de même ! »

Mon cœur a manqué un battement, je n'aurais jamais pensé qu'il s'attacherait d'une telle force à mon enfant. Félix est son fils et rien ne changera cet état de fait.

J'ai été conduite dans une nouvelle chambre. Félix dans sa petite couveuse, s'était endormi, et nous le fixions sans piper mot. Ma mère, qui attendait dans le couloir, nous a rejoints en pleurs. Son petit-fils étant sa première préoccupation, elle a bousculé Évan afin de pouvoir mieux l'observer. La connaissant, j'étais même étonnée qu'elle ne le réveille pas. Ma mère s'est tournée vers nous et a simplement souri. Les personnes que j'aime le plus au monde étaient réunies autour de moi dans cette petite pièce, et c'est tout ce que je demandais.

Évan a passé la nuit à nos côtés, refusant de nous quitter. Je l'aimais déjà, mais à compter de ce jour, ma vie sans lui n'aurait plus aucun sens. La famille que nous formons aujourd'hui reste ma force et mon espoir pour l'avenir. Je sens que mon cœur se gonfle depuis l'arrivée de Félix, il y a de la place pour deux hommes dans ma vie. Mon objectif : les aimer de tout mon être et de toutes mes forces et les rendre heureux !

Il faut également que je t'avoue quelque chose, cela m'est extrêmement difficile de le coucher sur le papier, d'autant que je n'en ai même pas discuté avec Évan. Alessandro m'a contactée par téléphone. Il a fait mine de prendre de mes nouvelles, mais il voulait juste de l'argent. Felix s'est mis à pleurer, m'entendant crier. Alessandro, comprenant que c'était son fils, y a vu une belle occasion de me faire chanter : « Si tu ne veux pas que je demande la garde de notre enfant, donne-moi ce que je te demande ! » Alors, j'ai inspiré profondément et lui ai dit : « Très bien, donc tu es prêt à t'occuper de ton fils ? De le prendre chez toi le week-end et pendant les vacances ? De subvenir à ses besoins ? De l'aimer comme il le mérite ? Après un long silence, il m'a insultée et a raccroché. J'espère qu'il ne mettra pas ses menaces à exécution, nous sommes si heureux avec Évan et nous formons enfin une famille !

Bon, je te laisse avec cette citation de Michèle Morgan :
Le bonheur existe. Il est dans l'amour.

Évan dépose le journal sur son torse, choqué par cette révélation inattendue, les poings fermés. Pourquoi Luna ne lui en a jamais parlé ? Pourquoi le lui cacher ? Puis, il réfléchit, c'est du passé, ça ne compte pas, l'important aujourd'hui c'est Luna, c'est tout ce qui compte.

Il repense à l'accouchement, l'un des plus beaux jours de sa vie, qui a fait de lui un père. Quel bonheur ressenti le jour où il a pu prendre Félix dans ses bras. Ce petit corps allait dépendre de lui toute sa vie, il allait un jour l'appeler « papa ». À cette idée, Évan avait fondu en larmes, en pensant à tous les merveilleux souvenirs qu'ils allaient se créer ensemble, dans les années à venir.

Luna s'est toujours battue pour ce qu'elle souhaitait, comment a-t-il pu envisager une seule seconde cesser de combattre pour elle ? Pour sa vie ? Cela prendra le temps qu'il faudra, il la soutiendra jusqu'à son dernier souffle de vie !

15.

"L'espoir est une mémoire qui désire. »

Honoré de Balzac

*S*alomé se réveille lentement d'une nuit peuplée de cauchemars. Sa fille s'éloignait au fur et à mesure qu'elle s'approchait d'elle, tentant péniblement d'attraper sa main. La grand-mère s'empare du cadre posé sur sa table de chevet, une photo de Luna, son sourire solaire. Sa fille lui manque tellement : son rire, sa sensibilité, sa générosité, son amour et même ses colères. Si Luna les quitte, elle n'y survivra pas. Si seulement elle pouvait prendre sa place. Le besoin de se changer les idées et de penser à autre chose se fait sentir. Même si Salomé en veut encore terriblement à Ève, avec Paloma, elles demeurent ses meilleures amies. Dans ce moment difficile, elle les souhaite à ses côtés.

Salomé
Comment se fait-il que vous ne soyez pas déjà à la maison avec des croissants ?

Paloma
Ils dorent au four, j'arrive dès que c'est prêt, mia cara, ma chère !

Ève
Suis-je la bienvenue ???

Salomé
Parce que tu me laisses le choix peut-être ? Allez, viens, terco, tête de mule…

Même si les amies ne tombent pas toujours d'accord, chacune ayant son propre vécu, elles s'aiment, se respectent, et n'imaginent pas leur vie sans l'une d'entre elles. Telles trois sœurs, que rien ne peut séparer, ni la douleur ni la tristesse. Une amitié indéfectible pour la vie. Rien n'a jamais réussi à entraver leur belle amitié, soudées par ce lien invisible qui les unit à jamais, pour le meilleur et pour le pire.

Installées sur le balcon, jouant aux cartes, les trois femmes observent les jeunes du quartier jouant au football. Le sport a toujours constitué une porte de sortie pour ces jeunes, les occupant, en empêchant qu'il y ait plus de dérives dans la cité. Salomé aimerait tellement pouvoir faire plus pour ces enfants, elle avait envisagé de monter une association pour les aider à trouver du travail et dans leurs études. Le bon moment semble peut-être trouvé. Cette épreuve lui a montré à quel point la vie reste fragile, ne pas remettre au lendemain ses projets. L'évoquant avec ses amies, les femmes se motivent pour se rendre à leur mairie afin de se renseigner.

Arrivées sur place, elles tentent de rencontrer le maire, évidemment, sans rendez-vous cela s'avère compliqué. C'est sans connaître l'acharnement et la motivation de Salomé qui lève son chausson en menaçant l'employée de l'accueil si elle n'appelle pas immédiatement le maire.

Son insistance a payé, le maire n'est pas présent à la mairie aujourd'hui, en revanche, son adjointe consent à les recevoir rapidement entre deux rendez-vous si elles patientent une petite demi-heure.

Les trois retraitées s'installent dans la salle d'attente. Paloma, qui ne sort jamais les mains vides, ouvre son panier et en retire un thermos de café, accompagné de pâtisseries qu'elle propose également aux agents de l'accueil. Ils ne se font pas prier, elle vient de se faire de nouveaux amis ! L'adjointe les rejoint et les conduit à son bureau. Salomé lui explique son projet de créer une association à la fois pour aider les jeunes de son quartier à trouver du travail afin qu'ils ne traînent plus à ne rien faire dans la cité, mais également pour accompagner ceux qui ont besoin de soutien pour leurs études, via des cours selon leurs difficultés. Enfin, pour les ouvrir à la culture.

L'adjointe semble impressionnée par ce projet ambitieux, et les renseigne sur la procédure, en leur précisant qu'elles peuvent tout à fait créer leur association via Internet. Salomé fronce ses sourcils et s'adresse à elle.

— Ai-je une tête à avoir Internet à la maison ? lance-t-elle en pointant son visage du doigt.

L'adjointe au maire la gratifie d'un franc sourire avant de poursuivre. Il est nécessaire de remplir une déclaration préalable. Pour ce faire, les créateurs de la structure juridique vont devoir compléter le formulaire Cerfa n°13973-03. Ce dernier permet aux déclarants de renseigner les différentes informations relatives à la création de leur association et de procéder à la publication obligatoire dans le Journal officiel des associations et fondations d'entreprise.

Devant leurs regards ébahis, la femme leur précise qu'elle souhaite les aider à concrétiser leur beau projet. Elle leur demande de mettre par écrit ce qu'elles souhaitent pour leur structure, elle se chargera des démarches à leur place. L'adjointe leur propose également de leur ouvrir une cagnotte afin de récolter des fonds pour les premières dépenses qui devront être engagées. Quant à l'adresse de l'association, Salomé évoque un local vide dans leur immeuble dont elles pourraient se servir. L'adjointe s'occupe de vérifier son utilité et prendra contact avec elles pour leur confirmer si cela s'avère possible de l'utiliser. Elle interrompt leur entretien en les félicitant de leur implication dans leur vie de quartier, et en leur rappelant de trouver un nom pour leur association.

— La prochaine fois, ne menacez pas mon assistante avec votre chausson et prenez rendez-vous, leur assène-t-elle, leur adressant un clin d'œil.

Les trois femmes repartent ravies et enchantées de leur rencontre. Pensant au nom qu'elle pourrait donner à son association, Salomé propose le mot espagnol *Esperanza*, espoir en français. Ce terme lui paraît tout indiqué, le reste du gang des mamies acquiesce. Sur le chemin du retour, Salomé reçoit un message sur son téléphone de la part d'Amir.

Hey, le gang des mamies, je voulais vous remercier pour le contact pour le boulot au garage, sa a marché ! Je commence la semaine prochaine, trois soirs par semaine après les cours et le samedi. Merci d'être là. Besos Amir.

Salomé se mord la lèvre, heureusement que le jeune homme ne se trouve pas face à elle, il se serait pris un coup de savate sur la tête ! Comment peut-il écrire « sa » au lieu de « ça ». Son association tombe à pic, quelques cours d'orthographe ne leur feront pas de mal !

Les trois compères se promènent dans un parc près de leur immeuble, croisant de nombreuses familles. Salomé apprécie de déambuler dans cet endroit, le calme qui y règne la rassure.

Enfin le calme, tout est relatif. Entre les enfants qui crient, les balles qui volent dans tous les sens, et les pleurs des bébés... Pourtant, cette jeunesse lui procure un certain bien-être. Peu importe les épreuves et les difficultés, la vie continue, trouvant sans cesse son chemin.

Il est temps d'aller faire quelques courses pour le dîner de ce soir, auquel elle a convié Évan et Félix.

Le médecin a passé sa matinée au téléphone, entre les amis et le patron de Luna qui s'enquièrent d'elle et ses collègues de travail, pas une seconde de relâche. Leurs mots, bien que bienveillants, lui rappellent sans cesse qu'il n'a aucune réponse à leur apporter quant à l'évolution de l'état de sa femme.

Évan s'inquiète également pour son fils, qui refuse catégoriquement d'abandonner sa mère et de retourner en Australie pour continuer ses études. Le jeune homme ne cesse de travailler le soir sur ses devoirs à rendre et ses cours à visionner, est-ce que tous ses efforts s'avéreront suffisants pour valider son année ?

Le père ne souhaite pas en plus de tout ce que vit Félix qu'il sacrifie ses études. Pourtant, comment lui intimer l'ordre de partir en laissant sa mère dans cet état ? Évan n'en ressent pas la force. Cette terrible épreuve lui a montré à quel point l'amour de sa famille se révèle important et que le reste paraît bien futile finalement.

Évan éprouve le besoin de passer un bon moment ce soir en compagnie du gang des mamies, son moral approchant le néant... Que pourrait-il bien prévoir pour taquiner Salomé ? Une idée s'insinue et germe dans son esprit, elle déteste les jeux vidéo, elle va être servie ! Évan demande à son fils de prendre sa console et son jeu *Fortnite* pour l'emporter chez sa grand-mère. Le regard qu'il lui adresse lui confirme qu'il a compris son plan. La soirée risque d'être animée !

Les deux hommes roulent en direction de l'immeuble de Salomé. Évan, baissant sa vitre, s'attarde longuement sur le paysage qui se dresse devant lui, comme si cette belle nature souhaitait lui transmettre un message, comme si elle ne voulait pas qu'il cessât de la contempler. Le soir tombe, le soleil couchant s'abîme sur l'horizon. La nuit répand son voile pendant que ses lumières illuminent la ville. La lune atteint son plus haut point dans l'immensité du ciel, comme pour mettre un point final à cette journée. La nature dominante éveille ses sens, des parfums d'été se diffusent dans l'air frais.

Arrivés devant l'immeuble, Évan trouve enfin une place après avoir tourné une dizaine de minutes. Il traverse le hall d'entrée dans lequel quelques jeunes jouent au tarot et *tiennent les murs*, comme il aime à le répéter.

Paloma leur ouvre la porte.

— Bonsoir Éric, entrez donc ! lance-t-elle avec un large sourire.

Chacun s'installe dans le salon pour prendre l'apéritif. Ève et Paloma ont déjà bu quelques verres de vin en aidant à préparer le dîner, et semblent légèrement éméchées. Salomé les rejoint avec des bouteilles et quelques amuse-gueules. La grand-mère remarque un sac à dos près de Félix mais ne pose aucune question.

Le dîner se déroule dans la bonne humeur et chacun apprécie ce délicieux repas, concocté avec amour par le gang des mamies. De délicieuses lasagnes maison, et en dessert, un tiramisu aux biscuits Oreo. Évan détache l'un des boutons de sa ceinture, preuve que son estomac n'en peut plus. Il sort fumer une cigarette sur le balcon, rapidement rejoint par Salomé, munie de sa tasse de café.

— Comment vas-tu, mi genero, *mon gendre* ? Vraiment… murmure-t-elle en passant la main dans son dos.

Évan souffle et se tourne vers elle.

— J'ai des jours *avec* et des jours *sans*, tout comme vous, j'imagine. Mon cœur d'homme m'intime l'ordre de ne pas abandonner Luna, mon cerveau de médecin a déjà abdiqué, finit-il par avouer, baissant les yeux.

Ce qu'Évan décrit correspond tout à fait au ressenti de Salomé en ce moment même. Tiraillée par plusieurs émotions. Continuer à rester forts pour Luna devient de plus en plus compliqué pour eux. Salomé tente de détendre l'atmosphère.

— Je suis étonnée, tu ne m'as rien apporté ce soir pour me taquiner ? Tu vieillis et tu baisses dans mon estime ! plaisante-t-elle en souriant.

Salomé ne croit pas si bien dire ! Évan l'attrape par le bras et la conduit dans la salle à manger. Il récupère le sac à dos de Félix, qui le fixe en secouant la tête. Salomé ne sait pas vraiment à quoi s'attendre, jusqu'à ce qu'elle aperçoive la console avec le jeu *Fortnite* dans les mains de son gendre. Finalement, Évan ne l'a pas oubliée…

— Et si nous faisions une soirée jeu ? lance-t-il, gratifiant Salomé d'un clin d'œil appuyé.

— Tu es un homme mort, s'écrie Salomé en retirant la console de ses mains pour l'installer.

Félix, Ève et Paloma observent Évan et Salomé prendre place pour commencer une partie. Félix essaie d'expliquer rapidement à sa grand-mère comment utiliser les touches. Ce n'est pas gagné ! Tout d'abord, chacun se trouve un pseudonyme. Évan tente sa chance sous le nom de *Warrior Doctor* et Salomé *Depredador*, Prédateur. La partie est lancée.

Après un début hésitant des deux côtés, les gestes prennent plus d'assurance et chacun réussit à tuer ses adversaires. Il reste une dizaine de personnes seulement dans la partie, Évan et Salomé demeurent toujours en vie pour l'instant. Les deux adversaires se retrouvent dans une maison, l'affrontement peut commencer. Aucune pitié pour son gendre, Salomé s'évertue à tenter de l'éliminer en lui tirant dessus, l'injuriant en espagnol par la même occasion. Évan n'en peut plus de rire, mais ne se laisse pas faire pour autant. Il aura sa peau ! Quelques minutes de combat plus tard, Salomé se cache le temps de récupérer une arme plus puissante sur les conseils de son petit-fils. Elle revient armée jusqu'aux dents et envoie toute la sauce sur son gendre, qui n'a pas pu échapper à sa fureur. Il tombe. Évan applaudit sa belle-mère.

— Note à moi-même : NE PLUS JAMAIS METTRE MA BELLE-MÈRE EN COLÈRE ! lance-t-il, lui faisant une révérence.

Évan souhaiterait de tout son cœur que sa femme soit présente à leurs côtés pour être témoin de cette scène ! Elle serait si heureuse de l'observer s'amuser autant avec sa mère. Il espère que ses moments heureux n'augurent pas de futurs instants difficiles et que Luna pourra contempler de ses propres yeux cette nouvelle relation créée avec Salomé.

16.

« Gardez votre visage toujours vers le soleil
et les ombres tomberont derrière vous. »

Walt Whitman

Les jours se suivent et se ressemblent, entre l'hôpital et la maison, les dîners chez sa belle-mère et les moments en compagnie de son fils. Une triste routine s'est installée. Bientôt trois mois de coma. Évan, terriblement amaigri, est perdu dans ses pensées, assis sur le banc du parc, aux côtés de Raphaël, avant de rejoindre son fils et Salomé dans la chambre de Luna pour y passer l'après-midi… encore… Plus que quelques jours avant de reprendre le travail.

Après sa promesse de laisser du temps à Luna, Évan ressent un immense vide. L'espoir revenu il y a encore quelques semaines s'enfuit peu à peu.

Le médecin reste lucide, ils s'acharnent depuis trois longs mois. Rien ne prouve que Luna va enfin se réveiller, aucune réaction ni amélioration. Il compte discuter de cet épineux sujet avec sa belle-mère, leur souffrance ne peut plus durer ainsi.

Raphaël, percevant son désarroi, s'adresse à lui.

— Le temps est venu, mon ami. Ces derniers mois t'ont fait comprendre ce qui reste important dans une vie. Ne gâche pas cette seconde chance, murmure-t-il, le fixant de son regard azur profond et tapotant son genou avec sa main avant de se lever.

Évan l'observe s'éloigner sans un mot, ne saisissant pas ses propos. Quelle seconde
chance ? Il se relève, perdu, et retourne dans la chambre. Félix est sorti prendre l'air, quant à Salomé, elle profite de son retour pour aller chercher du café.

Évan s'installe sur le lit près de sa femme, lui prenant la main, et inspirant une énorme bouffée d'oxygène pour se donner le courage de lui parler. Il admire les photos étalées sur les murs et se lance.

— Pardonne-moi, mon amour, j'ai n'ai plus le courage de continuer. Mon cœur se brise de jour en jour et je ne supporte plus cette situation. Je me sens meurtri, et n'ai plus foi en rien. Depuis notre rencontre, tu as réussi par je ne sais quel moyen, à reconstruire mon cœur. Tu es apparue dans l'un des moments les plus difficiles de ma vie. Ces instants de remise en question, ceux durant lesquels à la moindre occasion, je me sentais convaincu de ne pas mériter le bonheur. Tu es entrée dans ma vie par la grande porte ! Tu m'as fait comprendre que j'étais capable de surmonter ces épreuves, de vaincre mes faiblesses, tu m'as sauvé. Tu m'as aimé, et n'as jamais cessé de le faire, tu es la définition même du bonheur ! Pourtant, je n'ai pas réussi à te sauver… Pardonne-moi, mon amour, murmure-t-il, plongeant son visage en larmes au creux de son cou.

Soudain, Évan perçoit un mouvement. D'abord incrédule, il dirige son regard vers le visage de sa femme. Est-ce un rêve ? La réalité ?

Luna tente d'ouvrir les yeux, ses paupières clignotent rapidement. Le médecin caresse la main de sa femme et lui parle pour l'aider à se réveiller. Lorsque tout à coup, les yeux de Luna s'ouvrent entièrement, fixant le plafond sans bouger.

Évan essaie de lui parler et de la faire réagir, sans succès. Son regard reste figé dans le vide. Évan se relève, paniqué, et court vers l'accueil pour appeler Martin en urgence. Ce dernier accourt dans les minutes qui suivent, accompagné de son équipe, et tous se rendent dans la chambre. Salomé et Félix qui se dirigeaient vers la pièce également se regardent et les suivent, effrayés.

Luna n'a pas bougé, pourtant ses yeux demeurent toujours ouverts. Martin l'examine et les infirmières vérifient ses constantes. Après quelques minutes qui ont paru une éternité à tous, Martin s'adresse enfin à eux. L'ouverture des yeux de Luna ainsi que l'installation d'un rythme veille-sommeil semble indiquer la fin de son coma.

Salomé laisse tomber son café, et pleure toutes les larmes de son corps en serrant son petit-fils dans ses bras. Pourtant, le médecin modère ses propos et choisit soigneusement ses mots afin de leur expliquer que cela ne signifie pas que Luna va se réveiller et leur parler.

En effet, la durée intermédiaire entre l'éveil et la reprise de conscience dépend énormément de la durée du coma ; ce dernier ayant été prolongé, l'espace éveil-reprise de conscience est beaucoup plus long, témoignant d'un traumatisme plus grave souvent porteur de séquelles. Salomé se tourne vers Évan, perdue et déboussolée.

— Ce que souhaite nous préciser Martin, c'est que Luna, bien qu'ayant ouvert les yeux, ne va pas forcément se réveiller tout de suite, et on ne connaît pas encore l'étendue de ses séquelles à la suite de ce lourd coma, admet-il, visiblement ému.

— Je me fiche de ce que vous racontez tous, ma fille est en train de se réveiller, c'est tout ce que je vois, crie Salomé, en pleurs, tenant son petits-fils dans ses bras.

Félix quitte l'étreinte de sa grand-mère, s'approche de sa mère, prend délicatement sa main et lui parle dans le creux de son oreille.

— Maman, je savais que tu nous reviendrais, tu ne pouvais pas m'abandonner, je t'aime tellement, reviens-moi, je t'en prie ! murmure-t-il, les mains tremblantes.

Cette vision de son fils suppliant sa mère de se réveiller, a déchaîné une immense émotion à Évan et Salomé, qui se prennent dans les bras et pleurent à chaudes larmes.

Félix reste persuadé que ce n'est qu'une première étape vers le chemin de la guérison. Évan ne souhaite pas décourager son fils et ne dit mot. Si heureux que les yeux de sa femme se soient ouverts, pourtant si effrayé par les futures conséquences de ce coma sur Luna. Il s'approche et murmure également à son oreille.

— Tu nous as entendus, ma chérie, je t'aime si fort. Je suis là, mon amour, et je serai toujours là pour toi, souffle-t-il, ne pouvant s'empêcher de laisser couler ses larmes de joie.

Soudain, il repense aux mots de Raphaël : « Ne gâche pas cette seconde chance. » Comment aurait-il pu savoir que Luna allait se réveiller précisément aujourd'hui ? Évan court vers le parc, se dirigeant près du banc, Raphaël ne s'y trouve pas. Il tente de le chercher en parcourant l'endroit, sans succès. Courant vers l'accueil, il demande le numéro de la chambre de la femme de Raphaël, réfléchissant pour se rappeler son prénom… Élisa. La jeune femme a beau vérifier, aucune Élisa ne se trouve dans le coma dans cet hôpital. Le médecin insiste, toujours pas d'Élisa. Une infirmière, connaissant Évan, observe la scène et les rejoint.

— Que se passe-t-il, ça ne va pas ? s'enquiert la jeune femme, visiblement inquiète pour son collègue.

— Je cherche une femme qui s'appelle Élisa, dont le mari Raphaël passait beaucoup de temps avec moi sur le banc du parc et qui… s'interrompt-il, perdant ses mots.

— Calme-toi, de qui parles-tu ? Je t'observais chaque jour sur le banc au retour de mon déjeuner, tu étais toujours seul. J'hésitais souvent à venir te tenir compagnie…

Évan, visiblement étonné par ses mots, ne comprend pas ce qui lui arrive. Enfin, Raphaël se trouvait toujours avec lui, ils mangeaient ensemble chaque jour sur ce banc. Comment peut-elle affirmer le contraire ? Tant pis, il estime qu'il a assez perdu de temps avec cette histoire et rejoint sa femme.

Salomé et Félix ne quittent pas Luna du regard, cette dernière fixe irrémédiablement le plafond. Évan pense que sa femme est en train de lutter pour survivre, pour reprendre connaissance. Ce petit miracle n'est que le premier d'une longue série, il en reste persuadé. Sa femme est un roc, même s'il commençait à douter, sa force ne fait aucun doute.

— Elle nous revient, affirme Salomé, s'approchant d'Évan et posant la main sur son épaule avec affection.

Un trop-plein d'émotions submerge la grand-mère, qui quitte la chambre pour marcher et avertir ses amies de toujours de cette merveilleuse nouvelle.

Salomé
Mis amigas, mes amies, Luna a ouvert les yeux... vous entendez, mi querida hija, ma fille chérie a ouvert les yeux ! ! !

Paloma
Oh cazzo di merda ! oh putain de merde ! Pardon, mais que c'est bon de te lire...

Ève
Je n'en reviens pas, je suis si heureuse pour toi, on peut venir ?

Salomé
Pourquoi vous n'êtes pas encore là ???

Évan laisse Félix en compagnie de sa mère en tête à tête, pendant qu'il prévient les amis de Luna et son patron de cette nouvelle incroyable. Même si tout le monde espérait ce miracle, chacun ne comprend pas vraiment ce qui est en train de se produire. Le médecin, habitué à ce type de cas, se montre tout de même prudent dans son jugement. Tout peut arriver et cette évolution positive peut stagner et rester ainsi un long moment avant qu'il ne se passe quoi que ce soit... s'il se passe quoi que ce soit !

Ève et Paloma arrivent à l'hôpital, alors qu'Évan et Salomé se trouvent devant la machine à café. Tous deux ne comptent plus les pièces confiées à cet appareil depuis des mois. Leur taux de caféine doit bien dépasser les limites qu'ils s'imposent habituellement. Paloma propose des pâtisseries à Évan qu'il refuse, son estomac reste noué, il ne peut rien avaler. Ève ne lui laisse pas le choix et lui en colle une dans la bouche de force.

— Non mais, tu as vu ta tête de mort ? Avale ça et prends-en une autre, tu es maigre comme un clou, souhaites-tu que Luna te découvre de la sorte ? insiste-t-elle sans même attendre sa réponse.

Sacrée Ève, elle ne mâche pas ses mots, toujours dans la bienveillance, toujours sans aucun tact ! La femme ne compte pas en rester là et continue sur sa lancée.

— Et si tu nous invitais chez toi à dîner pour une fois, pour fêter cette belle nouvelle ? lance-t-elle avec un large sourire.

Évan acquiesce sans dire un mot. Le nombre de fois où il s'est rendu chez Salomé pour dîner, il n'a pas pensé une seule seconde à lui rendre la pareille. Ce sera l'occasion de la remercier pour son soutien durant ces derniers mois éprouvants. Le gang des mamies se rend dans la chambre de Luna, pendant que le médecin se dirige vers le bureau de Martin pour évoquer avec lui les conditions de son retour au travail dans les jours à venir. Le médecin souhaite toujours bénéficier de moments à accorder à sa femme pour la soutenir dans son combat, mais se doit de retourner travailler.

Martin tient à le rassurer, un compromis peut être trouvé pour assurer ses gardes tout en continuant de prendre du temps pour sa femme. Évan précise tout de même à son ami que ce ne sera pas temporaire. En effet, cette terrible épreuve lui a montré à quel point sa femme demeure importante à ses yeux et à quel point il l'a négligée ces dernières années. Dorénavant, son emploi du temps sera conditionné en fonction des besoins de sa femme. Il souhaite être présent si elle se réveille et qu'elle nécessite son soutien pour sa rééducation, ceci dépendant bien sûr des séquelles observées. Martin n'en attendait pas moins de lui, il le prévient néanmoins. Son métier reste difficile à combiner avec une réelle vie de famille, tous en sont conscients. Les priorités d'Évan ont changé, la guérison de sa femme devient son unique préoccupation, et il fera tout pour se montrer présent à ses côtés, il le lui a promis !

Évan passe le reste de la journée en compagnie de son fils et de sa belle-mère dans la chambre, puis les quitte pour faire les courses afin de préparer le dîner de ce soir.

17.

« Les larmes du passé fécondent l'avenir. »

Alfred de Musset

Une éternité qu'Évan n'a pas cuisiné, qu'est-ce qui lui a pris d'accepter ce dîner ! Commander chez un traiteur aurait été si simple, mais Salomé s'est donné tellement de mal pour leur concocter de délicieux repas ces derniers mois, qu'il souhaite se montrer à la hauteur de ses attentes. De plus, les futures remarques acerbes d'Ève qui lui pendent au nez ne le rassurent pas, il se doit de leur préparer un plat digne de ce nom.

La multitude de sites Internet qui existe sur la toile va pouvoir l'aider à s'atteler à la tâche. À la recherche d'une recette ni trop compliquée à réaliser, ni qui leur paraît trop simple. Finalement, un rôti de bœuf aux champignons et aux herbes, accompagné de pommes de terre au four, remporte son suffrage. Il est maintenant temps de commencer à cuisiner, muni de tous les ingrédients achetés au supermarché du coin. Pour le dessert, Évan a décidé de ne prendre aucun risque et de miser sur une valeur sûre : un moelleux au chocolat.

Son fils l'observe se lancer dans la préparation du dîner dans la cuisine, depuis la salle à manger. Le jeune homme est quant à lui chargé de nettoyer la maison et de la rendre présentable. Il est vrai que ces derniers mois, le ménage ne faisait pas partie des priorités du médecin.

Félix semble préoccupé, déchiré entre la terrible tragédie qu'il traverse et le manque de son amie Jade qui commence à se faire sentir. Pourtant, il ne souhaite pas abandonner sa mère, surtout depuis qu'elle a ouvert les yeux. Est-ce le début de son retour ? Va-t-elle enfin se réveiller après tous ces mois clouée au lit, en silence ?

Évan s'attache à effectuer les mêmes étapes que celles indiquées sur Internet pour la conception du repas, espérant que le résultat sera à la hauteur de ses espérances. Après quelques heures de travail, le plat se trouve au four, patientant tranquillement que les invitées arrivent.

La maison retrouve enfin une légère animation, évanouie depuis des mois. L'odeur qui se répand dans la cuisine enchante les deux hommes, qui préparent l'apéritif ensemble.

— Tu sais, papa, je suis ravi que le gang des mamies vienne dîner à la maison, j'ai l'impression que les choses reviennent peu à peu à la normale. Tu penses que ce n'est que le début pour maman et qu'elle va se réveiller ? s'enquiert-il tout en continuant à beurrer les toasts.

Évan hésite à répondre à son fils, doit-il rester honnête et ne pas lui donner trop d'espoir, ou au contraire, aller dans son sens ?

— Personne ne peut savoir, les médecins ne sont pas Dieu, ils se fondent sur des résultats d'examen et des suivis. Tout ce que je peux te confirmer, c'est qu'une évolution s'est produite et qu'elle va dans la bonne direction, admet-il en caressant les cheveux de Félix.

Cette réponse lui suffit, et il se sent rassuré. On sonne à la porte, les convives sont enfin arrivés. Évan se précipite dans l'entrée. La porte s'ouvre sur un grand sourire de Salomé, qui lui tend un paquet. Il s'écarte pour les faire entrer et en profite pour l'ouvrir, s'attendant à y trouver un pétard ou une autre idée saugrenue de sa belle-mère. Pourtant, rien de tout cela, une boîte de chocolats, tout ce qu'il y a de plus classique.

La remerciant, il propose aux trois femmes de s'installer dans le salon, afin qu'il leur serve l'apéritif. Ève lance les hostilités.

— J'espère que tu as prévu du champagne pour notre venue, très cher ? insiste-t-elle, lui envoyant un coup de coude.

Évan lui sourit et se rend discrètement à la cave, n'ayant pas projeté de sortir de bouteille de champagne. Chacun se saisit de ce moment de convivialité. Tout semble prêt en cuisine, le rôti reste au chaud au four, tandis que le moelleux patiente sagement sur le plan de travail de la cuisine. Évan se détend enfin et profite de cette discussion sur l'unique sujet qui le préoccupe depuis des mois : sa femme Luna.

Chacun s'attend à ce qu'elle se réveille sous peu. Malgré la bonne humeur ambiante, Évan reste inquiet. Cela ne veut en rien dire que Luna va sortir du coma… Mais ce n'est pas ce qui le trouble le plus… Si elle revient, dans quel état sera-t-elle ? Quelles séquelles ? Le médecin chasse les idées noires de son esprit et propose de remplir à nouveau les verres de champagne. Personne ne se fait prier.

Pendant qu'Évan s'affaire à sortir le rôti du four dans la cuisine, Salomé se lève et se dirige vers l'atelier de sa fille, qu'elle a maintes fois visité. La grand-mère n'y a pas mis les pieds depuis le drame.

Elle s'approche des toiles sur le mur, les observe et les caresse du bout des doigts. Comme si cela créait un lien avec sa fille de se trouver dans cette pièce, ses yeux se ferment tout naturellement. Le médecin la surprend en pénétrant dans la salle et la fait sursauter.

— Tu veux me retrouver en *PLS* dans ta maison ou bien ? crie-t-elle, essoufflée.

En souriant, il lui propose quelques amuse-gueules. Tous deux regardent les peintures avec une profonde admiration, une certaine fierté. Salomé commence à prier, ce qui rappelle à Évan qu'il souhaitait évoquer un sujet délicat avec elle. Il lui raconte son histoire avec Raphaël, avec qui il passait énormément de temps sur le banc du parc de l'hôpital. Salomé semble ravie qu'il ait pu trouver une personne à qui se confier, hors de la famille. Évan lui explique ses doutes et son incompréhension quant à ses dernières paroles, et le fait qu'il ne l'a plus revu et qu'il n'a pas trouvé sa femme dans l'hôpital. Comme si l'homme avait littéralement disparu !

— Tu n'aurais pas forcé sur le champagne ce soir, pequeño imprudente, *petit imprudent* ! s'exclame-t-elle, le fixant du regard.

Évan insiste, Raphaël s'est montré très présent pour lui et au moment où Luna ouvre les yeux, il disparaît et paraît même deviner avant tout le monde son réveil. Salomé semble réfléchir et lui confie que cet homme était présent pour lui au moment où il en avait grand besoin et c'est tout ce qu'il doit retenir.

— Et alors quoi, c'était un ange venu me tenir compagnie ? plaisante-t-il, peu convaincu.

— Ce n'est pas moi qui l'aie dit, enchaîne-t-elle, lui faisant un clin d'œil et quittant la pièce.

Le médecin reste bouche bée, serait-il possible que… Évan chasse cette idée d'un revers de la main et suit Salomé dans la salle à manger, il est temps de se mettre à table. Chacun se régale, même Ève ne pipe mot et déguste son repas, admettant que beaucoup d'efforts ont été fournis pour leur concocter un délicieux dîner. Évan se lève et touche son front, insinuant par là même qu'il doute de sa bonne santé mentale, l'ayant gratifié d'un compliment.

— Oui, enfin, il manque un peu de sauce, c'est légèrement sec, ajoute-t-elle avec un petit sourire en coin.

— Voilà, ça, c'est l'Ève que je connais ! lance-t-il, levant son verre à sa santé.

Tout le monde rit de bon cœur. Paloma sort des tupperwares de son grand cabas et s'adresse à Évan timidement.

— Peux-tu les mettre au frais, s'il te plaît, c'était juste… au cas où, murmure-t-elle, gênée.

La femme avait prévu des plats si le repas ne se montrait pas à la hauteur. À sa décharge, elle ne pouvait pas deviner qu'il allait se donner tant de mal et que le dîner serait aussi exquis. Évan les conservera pour les soirs où il ne trouvera pas le courage de se mettre en cuisine.

Pendant que chacun discute dans le salon, prenant un digestif, Salomé rejoint Félix dans sa chambre, qui se prépare pour rejoindre ses amis dans un bar.

— Comment vas-tu, mon grand ? tente-t-elle, s'installant sur son lit.

Le jeune homme se montre sincère avec sa grand-mère, il l'a toujours été et ce n'est pas aujourd'hui que cela va changer. Félix hésite à retourner en Australie, ne souhaitant pas laisser sa mère dans cet état, surtout si elle se réveille, désirant se montrer présent. Salomé le rassure, où qu'il soit, sa mère saura toujours qu'il pense à elle et qu'il sera présent pour elle. Il se doit de songer également à son avenir et ne pas gâcher toutes ses chances de réussir. Les paroles de sa grand-mère le rassérènent. Tous deux se serrent dans les bras.

— Quoi que tu décides, je te soutiendrai et serai toujours présente pour toi, mi amor, murmure-t-elle à son oreille avant de relâcher son étreinte.

Salomé passe par de multiples émotions depuis ces derniers mois : la colère, l'incompréhension, la résilience, la tristesse, le pardon… Elle ne s'est jamais sentie aussi proche de son gendre et de son petit-fils, alors qu'elle se sent si loin de sa propre fille.

La vie peut parfois se montrer si injuste et cruelle. Pourtant, si on attend que toutes les sphères de notre vie soient en parfaite cohésion pour être heureux, nous sommes certainement voués au malheur. Pourquoi sa fille ? Si gentille, si généreuse… Le destin n'adresse pas son courroux aux bonnes personnes, elle ne méritait pas ce qui lui arrive. Elle retourne auprès des autres.

Ève évoque son envie de se remettre au sport, ce qui rend Évan hilare. Pourtant, le regard qu'elle lui adresse calme immédiatement son ardeur. Afin de changer de conversation et de détendre l'atmosphère, Salomé aborde le sujet de son association. L'adjointe de la mairie lui a téléphoné avant son départ ce soir, pour la prévenir qu'elle avait effectué toutes les démarches et que d'ici quelques semaines, l'association pourrait ouvrir. Le local auquel avait initialement pensé Salomé ne pourra pas être utilisé, cependant elle lui a proposé un autre endroit plus grand et proche de leur immeuble. N'ayant aucune utilité, elle pourrait leur mettre gracieusement à disposition. Prochaines étapes : établir les objectifs d'*Esperanza* et définir comment les atteindre. Trouver les contacts pour leurs actions… Bref, elles ont de quoi s'occuper durant les semaines à venir. Évan se montre impressionné par la motivation du gang des mamies, leur investissement dans leur vie de quartier et souhaite les soutenir dans leur projet. Il leur propose d'en parler à ses collègues de l'hôpital. Qui sait, certains voudront peut-être aider à leur manière, soit par un don, soit par leur présence.

Salomé se sent reconnaissante, son projet va enfin voir le jour. Comme elle aimerait que Luna soit présente pour participer à la naissance de leur association. Elle lui en avait tellement parlé, et elle souhaitait s'y engager également.

La vie possède de multiples facettes, à chacun de s'en accommoder, et de composer avec ce qu'on lui procure. Même si elle demeure apte à se montrer dure et cruelle, elle réserve parfois quelques belles surprises. La vie s'avère sans cesse plus forte, tant qu'on lui laisse une chance. L'enjeu reste de ne pas se laisser abattre par les épreuves que chacun doit traverser et de rester convaincu qu'après la pluie, vient le soleil… toujours…

18.

« On peut mesurer la magie d'une présence
à ce qui disparaît avec elle. »

Alice Ferney

Après une nuit agitée, peuplée de cauchemars, Évan se dirige vers la douche et laisse couler le jet d'eau chaude le long de sa nuque. Dans deux jours, le cardiologue doit retourner travailler, ce qui le rend à la fois triste et heureux. La joie de revoir ses collègues tous les jours, de se rendre utile, de relever des défis. La tristesse de passer beaucoup moins de temps auprès de Luna. Va-t-elle le ressentir ? Cela va-t-il jouer sur ses maigres progrès ? Il profite de ce que son fils dorme encore, étant rentré tard de sa soirée avec ses amis la veille, pour se plonger dans le journal de sa femme. Parcourant les pages, une à une, il s'immobilise sur la page indiquant une date qui lui évoque un merveilleux souvenir. Son cœur commence à battre la chamade à la lecture de ce passage émouvant.

Le 26 septembre 2004

Bonjour mon cher journal,

J'espère que tu te portes bien, quant à moi, je suis aux anges. Tu souhaites savoir pourquoi ? Allez, avoue ! Je suis bonne joueuse, je te raconte. Première raison, notre petit Félix vient de fêter son premier mois. Qu'il est adorable, je sais ce que tu te dis, toutes les mères affirment la même chose. Mais vraiment, il l'est, il fait déjà ses nuits, tu te rends compte ! Il mange bien et sourit sans cesse, nous prouvant à quel point il est heureux avec nous. Évan et moi avons acheté une maison avant la naissance de notre petit prince et nous avons pu enfin emménager la semaine dernière. Je ne t'explique pas le bazar avec nos affaires et celles de Félix, plus tous les meubles, bref, je t'épargne tous ces détails insignifiants.

Hier, il m'est arrivé une chose incroyable ! J'avoue que je ne m'y attendais en aucun cas, je ne l'ai pas vu venir. Évan m'a proposé une soirée en tête à tête au restaurant, et m'a demandé de voir avec ma mère pour garder Félix, ce qui n'a pas été compliqué, vu qu'elle me le réclame chaque jour !

Je t'avoue que je n'étais pas très chaude, il est si petit et le laisser déjà pour la nuit... je me culpabilisais, cependant, nous n'en avons pas profité longtemps avec Évan en tant que couple, Félix étant arrivé si rapidement. Une belle occasion de nous retrouver nous était offerte.

J'ai déposé Félix chez ma mère dans l'après-midi, lui faisant part de toutes mes consignes. Tu imagines sa tête, alors qu'elle m'a élevée pratiquement toute seule, bref... Ma mère dans toute sa splendeur !

J'ai profité de ce temps libre pour appeler mes amies Sarah et Lola en prévision d'une séance de shopping, pour me trouver une nouvelle robe, à la hauteur de cette belle soirée qui m'attendait. Elles m'ont rejointe au centre commercial et nous avons dégusté une crêpe, il ne faudrait pas se laisser aller ! Ce moment avec mes amies m'a fait le plus grand bien, parler de tout, de rien, ne penser qu'à soi, sans regarder l'heure et planifier sa journée, le bonheur !

Après quelques heures passées en leur compagnie, j'envoie un texto à Évan pour vérifier à quelle heure il prévoit de rentrer de l'hôpital pour partir au restaurant. Sa réponse m'a laissée perplexe.

Je suis déjà à la maison et je t'interdis de rentrer avant 19 h, est-ce bien clair ! J'imagine que comme tu es allée faire du shopping, tu t'es acheté une toilette pour ce soir, porte-la avant de rentrer ;-)

J'ai montré son message à mes amies, perplexes également. Sarah a proposé de boire un verre chez elle, je pouvais me changer sur place avant de rentrer. Finalement, j'ai apprécié ce moment entre filles avant ma soirée en amoureux, journée deux en un ! Heureusement que j'ai toute ma vie dans mon sac à main, j'avais de quoi me maquiller et me parfumer, après avoir enfilé ma nouvelle robe. Sarah a insisté pour me faire un brushing, je n'ai plus le temps de m'en faire avec mon petit coquin. Cela m'a fait du bien de me sentir plus femme que mère pendant quelques heures.

J'abandonne mes amies, non sans entendre leurs plaintes : On est trop jalouse ; tu as trop de chance ; Évan n'a pas deux petits frères ?

En regardant ma montre, je me rends compte que je vais être légèrement en retard, mais je me suis dit qu'il ne m'en tiendrait pas rigueur. Arrivée devant la maison, les lumières sont éteintes, je suis étonnée car Évan était censé s'y trouver.

Je pénètre dans l'entrée, enlève mon manteau et me dirige vers la salle à manger. Je découvre une multitude de bougies éparpillées dans toute la pièce, de toutes les tailles et de couleurs différentes, insufflant une atmosphère intime. J'entrevois une enveloppe affublée d'un point d'interrogation, déposée devant l'une des bougies. Je l'ouvre et la lis à voix haute.

Ma chérie, cette enveloppe n'est que la première étape de ton parcours, qui, je le souhaite, te ravira ! Notre prochain lieu de rendez-vous est : l'endroit de notre rencontre. Si tu as oublié, on est dans la m*** lol.

Ma première réaction fut un fou rire. Qu'est-ce qu'il pouvait bien me préparer ? Tout excitée à cette idée, j'ai pris mon manteau et je me suis rendue au Starbucks, où nous nous sommes rencontrés. Mais si, tu te souviens, je t'avais déjà raconté l'erreur du serveur qui avait échangé nos cafés. Tu suis ou non ?

Arrivée sur place, je pénètre dans la salle, à la recherche d'Évan à l'une des tables, je ne le trouve pas. Surprise par son absence, je me dirige vers le serveur que je connais bien pour lui demander s'il l'a aperçu. En retour, il me tend un bouquet de fleurs et une autre enveloppe avec un point d'interrogation. Le voyage continuait !

Bien, tu te l'es rappelé LOL… Prochaine étape : notre première soirée ensemble après le restaurant. À tout à l'heure, mon amour !

Le bouquet de roses blanches, mes préférées, embaumait la pièce de son odeur. Je suis donc allée à ma prochaine destination, en me demandant où Évan souhaitait en venir. Arrivée devant l'opéra, je ne savais pas vraiment où me rendre, je me suis donc avancée vers la personne à l'accueil et lui ai demandé si un certain Évan était présent et m'attendait. La femme m'a également tendu une enveloppe, ainsi qu'un paquet cadeau, je n'étais pas au bout de mes surprises. Autant te dire que j'ai ouvert le cadeau avant l'enveloppe. Des macarons, mes gourmandises préférées. J'en ai dégusté un avant de lire le mot dans l'enveloppe.

Ne t'inquiète pas, mon amour, tu arrives à la fin de ton périple, j'espère que tu te régales ! Retrouve-moi près de l'arbre où nous avons admiré une pluie d'étoiles notre premier soir.

J'espérais bien que c'était mon dernier voyage, je commençais déjà à fatiguer et la soirée n'avait même pas commencé. Pourtant, toutes ses petites attentions, ses mots doux, m'émoustillaient. Il savait y faire, le bougre ! Heureusement que les endroits sont proches et que je n'ai pas à prendre la voiture à chacune de mes destinations. Je marchais lentement pour apprécier ce moment de paix, et puis, j'adore les surprises.

J'arrive enfin près de l'arbre, je distingue encore des bougies qui forment une flèche m'intimant de la suivre. Plantée devant la dernière bougie, je découvre une autre enveloppe que j'ouvre aussitôt.

Retourne-toi, mon amour !

Mon cœur battait la chamade, je me suis tournée lentement et j'ai entrevu Évan à genoux, me tendant une petite boîte. Mon sang n'a fait qu'un tour, comment ne l'ai-je pas vu venir ? Des larmes coulent sur son visage, lorsqu'il me demande ma main. La main posée sur ma bouche, je me sentais si émue, et je lui ai dit oui en m'avançant vers lui pour l'enlacer. Nous nous sommes embrassés, un baiser si doux, rempli d'émotions et d'amour. Je lui ai demandé quelques minutes pour me remettre de ce magnifique début de soirée, avant de nous rendre au restaurant.

Nous avons ensuite terminé la soirée à la maison pour une nuit d'amour. Comment te dire à quel point je me sens heureuse et épanouie. Dans ses bras, plus rien ne m'effraie, je me sens si femme, si forte.

Alors, ça en jette, hein ? Le monsieur sait parler aux femmes. J'ai passé ma journée à admirer ma bague de fiançailles, elle claque ! Un bijou magnifique monté d'un sublime diamant. Oh, et je ne t'ai pas dit, car j'attendais que ce soit confirmé, Félix est devenu le fils d'Évan, officiellement, je veux dire, l'adoption est enfin validée ! Nous formons désormais une vraie famille. Et plus aucune nouvelle d'Alessandro, je suis soulagée !

Bon, il faut que j'aille récupérer notre petit prince chez ma mère, je te laisse avec ce proverbe persan :

Celui dont le cœur est ressuscité par l'amour ne mourra jamais.

Grâce à sa lecture, Évan a revécu ce moment incroyable en compagnie de sa femme, comme si elle se trouvait auprès de lui en ce moment. Salomé avait bien raison de lui reprocher qu'il a bien su faire le beau pour la séduire et qu'il n'a plus fourni aucun effort ensuite. Rien n'est acquis, et il l'a appris à ses dépens.

Il dîne avec son fils, puis monte se coucher, épuisé.

***

Le lendemain matin, Félix qui doit vraiment rattraper son retard ne se rendra pas auprès de sa mère aujourd'hui, préférant terminer ses devoirs et visionner ses cours. Après un déjeuner frugal, Évan se rend à l'hôpital, où se trouve Salomé depuis le début de la matinée. Sa belle-mère lui apprend que les amis de Luna sont passés la voir ce matin, ainsi que son patron et qu'il aimerait discuter avec lui. Évan décide d'aller prendre un café, et en profite pour l'appeler.

Leur discussion tourne bien évidemment autour des progrès de Luna, qui n'en sont pas vraiment pour le médecin. En effet, ses yeux restent ouverts la plupart du temps, pourtant sa femme ne réagit pas aux stimuli et demeure inerte. La question de son avenir se pose pour son patron, que doit-il faire ? Attendre ? Il lui appartient également de penser à l'avenir de sa galerie et à ses prochaines expositions. Évan comprend tout à fait ses interrogations, et lui assure que Luna approuverait totalement qu'il se mette en quête d'un ou d'une nouvelle peintre. L'homme promet d'y réfléchir et le tiendra au courant de sa décision.

Évan retrouve Salomé dans la chambre, qui doit le laisser, devant rencontrer à nouveau l'adjointe au maire au sujet de son association. Cette fois, elle a pris rendez-vous ! Le médecin s'installe près de sa femme, et lui prend la main, la caressant. Posant sa tête sur son ventre, Évan ferme les yeux et s'adresse à elle, lui racontant les émotions ressenties à la lecture de son journal.

Soudain, Évan sent la main de Luna se mouvoir. Pensant qu'il s'est trompé, il referme les yeux, mais ressent à nouveau cette sensation étrange. Il relève la tête et observe la main de sa femme qui se pose sur la sienne. Son cœur semble sur le point d'exploser dans sa poitrine, sa respiration devient difficile. Par réflexe, il se relève et fixe son épouse sans bouger. Les yeux de Luna se tournent vers lui.

— Évan…

19.

« Qu'importe ce qu'aura duré la nuit ; si le jour
finit par se lever. »

Inconnu

Il aura fallu seulement quelques secondes à Évan pour réaliser ce qui se joue devant lui. Sa femme le fixe de son regard intense et continue à prononcer son prénom à plusieurs reprises. Le médecin accourt à l'accueil appeler son collègue Martin, puis retourne dans la chambre afin de stimuler sa femme par ses caresses pour la maintenir éveillée. En larmes et tremblant de tous ses membres.

— Je suis là, ma chérie, ne t'inquiète pas, prends ton temps, murmure-t-il, le souffle court. Putain, tu es revenue... Tu es revenue... ajoute-t-il, prenant les mains de Luna pour les embrasser.

Martin pénètre en courant dans la pièce et se dirige vers Luna, accompagné par deux infirmières. Chacun vérifie les constantes. Le médecin tente de créer un premier contact. Luna répond par une réaction appropriée et tourne son regard vers lui, faisant comprendre par là même qu'elle l'entend et le comprend. Hormis « Évan », aucun autre son ne sort de sa bouche, donnant l'impression de ne pouvoir répondre aux questions du médecin. Évan tourne en rond dans la chambre, la main posée sur sa bouche. Martin demande à Luna de serrer sa main, ce qu'elle exécute immédiatement. Cette réaction reste très encourageante, elle réussit à bouger ses mains et comprend ce qu'on lui demande d'effectuer.

Martin enjoint Évan à le suivre à l'extérieur de la chambre pour lui parler. Il l'écoute sans vraiment l'entendre, il ne souhaite qu'une chose, retourner auprès de sa femme et lui parler. Le médecin veut juste le rassurer et lui confirmer que c'est une bonne nouvelle. Luna se réveille et réagit à ses questions. Il reste maintenant à traiter les pathologies résiduelles présentes comme son infection respiratoire. Leur priorité demeure de préparer un accompagnement psychologique, qui permette à l'équipe soignante d'entrer le plus directement possible dans son affect. Évan connaît déjà toutes ces procédures... Pourquoi les lui rappeler ?

— Tu es conscient, tout comme moi, du fait que les cordonniers sont toujours les plus mal chaussés. Ce que je souhaite te faire comprendre, c'est que le plus dur reste à faire et que tu sais que ce n'est que le début d'un long chemin. Préserve-toi et prends ton temps, insiste-t-il, posant délicatement la main sur son épaule.

Le médecin continue en lui rappelant que la famille joue un rôle capital à ce stade, à l'inverse de la période de coma. En effet, elle renseigne l'équipe soignante sur l'histoire du patient, ses hobbys, sa sensibilité, etc... que celle-ci pourra intégrer dans sa pratique soignante.

Cette personnalisation des stimulations reste beaucoup plus efficace que celles multisensorielles permanentes et affectivement neutres.

Évan comprend le cheminement de son ami, et acquiesce. Il apportera dès demain des objets familiers (CD, photos…) qui vont lui permettre d'entrer en contact avec sa vie antérieure et de favoriser son retour à la conscience. S'engage aujourd'hui une épreuve de longue haleine. Martin propose à Évan de se faire aider par un soutien psychologique, qu'il refuse pour le moment, néanmoins, il ne ferme pas la porte.

Évan retourne dans la chambre, les infirmières le laissent en tête à tête avec sa femme. Luna ne peut parler, des larmes coulent le long de ses joues. Il s'approche et l'embrasse sur les lèvres délicatement, puis enfouit son visage dans son cou.

Ils restent ainsi un long moment sans bouger. Luna tente d'ouvrir la bouche pour s'exprimer mais n'arrive pas à construire de mots. Évan pose son doigt sur ses lèvres et s'adresse à elle.

— Écoute-moi, ma chérie, n'en fais pas trop, nous avons tout le temps. Maintenant que tu es revenue, nous ne te laisserons plus jamais nous quitter, tu m'entends, plus jamais ! Je vais appeler notre fils qui est à la maison et ta mère, lance-t-il sans s'interrompre.

Luna hoche la tête en signe d'acceptation. Évan sort son portable de sa poche, et appelle son fils.

— Félix, mon chéri, viens vite à l'hôpital, ta mère vient de se réveiller !

Le jeune homme n'arrivant pas à y croire, reste sans bouger ni parler. Évan lui répète sa phrase, et Félix lui répond enfin.

— Oh, mon Dieu… J'arrive, papa, j'arrive.

Son père lui préconise tout de même de ne pas prendre la voiture de sa mère et de commander un taxi, il ne voudrait pas qu'il lui arrive un accident sur la route. Il acquiesce et en réserve un immédiatement.

Évan appelle ensuite Salomé, tout excité à l'idée de lui annoncer cette merveilleuse nouvelle. Une, deux, trois sonneries…

Salomé regarde son téléphone, Évan tente de la joindre, c'est sûrement une mauvaise nouvelle. La grand-mère n'ose répondre. Ève lui crie de décrocher, elles doivent être fixées.

Elle répond enfin, le cœur battant, terriblement inquiète.

— Madrastra, *belle maman*, Luna se réveille, venez vite nous rejoindre !

Ève et Paloma sont suspendues aux lèvres de Salomé, et patientent fébrilement. Les deux femmes scrutent le regard de leur amie, qui fond en larmes. Mon Dieu, que se passe-t-il ? Salomé laisse tomber son portable à terre. Ève s'approche d'elle et la prend dans ses bras, l'implorant du regard pour qu'elle se confie à elle.

— Mi hija se despertó, *ma fille s'est enfin réveillée* ! crie-t-elle, visiblement trop émue pour en dire plus.

Ses deux amies pleurent à chaudes larmes, l'accompagnant dans son soulagement. Quel bonheur pour Salomé, ses prières ont été exaucées.

Les trois femmes attrapent leur sac et se rendent directement à l'hôpital. Hors de question de passer une minute de plus loin de sa fille, alors qu'elle est enfin revenue parmi eux.

Tout le monde se retrouve dans la chambre de Luna, exceptionnellement, les infirmières laissent chacun profiter de ce moment, même s'ils sont beaucoup trop nombreux dans cette pièce. Félix pleure dans les bras de sa mère, quant à Salomé, elle bouscule Évan pour se faire une place près de sa fille et remplit son visage de baisers.

Évan ne peut contenir sa joie et ses larmes devant tant de démonstration d'amour. Sa respiration s'accélère, son cœur s'emballe, ses mains sont moites, tout en lui revient à la vie. Il propose un café à tout le monde et se rend au distributeur. Certains de ses plus proches collègues s'approchent pour lui montrer leur soutien et leur bonheur d'avoir appris cette nouvelle. Évan ne sait comment les remercier de s'être sans cesse montrés présents durant ces derniers mois si difficiles.

Il se décide à appeler les amis de Luna et son responsable. Chacun accueille ce petit miracle avec bonheur, ils viendront également tous aujourd'hui la voir. Elle n'aura jamais eu autant de visiteurs en même temps. Cela risque de la fatiguer, il les prévient qu'ils ne pourront pas rester longtemps. Tout ce qui compte pour eux, c'est de la voir et de lui montrer qu'ils restent toujours présents pour elle. Le médecin sort dans le parc, dans l'espoir fou de trouver Raphaël, bien sûr, aucune trace de son nouvel ami. Qui était-il ? Pourquoi a-t-il disparu si subitement ? Tant de questions qui resteront à jamais sans réponse...

Évan se dirige vers le bureau de Martin, le médecin s'y trouve, et vérifie des résultats d'examens. Il est temps pour les deux hommes de discuter des prochaines étapes du traitement de Luna et de sa rééducation, d'autant qu'Évan reprend le travail le lendemain.

Une rééducation passive va débuter avec de la kiné respiratoire, changement positionnel... Puis, petit à petit, lorsque Luna aura repris une certaine conscience d'elle-même, une plus poussée commencera. De nombreux examens sont en cours, afin d'évaluer les possibles séquelles, qui pour le moment n'ont pas l'air aussi graves que ce qu'il prévoyait, ce qui a le mérite de rassurer Évan. La seule chose paraissant inquiéter Martin reste le nerf optique de Luna, qui semble touché. La gravité des dégâts ne peut pas encore être confirmée, il reste encore d'autres tests à passer. Cependant, les premiers résultats sont encourageants.

Martin en profite pour montrer son planning des prochaines semaines à Évan, qui le scrute sans délai afin de vérifier qu'il conservera bien du temps pour sa femme. Il souhaite enchaîner les gardes de nuit, afin de se rendre disponible la journée, quitte à dormir dans la chambre de Luna.

Évan retourne dans la pièce et rejoint Salomé et Félix. Les amis de Luna ne devraient plus tarder, ainsi que son patron. Son fils s'avance vers lui et le prend dans ses bras. Luna ne cesse de laisser couler ses larmes, ne pouvant rien exprimer de ses émotions par des mots.

Chacun se poste près de l'être enfin retrouvé et lui raconte ses derniers mois passés sans sa présence. La jeune femme semble écouter attentivement tout ce petit monde et les observe tendrement. Évan sent bien que sa femme se souvient et paraît bien se rendre compte de ce qui se passe autour d'elle. Tout ceci reste bon signe pour la progression de son état et de sa future reprise de conscience. Bien qu'elle ne puisse pas encore s'adresser à eux, Évan semble rasséréné.

La journée passe à une vitesse folle, les amis de Luna arrivent. La famille leur laisse un peu de temps en sa compagnie. Sarah, Loïc et Lola n'ont pas hésité une seconde à quitter leur travail pour retrouver leur amie enfin réveillée. Chacun s'approche d'elle et l'embrasse, la serrant dans ses bras. Luna leur sourit, ravie de les revoir. Après une dizaine de minutes, une infirmière entre dans la pièce et leur demande de la laisser, elle doit se reposer maintenant. Aucun de ses amis ne souhaite partir, ils reviendront un autre jour. Son patron n'a pas pu se libérer finalement et viendra le lendemain.

Évan, Salomé et Félix entrent à nouveau dans la chambre et profitent encore de Luna quelques minutes avant qu'elle ne s'assoupisse, tombée de fatigue. Ces dernières heures se sont révélées épuisantes pour la jeune femme.

Salomé propose à Évan et Félix de dîner chez elle, Félix accepte. Évan serait venu avec grand plaisir, mais toutes ses émotions l'ont épuisé et il aimerait se retrouver seul ce soir, d'autant qu'il retourne au travail le lendemain. Salomé comprend tout à fait.

— Elle nous est enfin revenue, rentre te reposer ! insiste Salomé, d'un regard protecteur.

Évan prend la direction de son domicile, épuisé par cette journée riche en émotions. Il s'allonge sur son lit, se tourne vers la table de chevet de Luna et s'empare de son journal. Il en caresse la couverture, pensant qu'il ne devrait plus le lire maintenant que sa femme est de retour. Pourtant, il aimerait le parcourir une ultime fois, peut-être les dernières pages, afin de découvrir l'état d'esprit de sa bien-aimée ces derniers temps.

Il se retrouve propulsé une semaine avant le drame…

20.

« Quand l'amour se tait, l'amour est mort. »

Hélène Ouvrard

Le 19 mars 2021

Bonjour mon cher journal,

Nous sommes vendredi, je devrais me réjouir d'être en week-end, et pourtant… Encore une soirée seule à la maison, sans Évan. J'hésite à appeler ma mère pour lui proposer de passer, mais je ne suis pas prête à l'entendre me rabâcher qu'elle a raison et que je devrais le quitter. Qu'il me laisse sans cesse de côté, et bla-bla-bla… Est-ce la fin de notre couple ? Comment en sommes-nous arrivés là ? Je me sens tellement invisible à ses yeux, je ne ressens plus son amour envers moi, comme s'il s'était éteint. J'ai la douloureuse impression de cohabiter avec mon mari, de répéter les gestes du quotidien comme un robot, sans qu'il ne se passe plus rien, à part quelques discussions de complaisance.

Que dois-je faire, mon journal ? Toutes les fois où j'ai tenté d'organiser une soirée romantique, il m'a fait faux bond. Toujours la même excuse : une urgence ! Eh bien, moi, j'en ai marre, de ses urgences, si tu savais ! Il faut croire que son travail a pris plus de place que moi au sein de notre couple, même de notre vie.

Évan doute, doit-il continuer à lire la suite ? Les quelques phrases de Luna lui font l'effet d'un couteau tranchant enfoncé dans son cœur, au fur et à mesure des lignes parcourues. Il hésite, il ne peut s'en prendre qu'à lui-même. Sa femme ne fait que traduire avec ses mots ce qu'il pensait au plus profond de lui-même. Il a délaissé sa femme, et surtout, chose qu'il n'aurait jamais souhaité, il l'a rendue si triste… Le médecin reprend sa lecture, quelques larmes perlant le long de ses joues.

Je ne dis pas que tout est sa faute, j'ai ma part de responsabilité également. Mon travail à la galerie me pompe aussi toute mon énergie, et parfois en rentrant, je n'ai qu'une envie, me coucher. Mais au moins, je suis là ! Toujours présente pour lui s'il en éprouve le besoin. Lorsqu'il rentre d'une soirée difficile à l'hôpital, j'ai sans cesse une oreille attentive à ses confessions. Et qui s'occupe de ce que je ressens ? Personne… Pour tout le monde, la normalité prévaut, la femme s'occupe de tout, même si elle travaille et cela semble logique. Eh bien, j'en ai assez ! Assez de m'occuper de tout, de n'avoir aucun soutien de sa part et qu'il trouve cela évident et acquis. Aucune marque d'attention depuis des mois, dès que j'organise une soirée au restaurant, il me pose un lapin, je n'en peux plus. Une discussion s'impose. Je vais tenter d'arranger un tête-à-tête au restaurant la semaine prochaine, il a plutôt intérêt à montrer le bout de son nez !

Sinon, Félix me manque, si tu savais. Je suis tellement heureuse pour lui, il semble s'être bien acclimaté à sa nouvelle école en Australie. S'il n'était pas si loin, je prendrais le premier avion pour le rejoindre et passer quelques jours en sa compagnie. Nous avons toujours été si proche l'un de l'autre, notre complicité et nos discussions me manquent. Tu me diras, je n'ai qu'à l'appeler, mais même avec FaceTime, ce n'est pas pareil. J'ai besoin de le toucher, de le sentir, de l'avoir près de moi, surtout en ce moment. Heureusement que j'ai mes amis, surtout Sarah à qui je raconte tout. Mon amie m'est d'un soutien incroyable, je ne sais pas ce que je deviendrais sans elle et ses précieux conseils. Tiens, je pense que c'est plutôt Sarah que je vais appeler ce soir pour boire un verre, je ne me sens pas de rester ici toute seule.

À la galerie, heureusement tout va bien, les demandes s'accroissent pour mes toiles, je n'en reviens pas. Étienne a toujours cru en moi et en mes œuvres, bien plus que moi-même ! Je ne les ai pas encore toutes terminées pour ma prochaine exposition dans sa galerie, il va falloir que je mette les bouchées doubles la semaine qui vient si je veux pouvoir lui livrer toutes mes peintures à temps.

J'aime ma vie, tu sais, mon journal, il me manque juste le plus important : me sentir aimée et désirée par l'homme que j'aime de tout mon cœur. Même les moments durant lesquels nos corps fusionnent, je sens bien que cela devient mécanique, moins passionnel. Tu vas me dire que c'est normal avec les années qui passent. Je te dirai que je ne suis pas d'accord, cela ne le justifie en aucun cas. Peu importe le nombre d'années, tant que l'amour reste vivant, le plaisir de l'autre reste une priorité. Enfin, il le devrait…

Évan se retrouve à nouveau de garde ce week-end, demain soir, j'irai chez ma mère pour notre soirée hebdomadaire, il faut que je trouve un nouveau film à lui apporter. Je sais que je la critique souvent, mais sa présence m'est indispensable également. Le temps passant, j'ai toujours peur de la perdre, j'espère pouvoir profiter d'elle encore de nombreuses années. Nos moments ensemble (quand nous n'évoquons pas le sujet d'Évan, bien sûr) me réconfortent et me font le plus grand bien. Son humour m'a toujours rassurée et montré la vie autrement. Certes, elle a son caractère bien trempé, cependant elle reste ma mère et je sais qu'elle m'aime plus que tout. Ce dont je doute beaucoup en ce moment en ce qui concerne Évan... J'ai l'impression de ne plus exister pour lui, et de n'être que la millièèème roue du carrosse. De ne plus du tout compter à ses yeux, bref, de n'être plus qu'un simple meuble. Tu sais ce qui me ferait plaisir, mon journal ? Qu'il se rende enfin compte de tout ça, et qu'il prenne soin de moi. Que l'on parte tous les deux quelques jours dans un endroit romantique et qu'il me montre à quel point il tient encore à moi. Est-ce trop demander ? Lorsque je ferme les yeux avant de m'endormir, je repense souvent à notre rencontre, nos premiers émois, ce que je ressentais en sa présence et je me demande pourquoi on n'y arrive plus. Avant chacun faisait tout pour rendre l'autre heureux, aujourd'hui, nous ne faisons que nous croiser. Je ne sais même pas comment il va vraiment, nous survolons nos sujets de discussion, sans vraiment y prêter l'attention que l'on devrait. Parfois, j'ai l'étrange sensation de vivre en compagnie d'un ami et non de mon mari. Nous n'avons plus grand-chose en commun et ne partageons pratiquement plus rien ensemble. Avant, il s'intéressait à mon travail, venait même parfois m'observer dans mon atelier. Mais ça c'était avant...

Bref, je pense que tu as compris ma situation, hein, mon journal ? Ce serait si facile si je n'avais plus aucun sentiment pour lui, je partirais. Malheureusement, ce n'est pas aussi simple, je l'aime si fort. Il se révèle un père formidable pour

Félix, je n'aurais pas pu rêver mieux pour mon fils, pour notre fils.

Pourquoi faut-il que le temps abîme notre amour ? Ne devrait-il pas au contraire le rendre plus fort au fil des années partagées ensemble et des moments vécus ?

J'aimerais me retrouver durant nos premières années, découvrir à nouveau des étoiles dans ses yeux lorsqu'il me regarde. Sentir que je compte pour lui et qu'il donnerait tout pour moi. J'en demande sûrement trop.

Tu vas certainement me dire, pourquoi tu ne lui en parles pas ? Crois-moi ou non, j'ai tenté d'aborder le sujet à maintes reprises. Toujours la même réponse : « Enfin, qu'est-ce que tu racontes, bien sûr que je t'aime, n'en doute jamais. Je m'occupe de nous organiser une soirée en amoureux. » Bon, eh bien, j'attends toujours qu'il s'en charge, voilà, voilà !

Des promesses, toujours des promesses, je n'ai rien vu venir. De ce fait, je me sens mal dans ma peau, l'impression de ne plus lui plaire, de ne plus être à la hauteur de ses attentes. Je me sens moins femme, moins jolie, moins attirante à ses yeux, et ça me fait mal. À croire que les contraintes de notre quotidien ont eu raison de notre amour. Depuis le départ de Félix, nous aurions pu en profiter pour bénéficier de nombreux moments à deux, quel gâchis !

Tu dois en avoir marre, mon cher journal, de m'entendre me plaindre. À qui d'autre puis-je me confier si ce n'est à toi ? À qui puis-je tout dévoiler, tout avouer sans aucune pudeur ?

Coucher toutes mes pensées sur papier me procure une sensation de bien-être immédiat, comme si je m'en débarrassais en les posant sur cette feuille. Est-ce utopiste de croire que l'amour peut durer toujours ? Bon, il faudrait que je me remette au travail, mon inspiration en a pris un coup !

Je n'arrive plus à réfléchir et à laisser mon esprit s'évader pour laisser parler mon imagination. Cela faisait longtemps que ça ne m'était pas arrivé.

Tout ceci reste entre toi et moi, OK ? Hier, en sortant de ma galerie, j'avais envie de marcher pour rentrer, de prendre mon temps. Je me suis même arrêtée prendre un verre à une terrasse, pour ne pas arriver trop rapidement et me retrouver encore seule.

Au bout d'une dizaine de minutes, j'ai senti le regard d'un homme sur moi. J'étais à la fois gênée, mais également flattée. Oui, flattée qu'un homme pose ses yeux sur moi, soit attiré, cela m'a fait le plus grand bien. Quelques minutes plus tard, cet homme s'est approché de ma table et a proposé de m'offrir un verre. Eh bien, tu sais quoi, j'avais franchement envie d'accepter, lui qui me montrait un tant soit peu d'intérêt, mais je n'ai pas réussi, l'irrépressible sensation de trahir Évan. J'ai refusé. Aurais-je dû accepter ? Je ne sais pas, je ne sais plus… Juste le fait de me faire draguer et d'éprouver cette sensation de plaire qui me manque tant, m'a rassérénée. Ce n'est pas une question d'ego, juste de confiance en moi. Je ressens le besoin de sentir que je plais, tu comprends ? De redevenir femme, désirée, bref, d'être plus épanouie.

Il faut que l'on prenne le temps de se poser et de discuter sérieusement de notre avenir, parce que si cela continue de cette manière, je ne pourrai pas tenir le coup et je devrai partir. Je ne me vois vraiment pas terminer ma vie de cette manière à ses côtés.

Mon cœur m'intime l'ordre de lui laisser une dernière chance, ma raison au contraire tente de me convaincre que cela ne mènera à rien. Je ne sais plus que penser, je me sens totalement perdue.

Je me demande bien ce qu'il y a de si intéressant à son travail pour qu'il ait envie d'y passer tout son temps. Est-ce que tu penses qu'il me trompe ? Est-ce vraiment seulement la passion de son travail qui le retient là-bas ? Vraiment ??? J'avoue que je commence à en douter. Il ne me regarde plus comme avant, est-ce finalement parce qu'il a trouvé l'amour ailleurs ? Rien que de l'envisager, mon cœur se brise en mille morceaux. Je ne supporterai pas une trahison de sa part, jamais. Aucun retour possible. Je sais que je me fais peut-être des films, pourtant, cette idée ne paraît pas si saugrenue. Tous ses week-ends passés hors de la maison et ses nuits de garde… Ce serait si simple pour lui de se retrouver dans les bras d'une autre femme. Pour une nuit, pour plusieurs. Même ma mère y a pensé, c'est pour te dire.

Voilà où j'en suis aujourd'hui, nulle part finalement. Je tourne en rond avec mes suppositions et mes doutes. J'en suis rendue à le soupçonner sans aucune preuve, tellement je me sens abandonnée et seule. Allez, je vais organiser cette sortie au restaurant la semaine prochaine, je vais réserver dès maintenant pour ne pas reculer. En espérant que cette fois, il se montre présent et que nous puissions discuter à cœur ouvert, franchement, de notre vie et de notre avenir. J'en ai marre de ne pas savoir où j'en suis, j'ai besoin de réponses de sa part.

Sur ce, je te laisse avec cette citation d'Alessandro Morandotti :

La patience est une vertu qui s'acquiert avec de la patience.

Évan n'en revient pas de ce qu'il vient de découvrir à la lecture du journal de Luna. Sa femme se sentait si mal et… il ne s'est aperçu de rien ! Il a honte de son comportement qui a pu lui faire croire qu'il la trompait.

S'il s'était trouvé au restaurant ce soir-là avec Luna, rien de tout ceci ne se serait produit, elle ne serait pas clouée à ce lit. Il aurait pu lui montrer à quel point il tenait à elle, et le lui prouver. Il aurait eu une chance. Est-ce qu'elle lui en donnera une seconde lorsqu'elle sera rétablie ? Acceptera-t-elle de lui pardonner ? Toutes ces questions hantent son esprit, ne lui laissant aucun répit. Pourtant, Évan pense mériter tout ce qui lui arrive, ne s'étant pas montré à la hauteur des sentiments de sa femme.

Demain, le cardiologue retourne au travail, et va enchaîner les gardes. Cependant, il se l'est promis, la rééducation de sa femme restera sa priorité et il ne laissera rien, ni personne, changer cet état de fait.

21.

« Aimer, c'est mourir en soi
pour revivre en autrui. »

Honoré d'Urfé

Quelques semaines ont passé depuis l'évolution de l'état de Luna. Sa reprise de conscience se fait lente. Par chance, sans trop de séquelles intellectuelles, physiques et psychologiques, que la rééducation a pour objectif d'estomper. En effet, ses souvenirs sont toujours présents, hormis le fameux soir du drame qui demeure flou dans son esprit. Une rééducation pluridisciplinaire a débuté pour Luna, comprenant des séances de kinésithérapie, d'ergothérapie, d'orthophonie, de psychiatrie… Cette période de réadaptation est longue et fastidieuse aux yeux de Luna, ainsi que de sa famille, mais reste nécessaire, s'adaptant aux difficultés qu'elle peut rencontrer. Luna reste hospitalisée, et commence à reprendre pleinement conscience de son environnement. Ses phrases deviennent de plus en plus claires ; ses gestes, plus précis ; sa marche, plus fluide. Lorsque Luna est revenue à la vie, elle éprouvait une sensation de néant, un silence pur et infini. En vie, face à la mort. Le passé et le futur lui importaient peu dans ce présent intemporel.

D'abord, un son court et étouffé qui l'a rapprochée de la conscience, ce sentiment de plénitude qui s'estompe petit à petit, une voix qui chuchote, quelqu'un qui lui tient la main. Ses paupières lourdes, cette lumière intense. Une voix familière, tenter de s'exprimer sans succès. Puis, enfin, doucement, la vie reprend peu à peu ses droits. Chaque étape lui a demandé un effort considérable.

Évan s'est montré d'un incroyable soutien pour sa femme, Salomé et Félix également. Les cours de ce dernier sont maintenant terminés, et tant bien que mal, le jeune homme a réussi à valider son année. Il souhaite passer ses vacances près de sa famille. La reprise du travail pour le médecin n'a pas été de tout repos, il a enchaîné les gardes de nuit afin d'être aux côtés de sa femme la journée, malgré la fatigue. Salomé lui a été d'un grand secours durant cette période compliquée, entre les progrès et retours en arrière de Luna, sa fatigue, son travail et sa culpabilité, rien ne lui aura été épargné.

Sa belle-mère, rassurée par le retour de sa fille, l'a soutenu de toutes ses forces et le considère aujourd'hui différemment, comme son propre fils. La grand-mère s'est bien rendu compte de l'amour que ressentait Évan envers sa fille, il lui a prouvé à maintes reprises, durant cette épreuve. Entre la gestion de son association qui va bientôt ouvrir et les visites à sa fille, son emploi du temps reste bien chargé. Les gamins du quartier, ravis de son initiative, se sont impliqués dans le projet, bien conscients des bienfaits que celle-ci leur apportera. Les jeunes se rendent chaque jour dans le local pour aider à peindre, décorer, trouver des meubles d'occasion afin de rendre la pièce plus accueillante. Ève et Paloma sont chargées de trouver des professeurs prêts à donner de leur temps pour aider les jeunes en difficulté scolaires. Quant à Salomé, elle s'occupe de trouver des partenaires afin d'offrir des stages ou offres d'emploi. Après une discussion avec Luna, lorsqu'elle se sentira mieux, elle s'attellera à trouver des endroits culturels avec ses contacts, afin d'octroyer des réductions pour des visites. Chacun ajoute sa pierre à l'édifice selon ses compétences et connaissances.

Après sa garde de 24 heures et quelques heures de sommeil dans la salle de repos, Évan se rend dans la chambre de Luna. Le grand sourire qu'elle lui offre à son arrivée, lui met du baume au cœur. Le couple n'a pas encore pris le temps d'évoquer ses soucis, la rééducation de Luna passant en priorité. Maintenant qu'elle se sent mieux et qu'elle est capable d'avoir une discussion, il est temps de franchir le pas. Évan reste effrayé par la réaction de sa femme. Où en est-elle aujourd'hui ? Réfléchit-elle toujours à le quitter après tout ce qui s'est passé ?

Évan lui apporte son journal intime afin de se confier et de rester honnête envers elle. Si, de prime abord, Luna s'est montrée en colère qu'il eût pénétré son intimité, elle a fini par comprendre ses motivations et ce lien qu'il tenait à conserver durant son coma. Pourtant, elle ne souhaite pas le relire. Une furieuse envie de prendre un nouveau départ, comme une page blanche afin d'écrire une nouvelle histoire. Son passé demeure derrière elle. Luna se souvient très bien d'où elle en était de leur relation avant son coma, et en effet, il serait bon d'en discuter sérieusement.

Si la jeune femme ne le tient en aucune façon responsable de son accident, néanmoins, elle conserve du ressentiment envers son mari, il l'a tant négligée. Pourtant, ces quelques mois dans le coma la font réfléchir à ce qui reste important. Ses sentiments pour Évan ne l'ont pas quittée. Néanmoins, reprendre le cours de sa vie là où elle l'a laissé lui paraît inimaginable, les choses doivent changer. Inconsciemment, Luna met une distance entre son mari et elle, de peur que tout recommence comme avant son accident. Évan l'a bien senti. Salomé également, qui contrairement à toute attente, se range du côté de son gendre et tente de rassurer sa fille quant à son couple.

Évan s'approche et pose la main sur celle de Luna.

— Comment te sens-tu ce matin, ma chérie ? tente-t-il, le regard fuyant.

— Je ne sais pas, ce matin, je vais plutôt bien, pourtant j'ai l'impression que chaque journée est un combat. J'avance d'un pas, puis je recule de deux, souffle-t-elle, visiblement démoralisée.

Pourtant, souligne Évan, Luna a fait d'énormes progrès ces dernières semaines, et surtout aucunes séquelles graves pour le moment, ce qui reste une très bonne nouvelle. Même si elle sait sa chance, son impatience prend le dessus.

— Mes mains ne cessent de trembler, j'arrive à les stabiliser de temps à autre, alors penser à peindre à nouveau, je ne l'envisage même pas ! ajoute-t-elle, désappointée.

Évan se sent si impuissant face à la souffrance de sa femme, il ne peut rien faire pour elle, hormis la soutenir. Quelle frustration ! Salomé arrive dans la chambre, s'approche de lui et le serre dans ses bras. Il lui propose d'aller leur chercher du café, elle accepte avec plaisir. Luna paraît surprise ces derniers temps, elle trouve Évan et sa mère tellement proches.

— Maman, que se passe-t-il avec Évan ? Toi qui pouvais à peine supporter sa présence ! lance-t-elle, les sourcils froncés.

Salomé prend une grande inspiration, mesurant combien son attitude envers son gendre a bien évolué, et voyant que sa fille ne la comprend pas. Elle lui explique que ces derniers mois ont été éprouvants pour tout le monde. Évan a eu beaucoup de mal à endurer cette situation, se nourrissait à peine et passait son temps entre son lit et l'hôpital. Plus les semaines s'égrenaient, plus Salomé s'est rendu compte de sa tristesse et de son épuisement. La grand-mère l'a donc invité à dîner aussi souvent qu'elle le pouvait, ayant également à gérer son propre désespoir. Luna écoute sa mère sans piper mot, dire qu'elle a attendu pendant des années qu'Évan et elle s'entendent enfin…

— Je ne sais qu'en penser, maman. J'ai souhaité ça depuis toujours et là, aujourd'hui, je ne sais pas… Je n'ai plus confiance, je me sens si meurtrie, si peu enthousiaste à l'idée de retourner à la maison.

— Je te comprends, mi querida, *ma chérie*, il y a encore quelques mois, j'aurais été la première à te conseiller de le quitter. Si tu avais vu comme il a changé, il a ENFIN fait de toi sa priorité durant ces derniers mois.

— Facile, j'étais allongée ici sans bouger ! s'énerve Luna.

— Ne sois pas si injuste envers lui, son cœur s'est brisé en mille morceaux. Il ne vivait plus que pour toi, n'est pas retourné au travail. Il semble avoir enfin compris qu'il était dans l'erreur en faisant passer ses patients avant toi, crois-moi, il a compris la leçon !

Luna ne paraît pas convaincue par les arguments de sa mère. Elle estime que son mari a eu de la peine et que c'est pour cette raison qu'il est resté à son chevet et que, dès qu'elle sera de retour à la maison et ira mieux, tout recommencera comme avant. Il l'oubliera à nouveau et la laissera dans un coin. Elle ne veut plus de cette vie. Salomé comprend sa fille plus qu'elle ne le pense, pourtant elle ne saurait l'expliquer, mais reste persuadée qu'Évan est sincère et qu'il l'aime de tout son cœur. Il fera tout ce qu'il faut pour changer leur vie. Luna évoque la possibilité de ne pas rentrer tout de suite chez elle lorsqu'elle sortira dans quelques semaines, et d'aller vivre chez sa mère pour réfléchir à sa situation et à son avenir. Bien que surprise par cette décision, Salomé ne peut qu'accepter de s'occuper de sa fille chez elle.

Félix les rejoint dans la chambre. Sa mère lui a tant manqué, la retrouver aujourd'hui, presque comme avant, a été la plus belle surprise de sa vie. Pourtant, son amie Jade lui manque terriblement, il souhaiterait la voir mais ne s'imagine pas quitter sa mère au moment où elle a le plus besoin de lui. Luna a beau insister pour qu'il la rejoigne, le jeune homme ne veut pas l'abandonner. Elle réfléchit, semblant chercher une solution.

— Et pourquoi ne l'inviterais-tu pas à la maison ? Ce serait l'occasion de nous la présenter ? propose-t-elle, le gratifiant d'un clin d'œil.

Félix n'avait pas même envisagé cette possibilité, mais l'accueille avec plaisir. Il l'appellera ce soir pour évoquer le sujet avec elle.

Évan allait rejoindre la petite famille dans la chambre, lorsque Martin l'attrape par le bras pour lui demander de le suivre dans son bureau. Le médecin souhaite discuter. Évan dépose les cafés dans la chambre et le suit sans hésiter, paraissant soucieux.

— Que se passe-t-il, Martin, tu as l'air anxieux ? tente-t-il, visiblement inquiet.

— Prends un siège, mon ami, répond-il laconiquement.

L'inquiétude du cardiologue ne fait que s'amplifier, compte tenu de l'attitude de son ami. Martin se racle la gorge et se décide enfin à évoquer un sujet douloureux à propos de Luna. En effet, l'œdème cérébral causé par l'accident a engendré des lésions aux nerfs optiques de sa femme. Visiblement légères aux premières constatations, elles ne font que s'aggraver et laissent penser qu'elles continueront.

— Où veux-tu en venir, Martin, sois direct, s'il te plaît ! insiste-t-il, le regard froid.

— Ses lésions sont irréparables. Aucune opération ne se révèle envisageable pour améliorer la situation, sans créer plus de dégâts.

Évan prend brutalement conscience du problème. Ce n'est pas possible ! Luna va devenir… aveugle ! Il plonge son visage dans ses mains, rien ne sera épargné à sa femme. Le destin ne pouvait pas se montrer plus cruel, il semble s'acharner sur eux. Comment lui annoncer ? La priver de sa passion et de son travail : la peinture. Évan se dirige vers la fenêtre, le regard dans le vague.

— Pourquoi ? Mais pourquoi… lance-t-il, frappant son poing contre le mur de toutes ses forces.

— Évan, non, qu'est-ce que tu fais ? Montre-moi ta main ! s'écrie Martin, visiblement choqué et inquiet.

Évan reprend ses esprits.

— Ce n'est rien, c'est bon ! Combien de temps ? s'enquiert-il, visiblement fatigué et usé par cette nouvelle épreuve à venir pour le couple.

— Quelques semaines, peut-être quelques mois tout au plus. Tu restes bien placé pour savoir qu'on ne peut en être certain, insiste son ami, posant la main sur son épaule afin de le rassurer.

Évan retourne dans la chambre, se tient devant la porte et n'ose y pénétrer. Doit-il attendre qu'elle soit seule pour le lui annoncer ? Prenant une grande inspiration et séchant ses larmes, il entre dans la pièce, le sourire aux lèvres. Qu'il est difficile de faire semblant…

22.

« L'espoir est une mémoire qui désire. »

Honoré de Balzac

Salomé commence à préparer la chambre d'ami pour Luna, qui va passer quelque temps chez elle à sa sortie d'hôpital, d'ici à une dizaine de jours. La grand-mère souhaite la décorer afin de la rendre plus joyeuse pour sa fille. Rien n'est trop beau pour sa princesse.

Quant à Félix, après un long moment dans sa chambre, au téléphone avec Jade, le jeune homme l'a persuadée de passer quinze jours avec lui dans sa famille. Son amie hésitait, sachant la terrible épreuve qu'ils traversent actuellement, mais Félix lui manque trop pour refuser sa proposition. Cela constitue également l'une des rares occasions de rencontrer ses parents.

Évan, se retrouvant seul en compagnie de sa femme, profite de ce moment pour lui confier les détails de son entretien avec Martin.

— Ma chérie, je dois t'avouer quelque chose, ce n'est pas une bonne nouvelle, commence Évan timidement.

Luna se renfrogne aussitôt, qu'est-ce qui va encore lui tomber dessus ? Sa femme le fixe tendrement afin de le rassurer et de l'inciter à continuer.

— Après une discussion avec Martin, nous nous sommes rendu compte que ton œdème a fortement endommagé tes nerfs optiques, souffle-t-il, visiblement gêné.

Le regard inquiet que lui assène Luna ne lui donne sûrement pas l'envie de poursuivre. Pourtant, il n'a pas le choix et se doit d'aller jusqu'au bout. C'est maintenant ou jamais.

— Ta vue va être altérée et…
— Comment ça, altérée ? À quel point ? l'interrompt-elle, visiblement touchée et anxieuse, le cœur battant.

Évan souffle et lui révèle qu'elle va perdre la vue. Ce n'est qu'une question de temps avant qu'elle ne soit plongée dans le noir total.

Des larmes perlent sur les joues de Luna, qui ne parvient plus à reprendre sa respiration. Évan ressent son profond chagrin, son désarroi, sa douleur. Cette dernière s'échappe de son être, comme une présence palpable. Il tente de la rassurer et de lui prendre la main. Elle la rejette violemment.

— Comment est-ce possible ? Pourquoi le destin s'acharne-t-il de cette manière ? Implacable, insensible, si violent et indifférent ! Qu'ai-je bien pu faire pour mériter cette autre épreuve ? Je commençais à peine à reprendre l'espoir d'une nouvelle vie ! crie-t-elle, les yeux fixés vers le plafond.

Luna plonge son visage dans ses mains, totalement abattue. Puis, une soudaine envie de vomir s'empare de la jeune femme et elle se dirige vers la salle de bains. Évan essaie de la suivre, elle le repousse. Après avoir pratiquement vidé le peu qu'elle avait dans l'estomac, elle s'assoit à terre et pleure toutes les larmes de son corps, donnant des coups de pied dans le vide. Évan la rejoint finalement et lui propose de l'emmener se promener dans le parc. Elle accepte, ayant la terrible sensation d'étouffer dans cette chambre lugubre.

Son mari quitte la pièce et revient muni d'un fauteuil pour aider sa femme à se déplacer. Elle marche de mieux en mieux mais cela la fatigue énormément, le fauteuil l'aide à parcourir de plus longues distances pour se promener. Évan la porte et l'installe, la poussant jusqu'au parc. Pendant le trajet, il tente de trouver des mots rassurants pour sa femme, comment l'apaiser ? La consoler ?

Le couple s'arrête près d'un arbre, en hauteur, les gratifiant d'une très belle vue sur le parc tout entier. Évan s'accroupit face à son épouse et lui embrasse la main. Luna, passant par de multiples émotions ne peut contenir sa colère face à cette annonce. La femme crie de toutes ses forces, pleure, injure, assène des coups de poing sur son torse.

À qui peut-elle en vouloir ? À son mari pour l'avoir abandonnée au restaurant ? Au conducteur du camion qui a grillé le feu rouge ? À ce Dieu qui ne fait rien pour elle ? Pourquoi lui enlever sa passion ? La seule chose pour laquelle elle concédait qu'elle avait du talent. Luna met toutes ses tripes dans son travail depuis des années, que va-t-elle devenir si on lui retire ce bonheur ?

Le cœur d'Évan se brise lorsqu'il constate la tristesse qu'éprouve sa moitié. Même s'il s'en doutait, la contempler dans cet état lui rappelle à quel point il reste impuissant face à son immense douleur. Il la serre dans ses bras, et lui promet qu'il sera présent pour elle dans cette difficile épreuve, jamais plus il ne l'abandonnera. Luna sèche ses larmes et s'adresse à lui d'un ton sec et froid.

— Tu dis ça aujourd'hui, mais demain… Lorsque je serai dans le noir et qu'il faudra s'occuper de moi, que diras-tu ? Lorsque je serai tellement dépendante, hein, comment réagiras-tu ? lui assène-t-elle, le fixant de son regard émeraude profond.

Évan pense qu'il n'a que ce qu'il mérite. Elle a raison de douter de lui et de son soutien, après tout ce qu'il lui a fait subir depuis trop longtemps. Évan ne négligera plus jamais sa femme, il sera présent pour elle et il compte bien l'en convaincre, quoi qu'il lui en coûte. Il l'aide à se relever de son fauteuil et se poste face à elle, la fixant du regard.

— Écoute-moi, ma chérie, je sais que j'ai merdé ces dernières années. Je t'ai délaissée, abandonnée même, je le regrette profondément. Je te promets qu'à compter de ce jour, tu restes et tu seras toujours ma priorité. Ces derniers mois m'ont permis de comprendre à quel point j'avais été égoïste, et fait passer mon travail avant tout, surtout avant TOI ! Salomé également m'en a fait prendre conscience, avec son tact légendaire ! Laisse-moi une chance, laisse-moi être là pour toi et te soutenir, je t'en prie… supplie Évan, visiblement ému.

Luna plonge dans ses pensées. Ces mots d'Évan, elle aurait tant voulu les entendre ces dernières années. Il aura fallu ce terrible accident pour qu'il s'en rendît compte. Sa sincérité ne fait aucun doute. Pourtant, elle reste persuadée que lorsque le temps fera son office, tout redeviendra comme avant. Évan paraît empli de belles intentions, qu'adviendront-elles dans un mois, dans six mois ? Chassez le naturel et il revient au galop. Ses belles promesses ne suffiront pas à rassurer Luna.

— Tu ne comprends pas ce que je ressens, Évan. Après cet accident, arrive maintenant une nouvelle épreuve que je ne suis pas sûre de pouvoir surmonter. Putain, je vais perdre la vue ! Mon outil de travail, ma vie… Tout ce que je connais va disparaître, je ne pourrai plus voir le visage des personnes que j'aime… Tu ne peux pas te mettre à ma place… Personne ne le peut ! Je suis anéantie par cette nouvelle, bon sang ! qu'est-ce que je vais devenir ?

Luna enfouit son visage dans ses mains, le souffle court. Elle tente de reprendre sa respiration et continue.

— J'ai discuté avec ma mère, à ma sortie, je vais passer quelque temps chez elle, j'ai besoin de digérer tout ce qui m'est arrivé et ce que je m'apprête à subir. J'ai besoin d'un peu de temps et de me retrouver seule face à moi-même. J'espère que tu comprends, espère-t-elle, sincère et déterminée.

Les paroles de Luna se plantent dans son cœur, comme un coup de grâce. Il ne s'attendait pas à ça. Évan souhaitait s'occuper d'elle, lui démontrer à quel point il a eu tort et qu'il a changé.

Comment pourra-t-il le lui prouver si elle ne lui en donne pas l'occasion ? Cependant, le médecin sait bien que l'empêcher d'aller chez sa mère ne ferait qu'aggraver la situation entre eux. Leur équilibre semble si fragile, tellement précaire. Évan acquiesce et raccompagne sa femme dans sa chambre.

Luna reste bien consciente du mal qu'elle fait à son mari, mais elle doit également penser à son bien-être et à son avenir. C'est tout de même elle qui est restée dans le coma durant trois mois et qui va devenir aveugle ! À cette simple pensée, son rythme cardiaque s'emballe et ses mains deviennent moites. Combien de temps lui reste-t-il ? Comment l'annoncer à sa mère ? À son fils ? Une chose à la fois, d'abord digérer cette nouvelle information, puis la partager. Et surtout… surtout… réfléchir à un nouvel avenir professionnel.

Évan souhaitait tenir compagnie à sa femme, cette dernière voudrait se retrouver seule ce soir. Il rentre chez lui, abattu, déçu et tellement, tellement triste. Le médecin n'aurait jamais cru que ce serait sa première réaction, il compose le numéro de Salomé, ayant un besoin irrépressible de se confier à elle. Non pas sur l'annonce de la terrible épreuve qu'ils vont vivre, c'est à Luna de le faire, mais pour obtenir du réconfort auprès de la seule personne qui a su se montrer présente pour lui ces derniers mois. Qui l'eût cru !

Salomé décroche à la seconde sonnerie.

— Comment ça va, *el médico* ?

— …

— Évan ? Tout va bien ? insiste-t-elle, sincèrement inquiète.

— Je suis désolé, je n'aurais pas dû vous appeler, répond-il dans l'intention de raccrocher.

— Attends, Évan, tu peux tout me dire, ajoute-t-elle.

Évan lui raconte sa conversation avec sa femme, son désir de ne pas rentrer à la maison. Oh, il ne souhaite pas se plaindre, juste partager sa déception et sa douleur auprès d'une personne qui le comprendra. Salomé perçoit son désarroi. Ces derniers mois ont été l'occasion pour elle de découvrir le véritable Évan, et contre toute attente, de s'attacher sincèrement à lui. Il lui a prouvé à maintes reprises qu'il regrettait et qu'il se montrerait présent pour sa fille à l'avenir. Elle lui fait confiance. Pourtant, lui aussi doit faire confiance à Luna. Si elle ressent le besoin de réfléchir et de se retrouver seule, il doit également le comprendre et l'accepter.

— Et puis, imagine qu'elle me ramène Brad Pitt ? plaisante-t-elle, espérant ainsi détendre l'atmosphère.

Sa dernière phrase a le mérite de lui arracher un sourire que Salomé perçoit à travers le téléphone. Sa belle-mère et son franc-parler ! Il n'empêche que si elle ne l'avait pas épaulé, Dieu seul sait où il en serait aujourd'hui. Évan lui doit énormément. Il va écouter ses conseils et se montrer patient. Sa femme a besoin de temps et d'espace, il va les lui donner. Salomé tente de le réconforter, Luna l'aime, elle en reste persuadée. Elle veut juste digérer toute cette histoire et savoir où elle va. Évan la remercie et raccroche. Ce coup de fil l'a rasséréné. Cela prendra le temps que ça prendra, il lui montrera qu'elle est la femme de sa vie ! Autant Luna lui a expressément demandé de ne rien révéler à sa mère, autant elle n'a pas la force de l'annoncer à son fils. Évan s'en chargera ce soir, bien qu'il appréhende ce moment. Il a dû annoncer tellement de mauvaises nouvelles à Félix ces derniers temps, est-ce que ce sera celle de trop ? Celle qu'il n'arrivera pas à accepter ?

Évan se gare devant sa maison. Il prend une grande inspiration et se dirige vers la porte. Déposant ses affaires dans l'entrée, il file directement vers la salle de bains, après un rapide bonjour à son fils dans sa chambre. Le besoin de se détendre après cette pénible journée se fait sentir. Même si les paroles de Salomé l'ont apaisé, Évan reste effrayé. Que va décider Luna ? Va-t-elle le quitter ? Il ne le supporterait pas. Vivre sans son rayon de soleil lui est impossible. Que va-t-il devenir sans la présence de sa femme ?

Après avoir déversé toute sa colère et sa tristesse sous un jet d'eau bouillant, il attrape sa serviette et se sèche, toujours dans ses pensées. Arrivé dans sa chambre, il se

met en pyjama et entend toquer à la porte. Félix. Évan l'invite à s'asseoir sur son lit et pose la main sur la sienne.
— J'ai à te parler, mon fils…

23.

« Être digne du bonheur
donne la patience de l'atteindre. »

Anne Barratin

*É*van évoque franchement l'état de Luna avec son fils, et la perte future de sa vue. Félix reste bouleversé, pourquoi le sort s'acharne-t-il autant sur sa mère ? N'y a-t-il aucune solution pour éviter ce drame ? Malheureusement, son père lui confirme qu'une opération s'avère impossible pour éviter que les nerfs optiques ne s'abîment davantage. Personne ne peut prédire à quel moment tout s'arrêtera, c'est l'histoire de quelques semaines, voire plusieurs mois. Le médecin le prend dans ses bras, tentant de le consoler. La vie ne les a pas épargnés ces derniers mois, et continue irrémédiablement son office, sans même leur laisser le temps de respirer, de souffler.

Évan en profite pour prévenir Félix que sa mère restera quelque temps chez Salomé, histoire de prendre du recul et de réfléchir à son avenir. Le monde de Félix s'écroule. Rien ne sera plus comme avant. Son amie Jade arrive dans quelques jours, sa présence lui procurera un bien fou. Une personne à qui parler, confier ses peines et ses doutes, en dehors de sa famille. Voilà ce dont il manque cruellement et dont il a besoin en ce moment.

Sarah, Loïc et Lola, les amis de Luna, lui rendent visite cet après-midi. Cette dernière en profite pour leur annoncer la mauvaise nouvelle. Ses amis compatissent à sa douleur et tentent de la rassurer, elle est en vie après plusieurs mois de coma. Luna essaie de relativiser, ils ont raison, cela aurait pu être pire, mais tout de même... Elle va devoir renoncer à son travail, sa passion à laquelle elle tient tant. Quelle tristesse ! Après le départ de Loïc et Lola, Luna demande à Sarah de rester. Elle se confie à elle sur son couple, son besoin de prendre du recul et de réfléchir tranquillement chez sa mère. Que de changements en si peu de temps. Sa vie a basculé le jour de son accident, et ne sera plus jamais la même. Ce malheur reste l'occasion pour elle de se fixer de nouveaux objectifs et de reconsidérer ce qu'elle souhaite vraiment. Doit-elle laisser une nouvelle chance à son couple ? Ou au contraire, sont-ils arrivés au bout de leur chemin ? Toutes ces questions tournent en boucle dans son esprit, ne trouvant aucune réponse. Bien consciente du mal fait à son mari, a-t-elle un autre choix ? Luna ne peut reprendre sa vie où elle l'a laissée, impossible ! Ce n'est pas une question de sentiments, elle aime toujours Évan, mais peut-elle avoir confiance en lui ? Consentira-t-il à faire des efforts les premiers temps pour redevenir le mari absent qui la rendait si malheureuse ? Sarah tente de la rassurer, rien ne presse, elle peut et doit mettre à profit tout son temps pour y réfléchir. Selon elle, cette idée de passer un moment chez sa mère tombe à pic. Cela lui permettra de ne pas se laisser influencer par son mari et de prendre une décision en toute connaissance de cause. Après le départ de Sarah, son patron Étienne, prend le relais. Luna semble fatiguée de devoir répéter le même discours à tous, elle n'en peut plus, c'est au-dessus de ses forces. Pourtant, il va bien falloir lui en parler, ce dernier étant affecté de plein fouet par cette nouvelle. Elle se confie enfin à son responsable. L'homme, tout d'abord surpris et triste pour elle, paraît réfléchir, au grand étonnement de Luna.

— Ma belle, laisse-moi t'entretenir d'une personne dont tu as sûrement déjà entendu parler, lance-t-il, la fixant de son regard déterminé.

Étienne, ancien peintre, ayant monté sa galerie il y a maintenant plus de dix ans, connaît énormément de monde dans ce milieu. Ayant vécu aux États-Unis, ses contacts sont nombreux dans le monde entier. Il souhaite lui parler d'un peintre qu'il a connu il y a quelques années, lorsqu'il résidait à New York. Il se nomme John Bramblitt.

— Pourquoi me parles-tu de cet homme, qui est-il et qu'a-t-il à voir avec ce qui m'arrive ? s'étonne-t-elle.

— Tu n'as pas changé, toujours aussi impatiente, répond-il, lui adressant un clin d'œil.

Ce peintre a une petite particularité… En effet, il est aveugle ! Étienne lui explique sa technique. Le processus se révèle plutôt impressionnant mais surtout, très astucieux. Peindre par le toucher, et non par la vue. Afin de s'adonner à sa passion, il utilise diverses peintures à l'huile qui possèdent des textures singulières, afin de reconnaître chacune des couleurs au toucher. Pour les formes et les dessins, il dessine tout d'abord un croquis en relief sur la toile, dont il se sert ensuite pour reconnaître les différentes futures parties de son œuvre avec ses doigts.

— Comment fait-il ça ? s'enquiert Luna, tout à coup, visiblement intriguée par cette conversation.

Son imagination prend vie et se transfère sur ses peintures. Un imaginaire qui fait bien sûr appel à la mémoire de John, à ses souvenirs. L'artiste fait preuve d'une très belle capacité à interpréter et mémoriser les formes, à sa propre manière, juste à l'aide de ses doigts. Son patron termine son discours en lui expliquant que se montrer créatif ne se résume pas qu'au visuel. L'art n'est pas forcément toujours visible. Il se trouve partout, subjectif et peut être ressenti de millions de façons différentes. Ce peintre extraordinaire ne peut pas contempler ses œuvres, pourtant il parvient à les comprendre, les imagine et les apprécie tout autant à leur juste valeur. L'homme reste persuadé que Luna peut en faire autant, son talent est immense.

Cette conversation totalement inattendue a le mérite de donner à réfléchir à Luna. Et si elle pouvait continuer à pratiquer sa passion ? Un infime espoir se loge dans son esprit. Prenant la main de son responsable, elle le remercie chaudement pour cette discussion, qui remet en question ses pensées actuelles quant à son avenir. Étienne se lève pour partir et se tourne vers Luna, l'air désolé.

— Luna, souffle-t-il, je ne peux te garantir ton avenir dans la galerie, j'espère que tu comprends. Prends ton temps, écoute-toi et vois comment tu peux envisager tes nouvelles toiles. Montre-les-moi et on en reparle, cela te convient ?

— Évidemment, je comprends, Étienne, répond-elle, à la fois triste et heureuse tout de même de cette chance qui s'offre à elle.

Salomé arrive à ce moment-là, Étienne en profite pour les laisser et lui demander de réfléchir à ce qu'il vient de lui confier.

— De quoi parle-t-il, celui-là ? s'enquiert Salomé avec son tact légendaire.

Luna sourit et lui raconte sa conversation. Sa mère se détend, elle avait imaginé tout autre chose entre eux et se sentait en colère. Cette idée germe et prend forme rapidement dans l'esprit de Luna. À sa sortie dans quelques jours, elle se renseignera sur des cours de dessin pour personnes malvoyantes, afin de commencer à s'habituer à crayonner à l'aide d'un bandeau sur les yeux.

Évan hésite à retourner à l'hôpital aujourd'hui, peut-être devrait-il laisser un peu d'espace à Luna ? En même temps, il ne souhaiterait pas qu'elle pense qu'il l'abandonne à nouveau. Le médecin semble perdu, et ne sait plus où il en est. Lui qui pensait avoir passé le plus dur, que nenni ! Une autre épreuve douloureuse les attend avec l'avenir incertain de Luna et le leur en tant que couple également. Faisant fi de toutes ces considérations d'un revers de la main, il se décide à s'y rendre. Ayant tout de même la cuisante impression de devenir un étranger aux yeux de sa femme.

Arrivant dans sa chambre, il constate avec plaisir que sa mère et elle rient ensemble. L'observer sourire et prendre du plaisir, ne pouvait pas le rendre plus heureux. Il les regarde tendrement de loin, sans un mot, quelques instants, avant de pénétrer dans la pièce.

— Qu'est-ce que j'ai raté de si drôle, les filles ? s'aventure-t-il en s'approchant pour embrasser sa femme sur la joue.

Luna lui explique sa discussion avec Étienne. Son débit rapide montre à quel point cela lui a procuré du bien et l'a rassurée. Durant son long monologue, Évan n'a cessé de la fixer du regard, la contemplant sourire et reprendre espoir peu à peu. Même s'il se rend compte qu'il est jaloux que ce ne soit pas grâce à lui, il prend ! Cette bouffée de bonheur lui procure un bien fou. Il pose délicatement la main sur celle de sa femme, ce qui suscite un sourire franc à Salomé.

— Je suis ravi, ma chérie, aimerais-tu que je regarde les cours de dessin proches de la maison ? tente-t-il, souhaitant se montrer utile.

Luna acquiesce. Elle se doit de prendre le taureau par les cornes et de débuter au plus vite. Qui sait quand elle se retrouvera plongée dans le noir ! Évan semble heureux de prendre cette mission en main, et de garder ce lien avec sa femme, lorsqu'elle sera chez sa mère. Il compte bien se procurer tout le matériel nécessaire pour lui faciliter la tâche.

Luna commence à fatiguer, beaucoup de visites et d'émotions fortes aujourd'hui. Évan et Salomé la laissent se reposer. Évan quitte la chambre en lui précisant que Félix compte venir demain matin, afin de discuter avec elle de Jade. Un moment à deux leur fera le plus grand bien.

Le calme de la chambre détend Luna, qui se sent si faible. Ses yeux se ferment lentement, son rythme cardiaque ralentit, sa respiration se fait plus lente. Elle se retrouve dans les bras de Morphée seulement quelques minutes plus tard, épuisée. De nombreuses images apparaissent durant son sommeil. Des souvenirs ? Des images inventées ? Ne faisant pas la différence, elle se laisse porter par ses visions. Des voix se font entendre. Celle de son mari notamment. Luna sent sa main se poser sur la sienne, et l'entend s'adresser à elle. Lui promettre qu'il sera présent pour elle, qu'il regrette, qu'il l'aime tant. Il reconnaît l'avoir délaissée pour son travail et s'être montré si égoïste, privilégiant sa carrière de médecin à son détriment. Luna ne se rend pas compte, est-ce que ce sont des souvenirs de ce qu'elle a entendu durant son coma ? Ou est-ce juste ce qu'elle aimerait entendre de la bouche de son mari. Elle sursaute, imaginant qu'elle tombe dans un trou sans fin et se réveille, le cœur battant. Martin, qui faisait sa ronde, arrive à ce moment précis.

— Tout va bien, Luna ? l'interroge-t-il, tout en consultant ses constantes.

Luna reprend ses esprits et profite de sa venue pour lui poser quelques questions qui la turlupinent depuis sa sortie du coma.

— Ça va, merci, juste un rêve étrange, enfin, je crois… lui répond-elle, se frottant les yeux et se redressant sur son coussin.

Luna évoque toutes ses visions et les voix qu'elle entend dans sa tête, et lui demande s'il se peut qu'elle ait discerné toutes ces conversations durant son coma ; ou si c'est seulement le fruit de son imagination.

Martin lui explique qu'ils ont du mal à savoir si les souvenirs auditifs ou visuels sont des expériences réelles, oniriques ou rêvées. Celles-ci peuvent être également induites soit par la lésion elle-même, soit par les médicaments qui sont administrés, notamment pour entretenir le sommeil. Ces derniers peuvent entraîner de faux souvenirs.

— Si j'avais eu besoin d'une réponse du type *Doctolib*, je me serais rendue sur Internet, qu'en penses-tu, TOI ?

Le médecin sourit et comprend l'insistance de son amie.

— Pour être honnête et totalement transparent avec toi, je reste persuadé que les personnes dans le coma entendent tout ce qui se joue autour d'eux. Mais, il reste difficile de faire la part des choses et de distinguer les faux souvenirs de ceux qui demeurent réels. Tes visions sont toutes positives ? s'enquiert le médecin inquiet.

— Oui !

— Alors, disons que ce sont de vrais souvenirs, lance-t-il, la gratifiant d'un clin d'œil.

Martin lui confirme qu'il n'avait jamais vu Évan dans cet état. Ces derniers mois ont été pour lui une immense épreuve. Il lui explique tout ce qui s'est passé en son absence. Les demandes d'Évan pour travailler moins et se rendre disponible chaque jour auprès d'elle, son insistance pour avoir du temps pour la soutenir durant sa convalescence. Son profond désarroi. Ses jours et nombreuses nuits passés à ses côtés.

Luna n'en avait pas conscience, et semble ravie de l'entendre de la bouche du médecin. Pourtant, elle reste persuadée qu'elle a besoin de temps pour se montrer sûre de ce qu'elle désire pour son avenir, sans prendre en considération les besoins des autres.

24.

« Le renouveau a toujours été d'abord
un retour aux sources. »

Romain Gary

Une semaine passe, Salomé et Évan aident Luna à préparer son départ de l'hôpital. Son mari règle les formalités administratives, quant à sa mère, elle lui prête main forte pour l'habiller et ranger ses affaires. Luna tient à récupérer et conserver tous les dessins et photos présents dans sa chambre. Presque tous les collègues d'Évan attendent devant la pièce, tellement ravis de ce dénouement si rare dans leur service. Sortir du coma après trois mois, sans *presque* aucunes séquelles, relève du miracle. Chacun la serre dans ses bras avant son départ.

Évan les raccompagne toutes deux chez Salomé. Cette dernière a préparé la chambre de sa fille, afin qu'elle se sente le plus à l'aise possible. Luna se tourne vers Évan et le serre dans ses bras. Même si c'est sa décision, cela se révèle plus difficile que prévu de le laisser s'en aller et de rester seule chez sa mère. Il quitte à regret les deux femmes et se retrouve en larmes dans sa voiture. Comment vont se passer les prochaines semaines ? La patience n'a jamais été son fort, pourtant elle a été mise à rude épreuve ces derniers mois. Ce n'est que le début apparemment… Évan va devoir se montrer encore patient vis-à-vis de sa femme et la laisser revenir vers lui, enfin, il le souhaite de tout cœur.

Ne pas se laisser abattre, reste son credo ! Évan se dirige directement vers un magasin pour se procurer tout ce dont sa femme aura besoin pour ses cours de dessin, elle lui a laissé une liste, afin de ne rien oublier. Il semble ravi que Luna ait trouvé un but, cela l'aidera certainement dans sa rééducation et convalescence. Surtout, cela la confortera à accepter son avenir. Combien de temps lui reste-t-il ? Évan chasse cette pensée de son esprit d'un revers de la main.

Luna observe sa chambre, qui n'a pas tant changé, commençant par accrocher les dessins et photos qui étaient disséminés dans sa chambre d'hôpital. Une certaine nostalgie s'immisce dans son esprit ; son innocence au moment où elle vivait dans cette chambre. Jamais elle ne se serait imaginé les épreuves par lesquelles elle devrait passer tant d'années plus tard.

Elle souhaite prendre du temps pour réfléchir, il va falloir également penser à son avenir et se préparer à l'affronter. S'étant inscrite à des cours de dessin pour personnes malvoyantes, elle ne compte pas se laisser faire et fera tout ce qui est en son pouvoir pour continuer à vivre de sa passion. Le premier commence dans deux jours, Évan devrait lui rapporter tout ce dont elle a besoin demain. Luna voulait s'en occuper elle-même, son mari a insisté, elle n'a pas eu le cœur de le lui refuser.

Salomé pénètre dans la chambre et prend sa fille par la taille, tellement comblée de l'avoir auprès d'elle quelque temps. Elle lui a tant manqué, et ne croyait plus pouvoir la retrouver un jour. Toutes deux s'installent sur le lit et Salomé la met à jour concernant l'ouverture de son association *Esperanza* dès la semaine prochaine. Luna se montre si fière de sa mère, quel beau projet ! Elle compte bien apporter sa pierre à l'édifice également, en donnant des cours de peinture, enfin, lorsqu'elle s'en sentira capable, ce qui ravit sa mère.

Évan, après avoir effectué les courses pour sa femme, rentre chez lui se reposer, en vue de sa garde prévue cette nuit. Il repense à ces derniers mois, durant lesquels il s'est senti à la fois si proche et si loin de son épouse. Réalisant ses erreurs, et se promettant de les corriger, ces moments difficiles lui ont permis d'ouvrir les yeux sur sa vie et ce qu'il en faisait. Maintenant, à lui de continuer à prouver à sa femme qu'elle peut lui faire confiance, et qu'il a changé. Son travail ne passera plus avant elle, plus jamais ! Pourtant, le médecin ne souhaite pas mettre de pressions sur Luna, de peur de la braquer.

Le plus dur sera de lui laisser du temps sans la brusquer, alors qu'il n'attend qu'une chose, qu'elle lui revienne. Évan rejoint son fils dans sa chambre, il se prépare à sortir avec ses amis. Les deux hommes discutent de Luna, de Jade. Même s'il a hâte qu'elle arrive, Félix appréhende. Sans sa mère à la maison. Son père le rassure, cela reste provisoire et il paraît persuadé que Luna reviendra bientôt. Espérant tout de même ne pas donner de faux espoirs à son fils.

Ève, Paloma et Salomé tiennent compagnie à Luna sur le balcon, sirotant chacune une tasse de thé. Toutes observent la dalle et les enfants qui s'amusent. Soudain, la sonnerie de la porte les sort de leurs pensées. Salomé se lève pour ouvrir et découvre Amir et ses deux meilleurs amis, munis d'un bouquet de fleurs. Salomé les observe et s'adresse à eux sur le pas de la porte.

— J'espère que ces roses ne sont pas à mon attention, sinon vous allez vous prendre un bon coup de chausson chacun ! lance-t-elle, les gratifiant d'un franc sourire et s'écartant pour les laisser entrer.

Les trois jeunes gens se dirigent vers le balcon et offrent le bouquet à Luna, qui semble plus que ravie de cette délicate attention de leur part. Salomé leur propose quelque chose à boire, ils ne se font pas prier et acceptent un jus de fruits. Luna les remercie et demande de leurs nouvelles. Amir lui raconte ses derniers exploits en garde à vue, mais également son nouveau travail après ses cours. La jeune femme semble enchantée de discuter avec les trois amis, qu'elle connaît depuis qu'ils sont petits. Salomé leur confirme que son association ouvre la semaine prochaine, ils ont hâte de pouvoir y prendre part.

Chacun retourne chez soi, Luna et Salomé dînent en tête à tête ce soir, devant un film, comme durant leurs soirées hebdomadaires.

***

C'est le jour J, le premier cours de dessin de Luna. Évan a souhaité l'y déposer. Avant toute chose, le professeur, Marius, également peintre, leur propose de se présenter et d'expliquer leurs motivations pour ce cours. Luna observe les personnes autour d'elles, toutes aveugles : quelques enfants et personnes d'environ son âge, beaucoup plus de femmes, ce qui ne l'étonne guère. Son tour arrive pour les présentations.

— Bonjour à tous, je me prénomme Luna, je suis peintre. Pour résumer, j'ai eu un accident de voiture et je suis restée trois mois dans le coma. À mon réveil, j'ai appris que j'allais devenir aveugle. Ne souhaitant pas abandonner mon travail, qui se trouve être ma passion, je souhaite prendre des cours de dessin, munie d'un bandeau, afin de me familiariser avec les techniques et pouvoir m'en servir à l'avenir.

Tout le monde applaudit. Les présentations terminées, Marius confie à Luna son matériel. Une planche à dessin, communément appelé planche *Dycem*, un support en gel sur lequel on dépose une feuille de plastique. Les traits tracés apparaissent alors en relief. Avant de commencer, il lui explique certaines bases, que ses autres élèves connaissent déjà bien sûr. Lorsqu'une personne déficiente visuelle lit un dessin en relief, elle cherche à comprendre la signification des formes et la valeur des textures qu'elle touche afin de se faire une image mentale du dessin. Cela implique, lors de la réalisation ou de l'accompagnement d'une telle lecture, de se poser des questions sur les différentes opérations mentales que fait une personne afin de construire cette image. Lorsque que l'on découvre un objet, son poids, son volume, sa texture, les parties que l'on peut toucher, reconnaître, permettent d'identifier la fonction de l'objet. L'image peut avoir différentes fonctions que l'on connaît tous plus ou moins. C'est toujours le résultat d'une construction mentale de l'esprit humain.

Luna ne parvient pas à cacher son excitation à débuter. Marius le ressent et la laisse apprivoiser son matériel, ainsi que sa planche afin de commencer. La jeune femme enfile son bandeau. Se sentant tout à coup totalement perdue, elle le retire rapidement, le cœur battant. Marius s'approche d'elle.

— Tout va bien, Luna ? s'inquiète-t-il, posant la main sur son épaule.

— Ça va, j'ai juste été surprise de l'effet que cela fait de ne rien voir, je ne m'attendais pas à ressentir une telle frayeur, confie-t-elle, visiblement perturbée.

Marius la rassure, pour aujourd'hui, ils oublient le bandeau. Luna va se familiariser avec sa planche et son matériel. L'homme lui conseille tout de même de tester le bandeau de temps à autre durant ses journées chez elle, afin de s'adapter à son environnement. Elle comprend soudain qu'elle va devoir s'habituer chez sa mère mais qu'en sera-t-il lorsqu'elle rentrera chez elle ? Comment faire ? Chaque chose en son temps, tout d'abord, s'entraîner pour ses cours de dessin. Pour la maison, elle avisera le moment venu.

Pendant ce temps-là, Évan, qui espère sincèrement que sa femme revienne bientôt chez eux, s'organise déjà pour sécuriser la maison. Le médecin a pris le temps de se renseigner auprès d'une association pour les non-voyants au sujet des précautions à prendre au quotidien à leur domicile. Une liste longue comme le bras lui a été envoyée. Qu'à cela ne tienne, il va tout arranger pour que sa femme reste en sécurité chez eux. Évan tentera tout pour que Luna lui pardonne. Il s'allonge sur son lit, afin de se reposer quelques heures avant de retourner à l'hôpital pour sa garde de cette nuit.

Sarah passe prendre Luna chez sa mère pour l'emmener boire un verre pour se changer les idées entre amis. Lola et Loïc sont également de la partie. Luna, malgré ses progrès rapides, a encore beaucoup de mal à marcher sur une longue période et rapidement. Elle se donne l'impression d'avoir quatre-vingt-dix ans ! Se retrouver entourée de ses amis, dans ce bar, lui procure un bien fou. Revenir à la vie… Profitez de moments de détente, sans prise de tête ! Tous lèvent leur verre à Luna et à son incroyable guérison. La jeune femme souhaite rester raisonnable pour cette fois, mais à la prochaine sortie, elle compte bien déguster quelques verres d'alcool. Un bon verre de vin blanc sucré, quel régal pour ses papilles. Ses amis lui racontent tout ce qu'elle a manqué durant ces derniers mois. Apparemment, Sarah a fait la connaissance d'un homme il y a quelques semaines et ils ne se quittent plus.

— Alors là, je veux tout savoir, tu m'entends, TOUT ! insiste Luna, lui secouant le menton.

Sarah l'a rencontré lors d'une soirée entre copains dans un bar. Il lui a offert un verre, puis ils ont passé la soirée à discuter et à danser. De fil en aiguille…

— Comment ça de fil en aiguille, je veux des détails !!! persiste Luna qui a bien besoin d'une discussion légère.

La soirée continue de révélation en révélation. Luna redécouvre ses amis, les mois qu'elle a manqués, ne se trouvant pas auprès d'eux. Elle pensait se sentir exclue durant ces retrouvailles. Au contraire, elle se rend bien compte que leur amitié reste forte et précieuse. Ils ne l'ont pas oubliée, ce qui la rassérène.

25.

« Je ne sais où va mon chemin mais je marche mieux quand ma main serre la tienne. »

Alfred de Musset

Les premières nuits passées dans son ancien lit lui ont paru étrange, l'impression d'un retour en arrière. De nombreuses images ont peuplé ses rêves. Des personnes qui discutent autour d'elle, sans qu'elle ne puisse ni réagir, ni leur parler. Comme lorsqu'elle se trouvait dans le coma. Cette impression étrange de se sentir présente, sans être vraiment là. De sembler être consciente de tout ce qui se passe autour d'elle, sans pouvoir faire quoi que ce soit. Où se trouvait-elle durant son coma ? Aucun souvenir de ces derniers mois dans son esprit, uniquement des sensations. En se levant du lit, un voile noir passe furtivement devant ses yeux, durant quelques secondes seulement, ce qui l'effraie.

— Allez, ce n'est rien… se rassure-t-elle immédiatement, pour ralentir son rythme cardiaque.

Après un petit déjeuner copieux, Salomé lui propose d'inviter Évan et son fils à dîner avec ses amies. Luna accepte aussitôt. Bien qu'elle ait à réfléchir, elle se rend bien compte que son mari lui manque déjà. Il est encore trop tôt pour tenter un retour, mais sa présence lui reste indispensable.

— Qu'est-ce qu'il n'aime pas déjà, Évan ? Je ne m'en souviens plus… s'enquiert Salomé, gratifiant sa fille de son sourire malicieux.

Luna secoue la tête en souriant, ils n'ont pas tant changé que cela finalement, toujours à se taquiner. Pourtant, elle a bien senti une évolution dans leur relation. Elle les a trouvés plus proches. Cet effroyable événement aura au moins permis de les réconcilier.

— Si mes souvenirs sont corrects, il déteste les fruits de mer, les escargots, répond-elle, amusée.

— Va pour les escargots en entrée ! Il ne faudrait pas qu'il croie que je m'encroûte ! lance-t-elle, visiblement fière de son petit projet.

Évidemment, quelques minutes plus tard, Ève et Paloma rejoignent Luna et Salomé pour le petit déjeuner. Luna semble ravie de passer un peu de temps avec elles et les a remerciées mille fois de s'être montrées si présentes pour sa mère durant son absence. Si auparavant Luna trouvait qu'elles prenaient trop de place dans sa vie, leur soutien indéfectible lui a montré qu'elles restent des amies sincères. De nombreuses interrogations s'entassent encore dans son esprit, elle se concentre sur ses principaux objectifs : apprendre à dessiner les yeux bandés afin de pouvoir continuer à vivre de sa passion, créer de nouveaux liens avec son mari et profiter de la présence de son fils, passer du temps avec sa mère, ainsi que ses amies. Voilà ce qui constitue pour elle ses uniques priorités. Bien sûr, se préparer mentalement à vivre dans le noir… Rien que de l'évoquer, son cœur bat à tout rompre, lui donnant l'impression de vouloir sortir de sa poitrine. Son prochain cours de dessin de demain, la jeune femme l'effectuera les yeux bandés, elle s'en persuade.

Évan a réussi à décaler la garde de ce soir, qu'il devait effectuer à l'hôpital, à demain. Un délicieux dîner chez Salomé, en compagnie de sa femme et de son fils ne se refuse en aucun cas. Le médecin se sent fier de lui, jamais il y a quelques mois, il n'aurait fait passer un dîner avant son travail. Le pire, c'est qu'il ne se sent même pas coupable, ce qu'il ressent semble nouveau pour lui. La sensation de bien-être qui s'insinue en lui le rassérène, sachant qu'il a l'impression de faire ce qu'il faut. Un membre de l'association de non-voyants qu'il avait contacté doit lui rendre visite aujourd'hui, afin de faire le tour de la maison pour vérifier les lieux les plus dangereux à l'avenir pour Luna et lui prodiguer des conseils en plus de la liste fournie.

Félix passe la journée en compagnie de ses amis. Jade arrive demain, comme il a hâte de la revoir et de la serrer dans ses bras, de sentir son odeur, il a tant besoin de sa présence. Le jeune homme rejoint son père dans la cuisine pour déjeuner.

— Qu'as-tu prévu pour taquiner mamie ce soir ? l'interroge-t-il en souriant.

— Tu vas être étonné, je n'ai rien manigancé, c'est le premier dîner en compagnie de ta mère, je ne souhaite pas gâcher l'ambiance et surtout la contrarier !

Félix acquiesce, restant cependant persuadé que sa grand-mère n'en restera pas là.

Luna passe la journée à l'hôpital pour sa rééducation ainsi que ses séances de psychiatrie. Avoir l'opportunité de discuter avec une inconnue de ses soucis l'aide énormément, elle ne l'aurait jamais cru ! Même si ses progrès sont fulgurants, elle a l'impression de faire un pas en avant et deux en arrière. Sa marche reste encore hésitante, elle perd souvent ses mots, ses mains tremblent encore de temps à autre. Cela aurait pu être pire, elle en est bien consciente, néanmoins son impatience prend doucement le dessus sur sa raison. De plus, sa vue commence à baisser, il serait temps de consulter un ophtalmologiste, elle devrait porter des lunettes. Profitant d'être sur place, Luna réserve un rendez-vous pour la semaine suivante. Cela représente un certain avantage d'être la femme d'un médecin qui travaille dans cet hôpital. À son retour chez sa mère, Luna avait prévu de l'accompagner au supermarché pour faire les courses pour le dîner, mais se sentant trop fatiguée, elle préfère s'octroyer une sieste pour se trouver en forme pour ce soir. Salomé le comprend et s'y rend en compagnie de ses acolytes du gang des mamies.

La journée passe rapidement, l'heure de préparer le repas arrive au galop. Luna se réveille lentement de sa longue sieste… Plus de deux heures ! Incroyable, jamais elle ne s'était accordé de moment de repos aussi long, le besoin se faisait ressentir. Découvrant Lucifer dormant à ses côtés, comme veillant sur elle, l'envie de le câliner devient incontrôlable. La jeune femme se rend ensuite dans la cuisine pour aider sa mère, elle retrouve les trois femmes qui s'affairent déjà. Salomé la sort de la pièce et lui intime l'ordre de se détendre dans le salon, tout sera bientôt prêt. Se laissant faire sans rechigner, elle s'installe sur le canapé et allume la télévision.

Évan s'est changé au moins trois fois, s'observant dans le miroir, jamais satisfait par sa tenue. La curieuse impression de se retrouver plus de dix-sept ans en arrière lors de son premier rendez-vous avec Luna, prend le dessus. Quelle étrange sensation ! Ce n'est qu'un dîner, avec sa femme tout de même. Pourtant, le médecin a l'impression d'avoir dix-huit ans et de se rendre à son premier rancart. Il essaie de se rassurer : elle l'aime, il ne doit pas se montrer si stressé, il faut qu'il se détende ! Félix le rejoint dans sa chambre, ému par l'attitude de son père qui tente de reconquérir sa mère.

— C'est mignon, plaisante-t-il, posant la main sur son cœur.

Évan lui balance l'une de ses chemises au visage, son fils l'a bien cherché. Les deux hommes rient de bon cœur ensemble. Le médecin ne laissera plus rien ni personne se mettre entre lui et sa femme. La police l'a appelé aujourd'hui, le procès du conducteur du camion qui a percuté Luna devrait avoir lieu d'ici un mois. Il n'a pas souhaité lui en parler, ayant d'autres priorités en ce moment. Il lui confiera le moment venu. Après avoir trouvé sa tenue, Évan s'habille et tous deux prennent la voiture et se dirigent chez Salomé. Sorte de rituel qui s'est naturellement institué entre eux, Évan allume le poste et chacun se déhanche sur la musique. Sur la route, il s'arrête chez un fleuriste.

— Je croyais que tu n'avais rien prévu pour mamie, et puis, c'est du déjà-vu, les fleurs, convient Félix, les yeux froncés.

Évan regarde son fils et pose la main sur sa cuisse.

— Ces roses et ces pivoines ne sont pas pour Salomé mais pour ta mère, répond-il, lui adressant un clin d'œil.

Les deux hommes sonnent à la porte. Paloma leur ouvre. Soudain, Lucifer, arrivant de nulle part, ronronne et tourne autour de Félix, puis s'approche d'Évan, crachant et passant devant lui pour retourner dans l'appartement. Décidément, ce chat ne l'appréciera jamais ! Paloma rit aux éclats, puis les laisse pénétrer dans l'entrée, serrant Félix dans ses bras.

— Bonsoir Évan, comment vas-tu ? lâche Paloma, le sourire aux lèvres.

Évan n'en revient pas, elle l'a ENFIN appelé par son vrai prénom. Depuis toutes ces années, jamais cela ne s'était produit, un miracle tout simplement. Il peut mourir en paix !

— Si tu ne retires pas immédiatement ce sourire satisfait de ton visage, ce sera la dernière fois ! plaisante Paloma, le gratifiant d'une tape sur l'épaule.

Le père et le fils rejoignent les autres convives dans le salon pour prendre l'apéritif. Ève souffle et reproche à Évan son manque de renouvellement, en découvrant les fleurs dans ses mains. Salomé, la prenant par le bras, lui murmure à l'oreille :

— Je pense qu'elles ne me sont pas destinées.

Évan s'approche de Luna et lui dépose un baiser sur la joue, tendrement. Son odeur le transporte, ce parfum… Il lui offre le bouquet. Elle semble visiblement touchée par cette jolie attention, et se dirige vers la cuisine pour trouver un vase. Salomé raconte à sa fille leurs aventures ces derniers mois durant les dîners organisés. Elle évoque notamment la raclée qu'elle a mise à son gendre à *Fortnite*. Luna n'en revient pas, ils ont joué ensemble ! Eh bien, elle devrait se retrouver dans le coma plus souvent… euh… non, en fait…

L'apéritif se déroule sous les meilleurs auspices. Chacun s'installe à table pendant que le gang des mamies dépose les entrées sur la table. En s'asseyant, Évan aperçoit son assiette. Nom de Dieu, des escargots, quelle horreur ! Il fixe sa belle-mère et ne compte pas lui faire le plaisir de rouspéter. Il se tourne vers Luna, qui lève les mains en signe de paix.

Évan respire profondément, il va y arriver… Il doit réussir et les manger sans piper mot. Il se tourne vers Salomé, un grand sourire aux lèvres, et avale son premier gastéropode. Luna se retient de rire aux éclats, Félix n'y parvient pas et glousse. Évan boit un grand verre d'eau, mais ne s'arrête pas là et continue à *déguster* son entrée. Salomé, prise de pitié, se dirige vers lui et retire son assiette.

— C'est bon, tu as remporté la partie, lui assène-t-elle, lui tapotant le dos.

Évan se lève et court vers la salle de bains pour retirer tout ce qui lui reste dans le fond de la gorge. À son retour, tout le monde l'applaudit, ce qui a le mérite de le faire sourire. Luna le regarde, les yeux brillants. Cet homme, elle l'a toujours aimé, aujourd'hui elle le découvre sous un nouveau jour… et Dieu que c'est bon !

Avant qu'Évan et Félix ne rentrent chez eux, Luna le tire par le bras vers le balcon afin de discuter avec son mari et lui propose un dîner en tête à tête quand il sera disponible, compte tenu des nombreuses gardes qu'il doit effectuer. Le médecin ne s'y attendait pas, et accepte pour le surlendemain, se trouvant à l'hôpital le lendemain. Rendez-vous est pris.

Félix observe ses parents de la salle à manger, quel bonheur de les revoir ensemble. Salomé s'approche de lui et pose la tête sur son épaule. La famille enfin réunie, au complet.

26.

« Une femme qu'on aime est toute une famille. »

Victor Hugo

Félix ressent une certaine excitation monter en lui, à mesure que les heures avancent. Encore une heure, et il pourra se rendre à l'aéroport pour chercher Jade. Plusieurs mois se sont écoulés sans pouvoir se voir, hormis en visio. Évan lui prête gracieusement sa voiture, se sentant si fier de son fils et ayant hâte de rencontrer enfin sa petite amie. Il l'envie même, d'être aux prémices d'une histoire d'amour, le bon vieux temps ! Le jeune couple a décidé de se retrouver tout d'abord en tête à tête ce week-end au Cap Ferret, après sa longue séparation. Le jeune homme a réservé une nuit d'hôtel et l'emmène au restaurant au bord de la plage directement après avoir été la chercher à l'aéroport. Les présentations aux parents se feront à leur retour. Le besoin d'intimité se fait sentir, avant de rencontrer la famille.

Cette échappée tombe à pic pour Évan, qui compte préparer un dîner en amoureux pour Luna ce soir. Tout doit être parfait, il ne laisse rien au hasard, et nourrit l'espoir de reconquérir sa femme.

Luna s'assied à sa place à son cours de dessin. Cette fois, la motivation est au rendez-vous. Son bandeau sur les yeux, elle tente de se familiariser avec son matériel en le touchant, le visualisant à l'aide de ses doigts, cela s'avère compliqué ! Elle se saisit de son crayon et commence à dessiner sur sa tablette. Quelques minutes plus tard, la découvrant, elle se met à rire. Ce n'est vraiment pas gagné. Marius, son professeur, l'observe et se montre ravi qu'elle le prenne avec humour. Les semaines à venir vont se révéler compliquées, il a l'habitude. Luna va expérimenter de multiples bouleversements : des progrès, des espoirs, des retours en arrière, des déceptions. À la fin de son cours, la jeune femme décide de faire du shopping et de se trouver une nouvelle robe pour son dîner de ce soir avec son mari. De nombreuses émotions se bousculent dans son esprit. Ses sentiments pour lui sont intacts, son cœur bat encore pour son homme. Pourtant, elle reste effrayée par leur avenir. Les premières années étaient vraiment merveilleuses, puis la routine s'est installée. Sachant pourtant bien que cela semble être le lot de la plupart des couples, sa conviction que les années qui passent ne doivent en rien altérer leur amour et que rien n'est acquis, reste forte. Des efforts sont à fournir pour entretenir la flamme, des deux côtés évidemment.

Luna espère que les attentions de son mari ne sont pas uniquement de la poudre aux yeux afin de la récupérer, et que tout redevienne ensuite comme avant. Tout à coup, ce voile noir recommence à danser devant ses yeux. Ce voile, elle l'observe de plus en plus souvent, et se rend compte que l'instant dure de plus en plus longtemps. Est-ce le début ? Elle chasse cette pensée de son esprit et se concentre sur l'achat de sa nouvelle toilette.

À quelques jours de l'ouverture de leur association, le gang des mamies se rend au marché comme chaque dimanche. Les grand-mères y croisent leurs amies, et la plupart des mamans des jeunes du quartier. Soudain, Salomé reçoit un texto d'Amir.

Venez vite au local de l'association, il y a un souci, je vous y attends. Amir.

Visiblement étonnée, elle montre le message à ses acolytes, qui conviennent de s'y rendre immédiatement. Déposant leurs courses chez elles, les trois compères se rendent ensuite dans leur local. Une vision d'horreur. Des vitres brisées, des tags écrits à l'aide de bombes de peinture, se montrant très clairs.

On n'a pas besoin de vous ici !
Laissez-nous tranquilles.

On ne vous le dira pas deux fois.
Barrez-vous d'ici ou vous le paierez très cher !

Suivis d'autres insultes très explicites. Les mamies en restent bouche bée et n'en reviennent pas. Pourquoi tant de haine à leur égard, alors qu'elles ne souhaitent qu'une chose : aider les jeunes de ce quartier ? Quant à Amir, il paraît furieux et prêt à en découdre avec les coupables, dont il n'a aucun doute sur l'identité. Salomé l'attrape par le bras avant qu'il ne parte, et s'adresse à lui, d'un ton autoritaire.

— Ne fais pas ça, s'il te plaît, je ne souhaite pas que tu te mettes en danger par ma faute, mon garçon, le somme-t-elle, son regard plongé dans le sien.

— Je ne peux pas laisser passer ça ! Pour qui se prennent-ils ? On a besoin de cette association. Je ne les balancerai pas, mais je ne vais pas en rester là.

Salomé insiste, s'inquiétant sincèrement. Elle connaît bien les jeunes ici. Certains ont un bon fond, pourtant d'autres, comme ceux qui s'en sont pris à son local, se révèlent très dangereux.

— Promets-moi de ne pas t'en mêler, promets ! crie Salomé de toutes ses forces.

— Tu ne peux pas me demander ça, ils doivent payer, répète-t-il, visiblement déterminé.

— Écoute-moi, je t'en prie. Ne risque pas ta vie, tu restes bien conscient de tout ce qu'ils sont capables de faire. Je ne veux pas que tu t'exposes à ce danger. S'ils pensent nous effrayer, ils se mettent le doigt dans l'œil ! Notre association verra le jour, qu'ils le veuillent ou non, c'est clair. Pas besoin d'aller les voir, nous sommes bien d'accord, ajoute-t-elle, le chausson à la main, prête à en découdre avec le jeune homme.

Amir abdique avec le sourire. Quelle femme, quel caractère ! Il n'aimerait pas l'avoir comme ennemie ! Salomé prend contact avec l'adjointe au maire pour lui expliquer la situation. Désolée de ce qui arrive à son projet, la femme ne compte pas en rester là non plus. Elle lui propose de lui allouer gracieusement un petit budget pour acheter de la peinture, et réparer les vitres. Pour la peinture, ils devront se débrouiller pour la faire eux-mêmes. Qu'à cela ne tienne, Amir et ses amis se portent volontaires. De temps en temps, une patrouille passera devant l'association, histoire de dissuader de futures représailles.

Luna rentre chez sa mère, qui lui raconte ses mésaventures. Cette dernière reste très inquiète et a peur de ce qui pourrait lui arriver.

— Es-tu sûre de vouloir continuer ? tente-t-elle, convaincue de sa réponse.

— Ils n'ont pas compris qu'ils ont affaire au gang des mamies, répond-elle, lui souriant, cherchant à la rassurer.

Si les mamies souhaitent ouvrir comme prévu dans quelques jours, elles doivent se hâter. Ève téléphone aux vitreries pour prendre un rendez-vous, afin de changer les fenêtres brisées. Puis, les trois femmes iront acheter de la peinture. Amir et sa bande d'amis se chargeront de peindre après leurs cours, lorsqu'ils ne travailleront pas.

Évan termine la préparation du dîner. En entrée, il a concocté des brochettes de crevettes et Saint-Jacques marinées. En plat : farfalles au cabillaud et ses petits légumes. Des fraises, accompagnées d'une crème chantilly maison, pour le dessert. Il semble fier de ses plats et espère régaler les papilles de sa femme. La sonnette retentit. Son cœur se met à battre très rapidement. Tentant de prendre de grandes inspirations pour se calmer, il se dirige vers l'entrée et lui ouvre. Luna sourit.

— Tu es magnifique, lance-t-il sans préambule.

— Puis-je entrer ? répond-elle en souriant, le rose montant aux joues.

— Bien sûr, excuse-moi, fais comme chez toi, plaisante-t-il en s'écartant pour la laisser pénétrer dans la maison.

Le couple semble retomber en adolescence, chacun intimidé par l'autre. Évan lui retire son manteau et découvre sa jolie robe. Luna avance vers la salle à manger et semble ravie d'observer la décoration. De nombreuses bougies ornent la pièce, une musique douce finit de la séduire. Évan lui propose de prendre place sur le canapé du salon, afin qu'il lui apporte une coupe de champagne. Son mari a mis le paquet !

Pendant le dîner, bien que ne souhaitant pas gâcher cette belle ambiance, Luna se doit d'évoquer les sujets qui fâchent afin d'être certaine des intentions de son mari quant à leur futur.

— Désolée de te paraître directe, mais comment envisages-tu notre avenir ensemble ? Tu as lu mon journal, tu sais donc dans quel état d'esprit j'étais avant cet accident, lance-t-elle, buvant une gorgée de son verre de vin.

Évan s'attendait bien sûr à cette discussion. Le médecin doit maintenant la convaincre qu'elle reste l'amour de sa vie. Il commence par lui expliquer dans quel état il se trouvait lorsqu'elle était dans le coma. N'étant que l'ombre de lui-même. Sa douleur à en crever, comme des coups de couteau sans anesthésie, qui ont mis un terme à ses projets d'avenir. L'impression d'avoir vieilli de dix ans d'un coup, que le moindre mouvement lui coûtait. Imaginer sa vie sans elle l'empêchait de respirer. Évan a bien conscience du fait que sa femme doute et pense que toutes ses bonnes intentions ne sont qu'une façon de reprendre le cours de leur vie, à l'endroit où ils en sont restés.

— Ma chérie, ton absence m'a fait comprendre à quel point tu comptes pour moi et m'es indispensable. Ce que je souhaite vivre avec toi, je ne le souhaite avec personne d'autre. Comment ne pas reconnaître que j'ai merdé durant toutes ces années. Je me suis montré égoïste et n'ai pensé qu'à moi et à ma stupide carrière. C'est du passé ! Je t'aime tellement et je vais passer le reste de ma vie à te le prouver ! affirme-t-il, posant délicatement la main sur la sienne.

Luna reste scotchée devant la détermination et les paroles de son mari. Cela faisait longtemps qu'il ne s'était pas exprimé à cœur ouvert de cette manière. Elle ne sait que répondre, c'est ce qu'elle a toujours voulu entendre les mois précédant son accident. Pourtant, quelque chose la retient. Ne sachant pas encore quels mots poser sur ses doutes, elle pose également la main sur celle de son mari pour le rassurer.

— Je suis tellement émue d'entendre tes mots, si tu savais. Prenons notre temps, si tu veux bien, murmure-t-elle, le fixant de son regard tendre.

C'est tout ce qu'Évan souhaitait entendre, que la porte ne reste pas fermée et qu'elle lui offre une seconde chance.

Après ce délicieux dîner, le couple déguste les coupes de fraises, Évan se lève et revient avec un cadeau à la main, joliment enveloppé.

D'abord surprise, Luna, tout excitée, ouvre son présent. En le découvrant, son enthousiasme retombe comme un soufflet, la déception se lit sur son visage. Évan le remarque immédiatement.

— C'est le médecin qui m'offre ce cadeau ? l'interroge-t-elle froidement.

Il semblerait que le guide *Braille pour tous* n'ait pas eu l'effet escompté. Des larmes coulent sur les joues de Luna. Évan ne comprend pas ce qui se joue devant lui et se sent totalement désemparé.

— Je n'en peux plus qu'on me rappelle sans cesse que je vais perdre la vue ! Je sens déjà suffisamment cette épée de Damoclès au-dessus de ma tête, à chaque moment de ma journée, chaque minute, chaque seconde, crie-t-elle en poussant son cadeau loin d'elle.

Ce soir, Luna ressentait le besoin de respirer, de penser à autre chose, de faire le vide dans sa tête, de s'échapper de son quotidien médical. Elle n'en peut plus de cette situation, et aimerait s'enfuir loin, très loin.

Soudain, Évan se lève et quitte la pièce. Luna, visiblement étonnée, ne pipe mot et attend patiemment son retour.

Évan réapparaît dix minutes plus tard, muni d'une valise. Il lui intime l'ordre de se lever et de le suivre dans l'entrée.

— On s'en va, je t'emmène avec moi et je n'accepterai aucun refus ! insiste-t-il.

Voilà ce dont Luna avait besoin, ses yeux se mettent à briller.

27.

« L'imagination introduit l'étrange dans le quotidien,
le rêve dans la réalité, l'inattendu dans l'évidence,
la vie dans le théâtre. »

Fernando Arrabal

Sortant devant la maison, Évan se souvient qu'il a prêté son véhicule à son fils pour qu'il emmène Jade en week-end. Il tend la main vers sa femme.

— Puis-je emprunter ta voiture ? lance-t-il, énigmatique.

Luna lui confie ses clés. Rangeant la valise dans le coffre, Évan ouvre la portière passager à sa femme, lui proposant d'entrer. Elle s'exécute sans un mot. Il prend le volant.

— Puis-je savoir où nous allons ? tente-t-elle, arquant un sourcil.

Évan se contente de l'observer et de lui sourire, elle n'en saura pas plus. Cela ne lui déplaît pas finalement. Enfin un peu de folie dans sa vie. Une citation de Charles Bukowski qu'elle aime beaucoup s'insinue dans son esprit : *Certains ne deviennent jamais fous… Leurs vies doivent être bien ennuyeuses.*

Après environ une heure de route, Luna distingue un panneau : Cap Ferret – Bassin d'Arcachon. Quelle belle idée ! Elle n'a pas vu la mer depuis une éternité. Évan s'arrête devant un hôtel, il demande à sa femme de patienter dans la voiture. Ouvrant la fenêtre pour bénéficier d'un courant d'air, Luna entend le bruit des vagues. Quelle jolie musique, et cette odeur… Quelques minutes plus tard, son mari revient, prend la valise, et repart toujours sans un mot. Luna rit toute seule, se demandant ce qu'il lui prépare et prenant une grande inspiration. Évan réapparaît, muni d'un sac à dos et lui ouvre la porte.

— Puis-je t'offrir une glace ? propose-t-il, fier de son petit effet.

— Seulement si elle est à la vanille, répond-elle avec un regard malicieux.

Le couple marche tranquillement, bercé par le son des vagues qui se perdent sur le rivage. Évan s'empare délicatement de la main de Luna, qui se laisse volontiers faire.

La nuit a déjà déposé son long manteau sur la mer, le ressac les transporte. Peu de monde sur cette plage, le froid étant également de la partie. Évan et Luna n'en ont cure et profitent de ce moment de bonheur totalement spontané et imprévu.

Luna adore cet endroit, le bassin d'Arcachon, un lieu magique pour elle, marqué par ses souvenirs d'enfance. Si l'on veut bien laisser de côté l'ambiance rendez-vous des nantis de ce monde, chemise vichy/pull rose sur les épaules, les hordes de touristes et les bouchons aux heures de pointes, cela reste un endroit vraiment à part. Des petits quartiers ostréicoles aux cabanes en bois où l'on peut déguster de fabuleuses huîtres, les pieds dans l'eau, des plages à l'ambiance surannée, l'immense dune du Pilat, le jeu de l'océan avec cette curiosité géologique qui s'emplit et se vide au rythme des marées. La pointe du Ferret, c'est l'entrée côté nord où l'on peut attester de l'œuvre de l'océan, l'érosion ! Le temps transforme la topographie de la Presqu'île de Cap Ferret et la pointe est en voie de disparition. Luna avait l'habitude de s'y baigner côté bassin avec vue sur la dune du Pilat, ou côté océan avec ces restes de blockhaus allemands. Elle admirait à l'époque la vue qui vaut le détour du haut du phare. Toutes ces images qui remontent à la surface lui procurent un bien fou, quel bonheur de revenir en ce lieu rempli de beaux souvenirs d'enfance.

Évan la sort de ses pensées, la tirant vers la roulotte pour lui offrir sa glace à la vanille, comme promis. Luna se régale. Le couple se dirige vers la plage, Évan sort deux serviettes de son sac à dos et les déroule sur le sable. Après que Luna a terminé sa dernière bouchée, Évan, impatient, se lève et lui tend la main.

— Hors de question que je me baigne, elle doit faire - 1 000 °C ! s'écrie Luna, secouant sa main.

— Aurais-tu peur ? lance-t-il, la fixant de son regard ténébreux.

— De toute façon, je n'ai pas de maillot de bain, lance-t-elle, sûre d'elle, tournant son visage vers le large.

C'est compter sans la persévérance de son mari, qui a tout prévu. Comme par magie, il sort de son sac un maillot de bain pour Luna.

— Madame est servie, et n'a plus aucune excuse, lance-t-il, la gratifiant d'un clin d'œil.

La jeune femme n'a plus d'autre choix que d'obtempérer. En parfait gentleman, il l'entoure de sa serviette afin qu'elle puisse se changer. Il porte déjà le sien, mis chez lui avant de partir, en faisant leur valise avec quelques affaires. Le médecin se déshabille à son tour et s'adresse à sa femme.

— On fait la course ? la défie-t-il, tout excité à cette idée, repliant sa jambe.

Sans piper mot, Luna, enchantée, se prend au jeu, se mettant à courir. Évan part dans un fou rire et la suit. Il l'observe, ralentit son rythme à dessein, afin de la laisser gagner. Ses cheveux au vent lui font l'effet d'une déesse, elle est si belle. Son cœur bat la chamade et a perdu vingt ans d'un coup, d'un seul. Luna plonge avec délice dans l'eau froide, glacée même. Peu importe, son taux d'excitation reste au maximum. Bien que l'eau fraîche lui pique la peau, elle se délecte de ce moment. Évan tente de la rattraper à la nage. Il s'approche de sa femme et l'agrippe par le pied, la tirant vers lui. La lune qui se reflète sur l'eau leur donne l'impression de n'être présente que pour eux. Le couple se dévisage, face à face. Luna replace ses cheveux en arrière, pendant qu'Évan s'approche lentement.

— Tu m'as tellement manqué, ma chérie, murmure-t-il, passant la main dans sa jolie crinière.

Luna pose le doigt sur ses lèvres, puis y dépose un baiser. Doux, tendre et rempli d'amour. D'un baiser chaste et timide de prime abord, arrive la fusion, le manque, et il se fait plus passionné, fougueux. Leurs mains se baladent à la redécouverte de leur corps. Tous deux s'abandonnent l'un à l'autre avec frénésie. Leur fusion est totale. Luna ressent des frissons dans le ventre et sur tout son corps.

Ces sensations la rassèrènent et lui confirment tout l'amour qu'elle éprouve encore pour son mari. Elle s'arrête tout à coup et plonge son regard dans le sien.

— Je t'aime, mon amour, admet-elle, collant son front au sien.

Il n'en fallait pas plus à Évan pour que son rythme cardiaque s'accélérât de façon drastique. Il la soulève et l'embrasse avec beaucoup d'ardeur. Luna croise les jambes autour de la taille de son mari et ne le lâche plus. Évan défait lentement son maillot de bain. Lorsqu'il entre en elle, son cœur lui donne la sensation qu'il va exploser. Le couple, comme deux aimants, ne se quitte plus.

Leurs ébats se terminent, Évan plonge son visage dans le cou de sa femme et peine à reprendre sa respiration. Luna se trouve dans le même état. Une fine pluie commence à tomber, Luna relève la tête afin de sentir les gouttes sur son visage. Elle se sent… tout à coup… tellement… vivante ! Évan ne se lasse pas de l'observer, encore et encore. Tout son corps la réclame.

Le couple nage quelques minutes, puis retourne sur le sable. Ils se sèchent, s'allongent et passent une bonne heure à discuter. Rattraper le temps perdu. Se redécouvrir après tout ce temps passé l'un sans l'autre. Réapprendre à se connaître, en partageant un moment intime.

De retour à l'hôtel, Luna a la joie de constater qu'il dispose d'un SPA. Elle regarde son mari, ils se comprennent. L'endroit semble désert à cette heure tardive, ils se glissent dans le jacuzzi, situé au sous-sol. Leurs regards malicieux ne trompent pas, leur nuit ne fait que commencer. Le couple ouvre la porte de la chambre. Pas encore rassasié, Évan la soulève et la pose sur le canapé tout en l'embrassant dans le cou.

Il est déjà une heure du matin, aucune nouvelle de Luna. Salomé semble partagée entre de nombreuses émotions. Doit-elle s'inquiéter ? Ou plutôt se montrer heureuse ? La grand-mère envoie tout de même un message à sa fille, cette situation lui rappelant de mauvais souvenirs.

Le portable de Luna vibre. Elle se souvient soudain qu'elle n'a pas pris la peine de prévenir sa mère, ce qui la fait sourire. Elle lui répond, afin de ne pas l'inquiéter pour rien.

Coucou maman, ne te fais aucun souci, je suis avec Évan au… Cap Ferret, il m'a fait la surprise de m'y emmener. Je te raconterai à mon retour… euh… je ne sais pas quand lol. Bisous je t'aime.

Évan en profite pour faire de même et prévenir son supérieur qu'il prend deux jours de congé et qu'il ne pourra donc pas assurer sa garde du lendemain. Bien qu'ayant conscience de les mettre dans l'embarras, le médecin ne ressent aucune culpabilité. Il pourrait même dire qu'il ne s'est jamais senti aussi heureux et libre. Libre de souffler, de respirer et d'apprécier des beaux instants que lui offre la vie. Il serre Luna dans ses bras, comme si la lâcher signifiait la laisser partir. Ce moment avec sa femme restera gravé dans sa mémoire. Retrouver les sensations de leurs débuts, de leurs ébats, lui procure une impression de puissance. Évan se sent à nouveau fort et prêt à tout affronter pour rester auprès de sa femme.

Luna a abaissé toutes ses défenses, elle qui souhaitait réfléchir, s'est laissé aller, que c'est bon ! Au diable les conventions et les règles, elle se sent bien et c'est le principal. Comme lors de leur rencontre lorsqu'elle s'était jurée de ne plus faire confiance aux hommes. Il était arrivé avec son côté prince charmant, balayant toutes ses certitudes. Impossible de lui résister bien longtemps. Son regard, son parfum, sa maladresse parfois, ses yeux qui brillent lui prouvant tout l'amour qu'il ressent pour elle. Luna n'y croyait plus avant son accident, et en avait déduit que leur couple avait atteint un point de non-retour. De là à penser que son accident a été une bonne chose, elle n'en est pas à ce point. Pourtant, certains événements, épreuves peuvent permettre de relativiser et prendre conscience de ce qui demeure important. Elle s'endort sur cette pensée dans les bras de son amant, de son meilleur ami, de son mari.

Salomé, un grand sourire aux lèvres qui ne la quitte plus, ayant lu la réponse de sa fille, n'aurait jamais cru pouvoir penser ça. Elle se découvre tellement heureuse que le couple se soit retrouvé. Évan, qu'elle ne pouvait pas sentir, lui a prouvé par ses mots et ses actions à quel point il tenait à Luna. D'autant que, compte tenu de l'épreuve qui leur reste à affronter, être unis représentera une grande force. Salomé, très croyante, prend sa croix dans la main et prie… prie pour que sa fille ressorte plus forte de cette nouvelle épreuve difficile. Une larme coule sur son visage. Comme s'il l'avait senti, Lucifer arrive par la chatière et vient se poster sur les genoux de Salomé.

— Tu joues le méchant, mais je sais bien qu'au fond, tu es un gentil matou ! lance-t-elle, le caressant.

28.

« L'espoir est né de la crainte du lendemain. »

Georges Braque

Cette nuit durant laquelle il a retrouvé sa femme restera l'une des plus belles de toute sa vie. Évan se sent revivre et observe Luna à ses côtés dans leur chambre d'hôtel. Tous deux se sont endormis dans la chaleur de l'autre. Évan était effrayé à l'idée de la perdre à jamais. Luna se réveille lentement et découvre son mari la fixant. Elle lui sourit et caresse sa joue. Se relevant, elle se dirige vers la salle de bains, lui dévoilant un regard qu'il décrypte aussitôt, et il la rejoint.

Après un savoureux petit déjeuner pris dans leur chambre, Évan lui propose une matinée de balade à vélo, puis un après-midi détente au SPA. Comment résister ?

Félix et Jade, de retour de leur journée en amoureux au bord de la mer, arrivent à la maison. Le jeune homme lui fait visiter et l'installe dans sa chambre.

— Cela ne dérangera pas tes parents que l'on dorme dans la même pièce ? l'interroge-t-elle, gênée.

— On n'a plus dix ans, je pense qu'ils comprendront, répond-il, la gratifiant d'un clin d'œil complice.

Rassurée, la jeune fille prend possession des lieux. Les parents de Félix rentreront ce soir, Évan a envoyé un message à son fils pour le prévenir de leur escapade. Le jeune couple va passer la journée à se promener, et rencontrer les amis d'enfance de Félix.

Salomé reste sur les starting-blocks avant l'ouverture de l'association dans deux jours. Amir et ses amis passent la journée à repeindre les tags recouvrant les murs du local. Ève a trouvé un vitrier qui changera les fenêtres le lendemain. Quant à Paloma, fidèle à elle-même, elle s'occupe de préparer un buffet pour l'ouverture.

Chacun vaque à ses occupations dans la bonne humeur, espérant que ses actions ne resteront pas vaines, et que les jeunes ne recommenceront pas à détruire ce qu'ils ont construit tous ensemble.

Salomé se rend au local pour apporter des boissons et de quoi grignoter aux jeunes qui s'activent sur les murs. Amir la menace de son pinceau, elle soulève son chausson : 1 partout, balle au centre !

Des rires habillent cette journée qui, pour tous, a le goût d'un nouveau départ pour les jeunes du quartier. Des aides aux devoirs et à la recherche de travail, des cours de rattrapage pour ceux en difficultés scolaires, des activités culturelles leur seront proposés. De quoi donner envie à tous ces jeunes de faire autre chose que de traîner dans la cité. Enfin, le gang des mamies l'espère tout du moins.

Évan récupère les deux vélos à l'agence de location près de l'hôtel et rejoint sa femme dans le parking. Ayant perçu l'inquiétude de Luna, quant à sa capacité à faire du vélo un long moment, il la rassure. Le trajet reste simple, seulement quelques kilomètres, histoire de redécouvrir les lieux. Une balade à travers le village du Cap Ferret, son centre commerçant, le quartier ostréicole, sa plage bien sûr et la superbe Conche du Mimbeau.

Le couple grimpe sur les vélos et commence sa promenade. Le soleil se montre généreux aujourd'hui, malgré ce vent frais. Ils avancent, chacun à son rythme, Luna à l'arrière se délectant du paysage. Après une heure à pédaler, son ventre commence à gargouiller, elle s'arrête. Évan la rejoint, sa nouvelle mission : trouver un bon restaurant. Lui confiant son sac à dos avec à l'intérieur, des serviettes, il lui propose de s'installer sur la plage en l'attendant, il viendra la chercher.

Évan revient une quinzaine de minutes plus tard, muni de plusieurs sacs à la main.

— Qu'as-tu encore prévu ? l'interroge-t-elle, le regard malicieux.

Évan a préféré faire quelques courses pour se procurer de quoi préparer un pique-nique sur la plage, ayant même prévu une bouteille de vin blanc pour accompagner le repas. Tous deux dégustent les sandwichs et leur verre, puis Luna s'allonge sur le torse de son mari. De multiples émotions s'emparent de son esprit, elle souhaiterait que cette journée ne se termine jamais. Pourtant, ses pensées vagabondent indubitablement vers ce qui l'attend dans les prochaines semaines.

Une larme coule sur son visage. Luna confie son inquiétude à son homme. Lorsqu'elle pense qu'elle va bientôt se retrouver dans le noir, la jeune femme tremble de tous ses membres. Elle ne se sent pas la force de pouvoir faire face à cette nouvelle épreuve et aurait même préféré devenir aveugle en sortant du coma, plutôt que d'attendre la sentence, sans savoir combien de temps il lui reste. Évan comprend son effroi et ses doutes, comment ne pas être terrifiée à cette idée ? Encore une rude épreuve à traverser. Il lui assure qu'il restera près d'elle et qu'il se montrera toujours disponible pour elle.

— Seras-tu présent lorsque je ne verrai plus rien et que je deviendrai totalement dépendante de toi ? Quand je ne pourrai plus rien effectuer sans l'assistance d'une personne ? s'énerve-t-elle, détestant l'idée de dépendre de qui que ce soit.

Son mari la serre dans ses bras de toutes ses forces. Rien de ce qu'il pourra lui dire aujourd'hui ne la réconfortera, il en reste conscient. Le temps fera son office, Luna devra affronter ce nouvel obstacle et tout faire pour garder une certaine autonomie. Les personnes non-voyantes vivent leur vie de façon indépendante, encore faut-il que sa femme accepte cette fatalité et s'y prépare.

— Allons-y, ma chérie, l'heure de rentrer à l'hôtel a sonné pour nous faire chouchouter ! lance-t-il en lui prenant la main pour la relever.

Entre massages, gommages, piscine, et petites douceurs, Luna ne s'est pas sentie aussi détendue depuis des lustres. Partager ce doux moment avec son mari n'a pas de prix. Luna se souvient de ces dernières années, la plupart du temps les seuls instants de détente qu'elle s'accordait, elle les passait seule ou en compagnie de sa mère. Quel plaisir de redécouvrir son couple, de ressentir à nouveau la passion, l'attirance, plaire encore ! Cette petite étincelle qui manquait tant à sa vie semble de retour. L'homme qu'elle a toujours aimé réapparaît et elle compte bien ne plus le laisser repartir.

Le couple se rend dans la chambre. Luna observe Évan remplir la valise, refusant son aide.

— Je rentre à la maison, murmure-t-elle, s'approchant de lui et l'embrassant dans le cou.

Évan, visiblement surpris, se retourne brusquement et la serre dans ses bras. Il la soulève et la dépose sur le lit. Espérant qu'il n'est pas en train de rêver et que tout ce qui se passe depuis hier reste bien réel.

Tous deux se trouvent sur le chemin, une heure de trajet et ils seront ensemble de retour à la vraie vie, celle de tous les combats. Cette parenthèse enchanteresse, comme ils en avaient ressenti le besoin ! Ce vide immense éprouvé par Évan durant tous ces longs mois se remplit peu à peu de l'amour qui grandit à nouveau entre eux. Comme lorsque l'on retrouve ses marques à la suite d'un long voyage. Ils se garent devant la maison. Comme deux adolescents en pleine effervescence, le couple ne cesse de s'embrasser, titubant jusqu'à la porte d'entrée. Évan tente désespérément de mettre la clé dans la serrure, ce qui s'avère bien compliqué avec sa femme collée à lui. Il ouvre enfin et continue à la couvrir de baisers. Tout à coup, une voix se fait entendre et les sort de leur torpeur.

— On ne vous dérange pas trop, les enfants, plaisante Félix, les bras croisés, accompagné de Jade, souriante.

Les deux adultes, gênés, s'immobilisent, comme pris en faute, et se tournent vers les jeunes.

— Je suppose que tu es Jade. Enchanté, je suis Évan et voici ma femme Luna, lâche-t-il, visiblement essoufflé, lui tendant la main.

Jade semble ravie de les rencontrer et de découvrir à quel point ils restent proches après tant d'années de mariage, et après tout ce que lui a raconté Félix. Évan propose de s'installer dans le salon, il range leurs affaires et leur prépare un apéritif.

— Papa, il est à peine 17 h, Jade va nous prendre pour des alcooliques, lance-t-il en souriant.

— Il n'y a pas d'heure pour prendre du bon temps ! insiste Évan, se rendant dans la cuisine, tapant dans ses mains.

Félix est heureux d'observer son père de si joyeuse humeur, leur petite escapade a l'air de leur avoir procuré beaucoup de bien. Les contempler aussi proches l'un de l'autre ne pouvait pas lui donner plus de plaisir. Tout redevient comme avant. À la réflexion, c'est encore mieux qu'avant. Chacun déguste son verre. Évan et Luna profitent de cet instant pour découvrir Jade, qui leur plaît beaucoup. La jeune fille a de la répartie et paraît très éprise de leur fils. Félix semble heureux, voilà tout ce qui compte à leurs yeux.

Luna propose de dîner ici, et d'inviter le gang des mamies. Jade se tourne vers Félix, interloquée.

— Ma grand-mère et ses deux meilleures amies, on les surnomme ainsi. Tu vas les adorer… ou pas ! plaisante-t-il.

— Attention tout de même aux coups de chausson, ajoute Évan, lui faisant les gros yeux.

Jade part dans un fou rire, quelle drôle de famille, elle les aime déjà et sent que la soirée risque de valoir le détour.

Luna s'éclipse quelques minutes pour téléphoner à sa mère et l'inviter. Salomé est aux anges, et se montre impatiente à l'idée de rencontrer la petite amie de son petit-fils. Elle portera ses plus beaux chaussons ! Luna en profite pour vérifier son agenda électronique. Demain sera une journée chargée : rééducation à l'hôpital toute la matinée, cours de dessin l'après-midi. La jeune femme aimerait également commencer à regarder le livre de braille qu'Évan lui a offert. Même si son cadeau ne lui a pas fait plaisir sur le coup, elle sait bien qu'il faudra qu'elle se résigne à l'apprendre. Tout se bouscule dans sa tête, son retour chez elle, réapprendre à vivre avec Évan, son avenir incertain. Elle chasse toutes ces idées de son esprit, d'un revers de la main, et retourne vers le salon. Les observant de loin, elle se rend compte à quel point elle aime sa famille, qui s'agrandit…

29.

« Le bonheur, c'est le plaisir sans remords. »

Socrate

Luna retourne chez sa mère afin de récupérer ses quelques affaires. Son séjour aura été de courte durée. Salomé se montre à la fois triste et heureuse pour sa fille. La retrouver dans sa chambre d'enfant, et l'avoir rien que pour elle, lui a procuré un bien fou. Il est maintenant temps qu'elle reprenne sa place auprès de son mari. Bien qu'elle en soit contente, la grand-mère conservera tout de même un œil sur Évan, rien n'est acquis et la vie le lui prouve chaque jour.

Le gang des mamies et Luna se rendent ensemble chez elle pour le dîner. Elle ouvre la porte avec ses clés et tous se dirigent vers le salon pour retrouver Évan, Félix ainsi que Jade.

Évan se lève et se dirige droit vers Paloma, se postant au-dessus de son sac.

— Je n'ai rien apporté cette fois, aucun tupperware, affirme-t-elle, l'ouvrant devant lui et lui adressant un franc sourire.

Satisfait, il les invite à le suivre. Félix semble très fier de leur présenter Jade. Le gang des mamies paraît enchanté, malgré quelques remarques acerbes, comme à leur habitude :

— Un peu maigrichonne, tu ne dois pas manger grand-chose, il va falloir y remédier ! lance Paloma, lui pinçant la joue.

— Ta jupe semble trop courte, mais bon, tu as de jolies jambes, ajoute Ève, l'observant la main sur le menton.

— Autre chose à ajouter, mamie ? s'écrie Félix, visiblement ennuyé.

Salomé s'avance et prend Jade dans ses bras, au grand étonnement de son petit-fils, et lui murmure à l'oreille :

— Tu vois mes beaux chaussons ? Si tu fais du mal à mon Félix, je ne donne pas cher de ta peau, souffle-t-elle, la gratifiant d'un clin d'œil.

Jade, un sourire crispé aux lèvres, acquiesce sans piper mot. Félix l'avait bien mise en garde, le gang des mamies peut se montrer intransigeant. Quel caractère tout de même ! La jeune femme pense que cela aurait pu être pire, elle aurait pu se prendre directement un coup de chausson, au moins, la voilà prévenue.

Après un dîner préparé de concert par Évan et Luna, chacun déguste son dessert. Félix s'approche de sa mère pour s'enquérir de son état émotionnel. Luna s'est toujours montrée franche avec son fils, et lui confirme qu'elle reste effrayée par son avenir.

Le jeune homme la réconforte, il sera toujours présent à ses côtés. Bien que ravie du soutien inconditionnel de son fils, elle aimerait vraiment qu'il continue à vivre sa vie, comme il le faisait avant son accident.

— Pourquoi tu ne partirais pas une semaine en amoureux avec Jade en Espagne, dans notre maison familiale ? Ce serait l'occasion pour elle de rencontrer le reste de notre famille, tente-t-elle, espérant le convaincre.

— Tu souhaites déjà te débarrasser de moi, plaisante-t-il, lui assénant un coup de coude.

Félix semble réfléchir à cette belle proposition. Cela représenterait une excellente opportunité de lui faire découvrir ses origines et les quelques personnes de sa famille encore sur place. Le jeune couple sort retrouver des amis de Félix dans un bar. Le reste de la troupe poursuit la soirée sur la terrasse. Dans la nuit noire, le ciel rutile d'étoiles plus scintillantes les unes que les autres. C'est un flamboiement, un embrasement de lumières. La nuit qui s'illumine sous leurs yeux, en silence.

Salomé raconte à Évan et Luna la journée passée avec quelques jeunes du quartier pour remettre en état le local, pour l'ouverture de l'association le lendemain. Le gang des mamies compte sur eux pour être des leurs. Évan ne reprend sa garde qu'en soirée, il ne ratera cet événement pour rien au monde. Luna les y rejoindra après son cours de dessin.

Après leur départ, Évan monte prendre une douche, pendant que Luna préfère rester seule dans le jardin. Allongée sur une chaise longue, dégustant son thé, elle repense à ces derniers mois. La vie peut se montrer parfois si imprévisible. Sur le chemin du retour, dans la voiture, Évan a évoqué le procès du conducteur du camion qui a causé son accident. Rien que d'imaginer se retrouver face à cet homme, cela la terrifie. Ne souhaitant pas remuer tout ce qui s'est passé et pensant ne pas avoir la force de tenir le coup et de faire face, elle pense à se faire représenter par un avocat, afin de ne pas assister au procès. C'est pour le mieux, passer à autre chose, oublier tout ce qui s'est produit et prendre un nouveau départ. Une page vierge, une nouvelle vie. Quelle vie l'attend ? Quelles prochaines épreuves à affronter ? Luna reste effrayée à l'idée de dépendre de son mari, et de lui faire subir son futur handicap. Quel sera leur quotidien ? Devra-t-il toujours veiller sur elle ? Saura-t-elle se débrouiller seule pour les gestes du quotidien ? Toutes ces questions hantent son esprit. Soudain, elle sent des bras entourer sa taille, Évan.

— Madame souhaite-t-elle me rejoindre dans notre chambre ? murmure-t-il, les yeux brillants.

Depuis que leurs corps se sont retrouvés, ils ne souhaitent plus se quitter. Rien ne pourra plus les séparer et réfréner leur envie de se retrouver.

***

Le lendemain matin, Évan pose la main sur le côté du lit de Luna et remarque son absence. Enfilant un T-shirt, il quitte la chambre. Il perçoit un bruit sourd provenant de la salle de bains, il s'approche, et découvre Luna, assise, les genoux repliés et la tête posée dessus, en larmes. S'approchant, il s'agenouille à ses côtés et cherche à comprendre son désarroi.

Luna, n'arrivant pas à dormir et tournant en rond, a décidé de se lever. Prise d'une envie irrépressible de tenter de se familiariser avec les pièces de la maison avec son bandeau, la jeune femme a fait un test. Son initiative n'a pas eu l'effet escompté. Si elle n'arrive même pas à circuler dans sa propre maison avec son masque de nuit, comment va-t-elle réussir à se faire à manger ? Se doucher ? S'habiller ? Évan la prend délicatement par la main et s'adresse à elle, d'une voix douce.

— Tu t'attendais à quoi, ma chérie ? Savoir te déplacer dans le noir dans la maison alors que tu ne l'as jamais fait ? As-tu appris à marcher en une fois ? À t'habiller seule lorsque tu étais enfant en une fois également ? À manger seule ?

— J'ai compris, l'interrompt Luna sèchement.

— Tout ceci va prendre du temps, il va te falloir faire preuve d'une grande patience. Si mes souvenirs sont bons, ce n'est pas ton fort, plaisante-t-il, lui souriant afin de détendre l'atmosphère.

Ses dernières paroles ont eu le mérite d'arracher un sourire à Luna, qui se relève pour prendre sa douche. Elle se rend ensuite à l'hôpital pour sa rééducation, puis rejoindra directement tout le monde à l'association pour l'ouverture après son cours de dessin. Paloma leur a concocté un délicieux buffet. Évan en profite pour téléphoner à Martin pour prendre des nouvelles du front. Son ami lui confirme que sa dernière escapade avec sa femme les a mis dans l'embarras et qu'ils ont eu du mal à lui trouver un remplaçant sur le pouce. Évan s'excuse, ne regrettant toutefois pas son geste, bien au contraire. Il lui rappelle que dorénavant, sa femme passera avant son planning de garde, il fera ce qu'il faut pour honorer ses engagements. Malgré la difficulté à s'organiser de cette manière improvisée, Martin ne peut que comprendre ce que traverse son ami et se surprend à se montrer jaloux. Envieux de cet amour retrouvé avec sa femme, ce retour à l'adolescence, aux premiers émois. Qu'est-ce qu'il l'empêche de faire de même avec sa femme ? De passer plus de temps en sa compagnie. L'épreuve qu'a traversé son ami lui a rappelé à quel point la vie ne tient qu'à un fil et qu'on en a qu'une. Qu'à cela ne tienne, il invitera sa femme au restaurant durant son jour de repos et il compte bien prévoir un week-end en amoureux très bientôt. Évan le félicite de cette idée et raccroche sur ces belles paroles.

Stressée ? Qui a dit que Salomé était stressée ? Personne, sous peine de se prendre un coup de chausson monumental ! La tension est à son comble pour la grand-mère, qui ne tient plus en place. Vérifier, crier, changer d'avis, crier encore, voilà qui résume parfaitement sa matinée. D'autant que le maire sera présent, en compagnie de son adjointe. La pression va crescendo au fil des heures et des derniers préparatifs. Paloma termine la confection des amuse-gueules pendant qu'Ève nettoie le local en compagnie de quelques jeunes, dont Amir évidemment, toujours sur le pont. Salomé colle les affiches sur les murs, proposant les différents services de l'association, ainsi que les contacts.

Salomé ne cesse de regarder sa montre, ayant la curieuse sensation que les heures passent aussi rapidement que des minutes. Amir tente de la rassurer, ils auront le temps de tout terminer. Le regard que Salomé lui assène lui fait comprendre de la laisser tranquille.

La grand-mère jette un dernier coup d'œil à l'intérieur du local. Le climat favorable leur a permis d'installer le buffet sur des tables devant l'entrée de l'association. Les portes sont ouvertes, le maire et son adjointe arrivent les premiers. Suivis par de nombreux jeunes du quartier, curieux de découvrir ce nouvel endroit dans leur cité. Amir se dirige vers le groupe de jeunes posté devant la porte. Certains lui confient que leurs grands frères leur ont interdit de se rendre à cette inauguration, mais ils sont venus tout de même.

Le maire pénètre dans l'enceinte de l'association et montre immédiatement son intérêt et sa fierté pour l'ouverture d'un tel endroit. L'homme consulte les brochures déposées sur les tables, et tournant son regard vers Salomé, lève son pouce en guise de félicitations.

— Mon adjointe et moi-même sommes très fiers de votre belle initiative. Soyez assurées que nous vous soutiendrons toujours. L'avenir de nos jeunes reste un enjeu important pour notre ville.

Puis, l'homme s'approche de Salomé et lui murmure à l'oreille :

— En revanche, si vous menacez encore mon assistance avec votre chausson, je vous mettrai sur la liste noire de la mairie et vous ne pourrez plus y pénétrer, plaisante-t-il, la gratifiant d'un clin d'œil et tapotant de la main sur son épaule.

Paloma propose aux personnes présentes de se servir au buffet, et verse les boissons. Évan, Félix et Jade arrivent, rejoints quelques minutes plus tard par Luna.

Salomé semble ravie de cet après-midi, et commence enfin à se détendre. Tout le monde paraît enchanté par ce projet. D'autant que plusieurs jeunes se sont déjà inscrits auprès d'Ève pour des cours de rattrapage, et d'autres ont pris des contacts pour des petits boulots après les cours ou le week-end. Si cette initiative peut donner l'envie aux jeunes de se bouger un peu et de penser à leur avenir, c'est tout ce que la grand-mère souhaite !

Pourtant, une seule ombre demeure au tableau. Des jeunes rôdent sans s'approcher, et ne voient pas d'un bon œil ce projet d'association. Pour eux, personne n'a besoin de ça dans LEUR cité… Leurs petits frères finiront comme eux dans un gang, nul besoin de faire des études ou de travailler. Leur argent, ils le gagnent facilement et leur brûle les doigts.

Salomé les a remarqués, Amir également. Le jeune homme se dirige vers eux, Salomé l'attrape par le bras.

— Ignore ces voyous, ils n'en valent pas la peine, insiste-t-elle, le fixant du regard. Tiens, avale ça, ajoute-t-elle, lui enfonçant un petit four dans la bouche.

30.

« Ce n'est pas en lui tenant les ailes qu'on aide un oiseau à voler. L'oiseau vole simplement parce qu'on l'a laissé être oiseau. »

Antonio Emilio Leite

Après une semaine d'une routine bien rodée : rééducation à l'hôpital, séances de psychiatrie, cours de dessin, apprentissage du braille en compagnie de son mari qui s'y met également, appropriation des endroits de la maison avec son bandeau... Luna n'en peut plus et ressent la sensation de stagner. Des jours *avec* et des jours *sans* ponctuent son quotidien, et aujourd'hui semble être un jour *sans*. Heureusement que son fils se trouve en Espagne avec Jade, Luna n'aurait pas aimé qu'il la découvre dans cet état. Évan ne cesse de la rassurer, rien n'y fait. Rien n'avance comme elle le souhaiterait, ses progrès lui paraissent inexistants. Bientôt, elle se retrouvera dans le noir complet, totalement perdue, désorientée et dépendante. Son rendez-vous chez l'ophtalmologiste a été la goutte d'eau de trop. Sa vue baisse à vitesse grand V, elle porte des lunettes... À quoi bon ! Et ce voile noir devant ses yeux se fait trop fréquent...

Évan se sent totalement impuissant et ne sait plus quoi faire pour soutenir sa femme. Il se montre présent et attentionné envers elle, l'aidant du mieux qu'il peut… peut-être trop… Il se rend compte que sa femme doit affronter cette épreuve seule, pas sans son aide, mais elle doit admettre qu'elle s'en sent capable.

C'est elle qui se retrouvera dans le noir dans quelque temps, elle qui devra vivre avec, il n'y a que sa détermination qui la servira. Sa femme doit faire le deuil de cette vie et en commencer une nouvelle, différente, avec d'autres nouveaux défis. C'est ce qu'il tente de lui faire comprendre, sans trop de succès à vrai dire. Le médecin a essayé de l'encourager à parler plus souvent avec sa psychiatre. Pour le moment, l'idée ne fait pas encore son chemin dans l'esprit de Luna, qui n'arrive plus à mettre des mots sur sa peine, alors de là à se confier encore, le chemin reste long et épineux.

La première semaine de l'association de Salomé se révèle être un franc succès. De nombreuses demandes pour des cours de rattrapage scolaires. Certains parents amènent même leurs enfants pour qu'ils passent du temps dans la petite bibliothèque créée par Ève. Ils viennent lire et emprunter des livres, ils peuvent également en donner. De multiples petites entreprises à la recherche de petit personnel pour les week-ends et le soir déposent leurs annonces. Amir passe pratiquement tous les jours, dès que son emploi du temps entre les cours et son travail, le lui permet. Ce matin, n'ayant pas cours, Amir aide Salomé à ouvrir des cartons. Des collègues de l'hôpital d'Évan les ont envoyés, remplis de fournitures dont ils n'ont plus besoin, ce qui aidera des enfants dont les parents n'ont pas toujours les moyens de les renouveler.

Soudain, un ami d'Amir, Lenny, arrive, les yeux baissés, et se dirige vers Salomé.

— Je suis désolé, je ne pourrai plus assister aux cours de rattrapage, madame, souffle-t-il, paraissant gêné.

— Alors déjà c'est Salomé, pas madame, qu'est-ce qui se passe, mon garçon ? tente-t-elle, voyant bien qu'il ne semble pas dans son assiette.

Lenny relève la tête, la grand-mère l'observe, le cœur battant. Son visage. Des bleus, griffes et un coquard à l'œil droit. La grand-mère s'approche de lui pour toucher son visage, le garçon s'écarte. Amir comprend immédiatement la situation.

— C'est ton frère qui t'a fait ça ! s'écrie-t-il, visiblement choqué et furieux.

Lenny fait un mouvement de recul, prêt à partir, Amir le retient. Le jeune homme insiste pour avoir une réponse. Lenny finit par lui avouer que son frère lui a donné une correction parce qu'il se rend souvent à l'association, alors qu'il a besoin de lui pour ses trafics. Le garçon ne peut plus venir sous peine d'une correction encore plus forte. Salomé le rassure, et lui tend quelques livres et cours qu'il pourra faire chez lui en toute tranquillité. S'il a besoin de quoi que ce soit, il n'a qu'à l'appeler directement, elle le lui apportera chez lui discrètement. La grand-mère ne souhaite pas lui créer de problèmes, mais il est hors de question qu'il se prive de pouvoir être aidé dans sa scolarité à cause d'un frère totalement irresponsable et sans jugeote.

Amir reconnaît que cette association tombe à pic, de nombreux jeunes ont besoin d'aide même s'ils n'en sont pas encore vraiment conscients. Il faut laisser l'idée de ce projet faire son chemin, auprès des plus récalcitrants. Le jeune homme se sent terriblement frustré et en colère pour les jeunes comme Lenny, que leurs grands frères empêchent de venir. Il reste persuadé que son ami ne se trouve pas seul dans ce cas.

Évan téléphone à Sarah, l'amie de Luna, à la rescousse. Sa femme a besoin de passer du bon temps hors de la maison. Pas besoin de lui répéter une seconde fois, elle appelle Luna pour l'inviter au restaurant avec le reste de la troupe le soir-même. Luna est aux anges. Centrée sur ses soucis depuis un long moment, elle en a oublié de s'octroyer du temps avec ses amis. Elle décide également de se rendre à la galerie, n'y ayant pas mis les pieds depuis sa sortie de l'hôpital.

Luna se prépare à partir après son déjeuner avec Évan. Le médecin est de garde ce soir, il compte bien se reposer cet après-midi et semble ravi du programme de la journée de sa femme.

En route vers la galerie, Luna passe par de multiples émotions. Tout excitée à l'idée de retrouver ce lieu qu'elle aime tant, et effrayée à celle de ne plus pouvoir y proposer ses œuvres. Comment y arriverait-elle ? Elle qui peine déjà à dessiner les yeux bandés.

Poussant la porte, Luna se dirige vers Étienne, qui l'aperçoit et lui adresse un franc sourire.

— Quelle belle surprise de te revoir ici ! lâche-t-il, l'embrassant sur la joue.

L'homme termine sa discussion avec un client et lui accordera ensuite toute son attention. Pendant ce temps, Luna flâne dans la pièce. Cette galerie, la jeune femme en rêvait avant d'y être exposée. Elle passait devant la vitrine chaque jour dans l'espoir fou d'avoir l'opportunité d'exhiber ses œuvres. Un jour, prenant son courage à deux mains et munie d'une pochette regroupant quelques-unes de ses peintures, elle a enfin poussé la porte. Luna se souvient. Ce mélange d'excitation et de stress lorsqu'elle s'est adressée pour la première fois à Étienne, afin de lui présenter son travail. Ressassant cette journée, Luna prend bien conscience du fait que jamais elle ne pourrait vivre sans s'adonner à sa passion. Cette sensation éprouvée à chaque coup de pinceau reste indescriptible. Luna s'est toujours montrée sensible, ayant besoin d'exprimer ses émotions sur une toile. Mélanger les couleurs sur la palette, les poser sur le tissu et sentir la délicate texture de la peinture s'étalant sous le pinceau. Pour elle, être peintre, c'est ressentir tout en grand ! Ses émotions sont exacerbées. Ne faire qu'un avec son œuvre, comme si elle était le reflet d'elle-même, tel un miroir. Pourtant, il a été compliqué pour la jeune artiste d'accepter de présenter ses tableaux au public. Une part d'elle-même exposée, comme un journal intime, elle se sentait mise à nu. Au fil du temps, lorsqu'elle a osé franchir le pas, et qu'est venue la vente d'une première œuvre, Luna se sentait prête à continuer à exposer, constatant bien les émotions qu'elle réussissait à transmettre à travers sa peinture. Luna ne se voit pas exister autrement qu'à travers ses toiles. Cela constitue un besoin vital pour elle, telle une respiration. Être peintre, ce n'est pas qu'un métier, cela fait partie intégrante de son identité, représentant un amour intense au quotidien pour ce qu'elle fait. Se lever chaque jour reste un pur plaisir lorsqu'elle sait que les couleurs se retrouvent en abondance dans son atelier, qu'elle va pouvoir peindre et s'exprimer. Retrouver le désir sous ses doigts. Grâce aux mouvements de sa main, se connecter à son corps. À sa sensualité également. Ce qu'elle aime par-dessus tout, c'est d'apporter du bonheur grâce à ses œuvres. Que les personnes qui observent ses tableaux ressentent pleinement ses émotions et que ses toiles leur apportent du plaisir.

Luna apprécie de donner des couleurs à la vie. Réchauffer les intérieurs de tonalités rouges, oranges ou jaunes, adoucir les cœurs par les teintes de bleu, blanc, rose… Apporter de la joie et de la bonne humeur par des peintures colorées aux multiples tonalités.

Étienne la sort de ses pensées, posant la main sur son épaule.

— J'ai la curieuse impression que tu ne te trouves plus avec nous ? murmure-t-il, lui souriant.

La prenant par le bras, son patron la conduit vers son bureau et l'enjoint à prendre son aise sur le canapé, pendant qu'il lui serre un verre. Luna se confie à lui, elle s'est toujours sentie très libre de lui parler. Elle reste effrayée et se sent incapable de peindre les yeux bandés. Et si elle perdait tout ? Elle ne s'en remettrait pas. Étienne a cru en son talent à la minute où Luna lui a présenté ses œuvres. Avec les années, elle n'a fait que confirmer son intuition. Une peintre talentueuse, dotée d'un cœur en or, le parfait combo. Étienne a confiance en elle, et reste persuadé que même sans son sens de la vue, son professionnalisme et son talent illimité lui permettront de continuer à peindre de la même manière. Peut-être même que cela apportera une nouvelle touche à ses peintures.

— Je compte sur toi pour m'envoyer une dizaine de toiles pour ma prochaine exposition, et je ne souhaite rien entendre ! insiste-t-il, s'installant près d'elle.

Étienne ne souhaite lui mettre aucune pression, et ne pas lui donner trop d'espoir quant à son avenir dans la galerie, mais espère bien que sa demande la motivera à se surpasser. Une décharge d'adrénaline a pris possession du corps de Luna, reboostée par ses paroles. C'est tout à fait le genre de défi dont elle a besoin pour aller au-delà de ses limites. Le remerciant, la jeune femme file, regonflée à bloc et inspirée.

Arrivant chez elle, Luna jette son manteau et ses chaussures dans l'entrée sans prendre la peine de les ranger et court en direction de son atelier. Comme possédée, elle griffonne des dessins sur quelques toiles. Cette soudaine inspiration la rassérène, elle va profiter du temps qu'il lui reste pour créer le plus de dessins possible, même si en parallèle, elle apprendra, munie de son bandeau.

Trois heures et quatre toiles plus tard, Luna, épuisée, jette un œil sur sa montre. Il est déjà l'heure de rejoindre Sarah et ses amis au restaurant. Elle envoie un message à son mari, déjà à l'hôpital, pour lui raconter son après-midi et prend sa voiture.

Sarah, Loïc ainsi que Lola sont déjà installés à table lorsqu'elle arrive à la brasserie.

Luna s'assied à sa place, essoufflée, et s'enfonce dans le dossier de sa chaise, posant son sac à terre.

— Tu m'as l'air bien *speed*, que se passe-t-il ? l'interroge Sarah, posant la main sur son bras.

Luna leur raconte sa journée, totalement inattendue et improvisée, lui procurant un bien fou. Ses amis semblent rassurés. Le tableau dressé par Sarah leur paraissait plutôt négatif, découvrir leur amie flanquée d'un aussi beau sourire les satisfait.

— Est-ce que cela vous dit d'aller danser après dîner ? propose Luna, scrutant le menu.

À croire que cette journée lui a redonné toute son énergie. Alternant les périodes de joie immense et de tristesse, Luna souhaite croquer la vie à pleines dents… avant que…

31.

« On ne peut voir les étoiles
que lorsqu'il fait assez sombre. »

Martin Luther King

Évan profite de ce que sa garde ne débute pas avant 19 h pour bénéficier d'une grasse matinée. Durant les grandes vacances, les urgences se révèlent encore plus chargées que durant d'autres périodes, cette fois, il ne doit pas leur faire faux bond et se montrer en pleine capacité de ses moyens. Luna s'affaire déjà depuis 7 h dans son atelier et peaufine ses nouvelles toiles. Le matin, elle se met en mode création pour sa prochaine exposition, et un après-midi sur deux, elle continue ses cours de dessin, pourvue de son bandeau. Luna commence même à se familiariser avec les peintures, reconnaissant les couleurs avec ses doigts grâce à leur texture unique. Félix et Jade ont prolongé leur séjour en Espagne, et ne seront pas de retour avant une quinzaine de jours. Cet après-midi, Salomé a proposé un pique-nique en bord de mer à environ une heure quinze de route, à Arcachon. L'idée a immédiatement séduit tout le monde, d'autant que le soleil semble au rendez-vous. Évan et Luna passeront chercher le gang des mamies en voiture et ils s'y rendront ensemble.

Après un petit déjeuner rapide sur la terrasse, le couple se prépare à partir. Ils apporteront uniquement les boissons, ainsi que la vaisselle en carton, Paloma souhaitant s'occuper de la nourriture, comme c'est étonnant !

Les trois femmes attendent déjà le couple sur le parking, au taquet. Évan se gare et prend les sacs de Paloma pour les mettre dans le coffre.

— Tu as cru que nous étions vingt personnes ? plaisante-t-il en découvrant la taille de ses sacs.

Le regard qu'elle lui assène lui intime l'ordre de ne plus piper mot, ce qui fait sourire Luna, qui tapote l'épaule de son mari. Évan secoue la tête, Paloma ne changera jamais, toujours peur de manquer.

Direction la plage du lac de Cazaux, au cœur de la forêt de pins, ils connaissent une très belle crique sauvage, à l'abri des regards et au calme. Chacun dispose sa serviette et Paloma sort les boîtes de ses sacs. En effet, Paloma s'est lâchée et a préparé des vivres pour un régiment : du pain de viande italien, frittata de courgettes, foccacia farcie aux poivrons, tarte à la ricotta, fusillini au pesto et mozzarella, cake aux poivrons et enfin les desserts : panna cotta à la vanille, des biscuits amaretti, et évidemment, son fameux tiramisu.

— Nous allons pouvoir nourrir toute la ville, voire les alentours, lance Évan, partant dans un fou rire.

Paloma se relève, munie de son torchon et de sa bouteille d'eau, et se dirige vers lui en courant, Évan, surpris, se lève également et se sauve le plus loin possible.

— Tu as de la chance que je n'aie plus vingt ans, sinon je t'aurais fait ta fête. Tu ne perds rien pour attendre ! crie-t-elle, le menaçant de sa main levée, visiblement essoufflée.

Luna n'en peut plus, on dirait des gamins ! Chacun s'installe et commence à se servir pour déguster ce fabuleux repas. Le téléphone de Salomé ne cesse de vibrer, ce qui attire l'attention de Luna qui s'interroge. Sa mère reçoit énormément de messages en ce moment, de jeunes qui ne peuvent pas se rendre à l'association et qui lui demandent des livres ou des informations. Une vraie *working girl* ! Se sentir utile, quelle sensation unique.

Luna enfonce ses pieds dans le sable chaud, ressentir cette chaleur lui procure un bien fou. Elle observe les familles se baigner et profiter de la mer, les enfants jouer. Se relevant, elle se dirige vers le large et marche, trempant ses pieds dans l'eau fraîche. Évan la rejoint quelques minutes plus tard, prenant garde à ses arrières, en passant devant Paloma. C'est qu'elle peut se montrer très rancunière !

Il attrape sa femme par la taille et plonge son visage dans son cou, respirant son odeur avec délice. Luna ne cesse d'observer la mer et les allers-retours incessants des vagues sur ses pieds.

— Ce paysage va me manquer terriblement, murmure-t-elle, un brin de nostalgie dans la voix.

— Ferme les yeux, tente Évan, lui prenant la main.

Luna s'exécute.

— Ressens le vent dans tes cheveux, la chaleur des rayons du soleil sur ton visage, le bruit des vagues, murmure Évan à l'oreille de sa femme.

Ce qu'elle ressent est indescriptible. Ce calme, cette concentration lui permet d'éprouver des sensations multipliées par mille, découvrant la mer d'une autre manière. Une incroyable impression de bien-être remplit le cœur de Luna. Perdre progressivement la vue implique de se réadapter tous les jours. Bientôt ses lunettes ne seront plus efficaces. Pour lire, elle se procure déjà des livres avec de gros caractères. Même si la jeune femme connaît son dénouement inéluctable, elle met tout de même beaucoup de force à lutter contre la disparition de sa vision, espérant un miracle, même si elle n'y croit pas vraiment. L'acceptation de son destin reste compliquée, devra-t-elle porter une canne ? Avoir un chien ? Évan s'est déjà renseigné auprès de ses collègues, qui lui ont conseillé un centre de rééducation spécialisé pour les non-voyants et lui en a parlé. Il faudra tout réapprendre, peut-être que cela lui ferait du bien également de rencontrer d'autres personnes dans son cas. Luna va devoir vivre avec, aura certainement des passages à vide durant lesquels sa vue va lui manquer, elle devra y faire face. Une nouvelle vie s'ouvre devant elle, certes différente, mais elle est vivante !

Se mouvoir sans voir, son prochain défi. Pour s'orienter, il lui faudra utiliser tous ses autres sens, et notamment son ouïe, son odorat. Se servir de tous les stimuli sensoriels, comme le sens du vent qu'elle ressent sur sa peau.

Salomé observe le couple avec bienveillance.

— Tu veux que je l'assomme avec mes tupperwares ? Je pourrais ensuite cacher son corps dans le sable ! propose Paloma, tenant la boîte à la main au cas où son amie acquiescerait.

Paloma, Ève, heureusement qu'elle les a auprès d'elle. Jamais elle n'aurait pu tenir le coup sans ses amies ces derniers mois. Heureuse que le couple se soit retrouvé, pourtant si triste de l'avenir de sa fille. Quoi qu'il arrive, elle la soutiendra. Ce soir, en l'absence d'Évan, elles se retrouvent toutes les deux chez Salomé pour une soirée entre filles. Pop-corn et séance de cinéma au programme, un film d'amour évidemment. Puis, elles vont visionner quelques épisodes de *Friends*, Luna ne s'en lasse jamais !

Le temps commence à se couvrir, et il est l'heure de partir si Évan veut pouvoir dormir un moment avant de se rendre à l'hôpital. Il propose à Luna de la déposer directement chez sa mère avec le gang des mamies. Elle accepte volontiers, n'ayant pas envie de se retrouver seule après cette belle journée.

Après avoir apporté les restes du pique-nique chez Salomé, les quatre femmes se rendent à l'association. Elles se montrent surprises de découvrir que plusieurs jeunes patientent devant l'entrée, attendant l'ouverture plus tardive aujourd'hui. Salomé se met à courir pour déverrouiller la porte, ravie de leur impatience.

Vers 20 h 30, l'association ferme ses portes. La satisfaction que ressent Salomé n'a pas de prix. Les femmes dînent ensemble chez Paloma, puis Luna et Salomé partent au cinéma en tête à tête. Encore un petit plaisir auquel Luna devra renoncer bientôt.

Après avoir visionné *Friends*, il est déjà 2 h. Salomé propose à sa fille de rester à dormir, elle ne se fait pas prier, épuisée par sa journée. Elle envoie un message à Évan pour le rassurer et qu'il ne s'inquiète pas de ne pas la trouver à son retour le lendemain matin.

***

Quelques jours passent, Félix envoie chaque soir de belles photos à sa mère de leur escapade en Espagne. Luna semble réjouie du bonheur de son fils. Le jeune homme a mis sa vie entre parenthèses pendant de longs mois pour se montrer présent pour sa mère, mettant en péril son année scolaire. Jamais elle n'oubliera.

Évan, n'ayant pas de garde ce soir, prépare un bon dîner pour sa femme. Il a acheté un DVD pour le visionner après manger, un film un peu spécial. Le médecin se surpasse en cuisine pour régaler les papilles de Luna. Elle se dirige vers la table mais celle-ci n'est pas dressée, elle se retourne, intriguée, vers son mari, qui la conduit vers le salon.

Évan a installé des coussins sur lesquels s'asseoir et a disposé les assiettes et couverts sur la table basse. Un couscous mérite une belle présentation. Luna paraît enchantée de cette belle idée et se pose sur l'un des coussins. Évan lance une musique d'ambiance et sert un verre de vin à sa femme.

— À quoi trinque-t-on ? l'interroge Luna, fixant son mari du regard.

— À notre bonheur retrouvé, mon amour, murmure-t-il, lui caressant délicatement la joue.

Le dîner se révèle délicieux et très copieux, Luna n'a plus de place pour le dessert. Évan coupe quelques morceaux de melon qu'il dépose dans un saladier. Ils le dégusteront pendant le film.

— C'est quoi ce DVD ? demande Luna, lui retirant des mains.

Son regard surpris ravit Évan. Luna ne s'y attendait pas. Ils vont enfin découvrir la fin de l'histoire de *Will Hunting*. Quelle belle idée ! Impatiente, elle lance le film et se blottit dans les bras de son mari sur l'un des coussins posés à terre.

Décidément, elle aime toujours autant cet acteur, qu'elle trouve très beau, ce qui ne gâche rien. Évan fait semblant de se sentir vexé et prend son air faussement jaloux. La fin du film les a étonnés, ALERTE SPOILER : ils ne pensaient pas que Will allait refuser la proposition de travail pour retrouver LA fille. Luna n'en a pipé mot à Évan, durant le visionnage du film, le voile noir n'a fait qu'apparaître devant ses yeux. Elle a eu beaucoup de difficulté à distinguer les images. De façon régulière et de plus en plus prononcée. Elle est terrifiée, mais ne souhaite surtout pas gâcher cette belle soirée.

Le couple déguste le reste du melon. Luna saisit un morceau qu'elle plonge délicatement dans la bouche de son mari, tout en prenant place sur ses genoux, à califourchon sur lui. Leurs corps ne demandent qu'à fusionner. Évan s'approche du visage de sa femme et pose ses lèvres sur les siennes. Il n'aurait jamais pu imaginer être hanté par une si belle voix, un si beau corps, de si beaux yeux, son amour pour sa femme déborde. Son corps bouillonne, les mots ne suffisent plus pour décrire ce qu'il ressent, grâce à Luna tout devient possible. Sa femme hante ses pensées nuit et jour, qu'elle soit présente ou loin de lui. Certains mettent un temps fou à tomber amoureux, pour lui, il aura suffi d'un battement de paupière pour succomber à son charme.

Le couple s'endort après ses ébats, allongé sur les coussins.

***

Le lendemain matin, Évan, réveillé brusquement par un cri perçant provenant de la salle à manger, se lève, en panique, et cherche Luna du regard. Il la retrouve en larmes, recroquevillée au sol. Il s'agenouille face à elle.

— Que se passe-t-il, ma chérie ? s'inquiète-t-il, lui caressant les cheveux.

Luna étouffe, elle manque d'air et n'arrive plus à respirer. Son corps tout entier tremble. Évan, très inquiet, tente désespérément de comprendre ce qui se joue devant lui.

— Parle-moi, Luna, parle-moi ! insiste-t-il, la prenant par les épaules.

Luna lève ses yeux vers son mari, le regard dans le vide.

— Je… je suis… putain, je suis dans le noir ! crie-t-elle, désemparée, tâtonnant vers le visage de son mari à l'aide de ses mains tremblantes.

32.

« Amour, donne-moi ta force,
et cette force me sauvera. »

William Shakespeare

Non ! pas déjà… pas si tôt… Le cœur d'Évan s'emballe à tout rompre. Sa femme a perdu la vue, ils y sont ! Leur vie va être chamboulée à tout jamais, plus rien ne sera plus comme avant. Bien que n'ayant qu'une envie – crier de toutes ses forces – il tente de se contenir pour paraître fort devant sa femme et pouvoir la rassurer.

— On le savait, ma chérie, on y était préparé, on y est… Respire, mon amour, respire ! tente-t-il, visiblement totalement désemparé.

Luna ne parvient pas à reprendre le dessus, se sent oppressée et manque cruellement d'air. Évan la prend dans ses bras et l'emmène sur la terrasse, afin qu'elle respire mieux. Après avoir été installée sur une chaise longue, Luna reprend de grandes inspirations et tout à coup, un silence total règne. Plus rien, plus de larmes, juste le regard dans le vide. Évan en profite pour appeler l'hôpital pour les prévenir qu'il s'y rend avec sa femme et qu'il souhaiterait lui faire rencontrer un médecin à son arrivée, afin d'ausculter ses yeux. Il retourne auprès de sa femme et s'agenouille face à elle, posant la main sur la sienne.

— Je suis là, ma chérie, murmure-t-il pour lui apporter un peu de réconfort, je t'emmène à l'hôpital.

— Tu as raison, lâche-t-elle, résignée, nous y sommes… J'avais bien conscience du fait que ce serait difficile, mais là, maintenant, tout de suite, ça me paraît insurmontable ! Ma fenêtre sur le monde vient de se fermer à jamais. Je me retrouve seule avec moi-même, dans mon monde, sans plus aucun accès avec l'extérieur, enfermée à l'intérieur de moi. Je… je me sens comme dans une prison. C'est d'une violence ! s'écrie-t-elle, plongeant son visage dans ses mains, les larmes aux yeux.

— Je suis désolé, mon amour, je me sens si impuissant, j'aimerais tellement t'aider à surmonter cette épreuve ! crie-t-il, totalement désemparé.

Luna ne sait que répondre, aucun mot ne réussit à sortir de sa bouche, sa respiration se fait trop rapide. Elle a la sensation que son cœur va exploser…. Évan la prend dans ses bras et ne peut que tenter de la consoler. Leurs larmes se mêlent et glissent sur leur visage sans discontinuer. Chacun s'accroche à l'autre comme à une bouée de sauvetage.

Évan donnerait tout pour prendre sa place, la soulager de ce fardeau, lui permettre de vivre comme avant. Résigné à ne pouvoir aider sa femme, il fera tout pour la soutenir et alléger sa peine. Il la prend à nouveau dans ses bras et la porte jusqu'au siège de la voiture. Luna se laisse faire sans piper mot, appuie sa tête contre la fenêtre et se laisse partir en fermant les yeux. Une sensation d'épuisement prend le dessus, elle s'endort aussitôt. Durant le trajet, Évan ne cesse de l'observer du coin de l'œil, comment vont-ils gérer cette situation ? Comment faire au quotidien ? Jamais il ne se montrera rassuré de la laisser seule à la maison, comment se débrouillera-t-elle sans l'aide de personne ? Ce n'est pas envisageable, Évan se doit de rester chez lui et de veiller sur elle, même si, à n'en point douter, sa femme aura du mal à le supporter. Il profitera de son passage à l'hôpital pour en discuter avec son chef. Reconnaissant du fait qu'il a déjà bien abusé de sa compréhension et de sa générosité, le médecin n'a pas d'autre choix, il a promis à sa femme de se montrer présent et il compte bien honorer cette promesse !

Garé dans le parking de l'hôpital, Évan sort de la voiture et ouvre la portière pour sa femme, qui se réveille lentement. Il tente de la porter, mais Luna a un mouvement de recul.

— Je souhaite marcher, guide-moi, s'il te plaît, insiste-t-elle, d'un ton sec, qui ne laisse aucune place à la moindre résistance.

Évan s'exécute et lui prend le bras pour l'aider à se diriger vers l'entrée. Le couple arrive à l'accueil, le médecin demande à faire appeler l'ophtalmologiste en urgence, lui confirmant qu'il l'a prévenu par téléphone. Une dizaine de minutes plus tard, le médecin les rejoint à l'accueil et les oriente vers sa salle d'auscultation. Arrivés devant la porte, Luna se tourne vers son mari.

— Laisse-moi le faire seule, lâche-t-elle, émue.
— Mais… répond-il, la voix brisée par l'émotion.
— S'il te plaît, l'interrompt-elle, visiblement déterminée.

Évan n'a pas d'autre choix que de la laisser s'éloigner en compagnie du médecin, secoué par des sanglots d'impuissance et de colère, incapable de réfléchir. Sa femme disparaît dans un couloir, l'abandonnant dans une salle d'attente blafarde qui respire la solitude. Il plonge son visage dans ses mains, ne sachant plus comment réagir, recroquevillé sur son angoisse. Évan a peur que sa femme prenne ses distances pour ne pas dépendre de lui. Effrayé à l'évocation de cette idée, il se décide à téléphoner à Salomé pour la prévenir.

— Allô ?
— Bonjour Salomé, je suis à l'hôpital, je…
— Que se passe-t-il, *el médico*, c'est Luna ? l'interrompt-elle, inquiète, la voix chevrotante.
— Nous y sommes… Elle a perdu la vue, souffle-t-il.
— J'arrive ! s'exclame-t-elle, en raccrochant sans attendre de réponse de sa part.

Évan n'a même pas eu le temps de lui dire que ce n'était pas la peine de se déplacer, ce serait comme arrêter une tornade en pleine action, impossible ! Il continue à prévenir tout le monde : les amis et le patron de Luna. Sarah souhaite le rejoindre à l'hôpital, il n'a pas eu le cœur de refuser, devant sa tristesse et son insistance au téléphone.

Une demi-heure plus tard, Luna n'est toujours pas sortie de la salle d'auscultation. Le gang des mamies vient d'arriver, suivi de près par Sarah. Évan se rend compte qu'il n'a même pas prévenu son fils, doit-il lui dire avant son retour d'Espagne ? Félix a encore prolongé son séjour et ne sera à la maison que dans quelques semaines, est-ce nécessaire de gâcher ses vacances ? Évan hésite entre la culpabilité de le lui cacher ou de précipiter son retour. Il y réfléchira plus tard, la priorité reste Luna.

Sa femme sort enfin de la salle, accompagnée par le médecin, la tenant par le bras et la dirigeant vers Évan. Ce dernier se redresse sur son siège en grimaçant. Le long moment passé à attendre sur la chaise inconfortable de cette salle d'attente l'a perclus de courbatures. Il s'étire pour se débarrasser de la raideur qui tétanise sa nuque et s'approche de Luna.

— Je vous laisse leur expliquer, Luna, faites-moi appeler lorsque vous serez prête, lance le médecin, lui lâchant la main.

Évan, surpris, s'adresse à sa femme, l'attrapant lentement par le bras.

— De quoi parle-t-il, ma chérie ? l'interroge-t-il, visiblement inquiet.

Salomé semble soucieuse également et s'approche de sa fille, lui prenant la main pour lui signifier sa présence. Chacun reste pendu aux lèvres de Luna et attend sa réponse. Elle prend une grande inspiration et se lance. Après examen par l'ophtalmologiste, le diagnostic reste sans appel, ses yeux ne verront plus jamais le jour, même s'ils attendent encore les résultats de quelques examens généraux. Salomé pose la main sur sa bouche, effondrée. Ses compères posent leurs mains sur ses frêles épaules. Évan caresse la joue de sa femme. Sarah s'assoit, les jambes coupées. Luna marque une pause et continue son monologue. Elle ne souhaite en aucun cas dépendre de qui que ce soit à cause de sa cécité. Le médecin lui a proposé une solution qui lui permettra d'apprendre à vivre avec son handicap : l'IRSA, Institut régional des sourds et des aveugles, situé dans leur ville. Ce centre apporte des soins réalisés, entre autres en établissement, visant à prévenir, soigner ou soulager les douleurs et inconforts des personnes sourdes ou non-voyantes. Il leur permet surtout également d'appréhender leur nouvelle vie, au regard du fonctionnement et de la manière de vivre de chacun. La réadaptation vise à élaborer des clés, appelées *stratégies de contournement*, qui permettent à la personne, de réaliser ses activités du quotidien. Sa spécificité est de prendre en compte les caractéristiques individuelles. L'intervention englobe la dimension d'accessibilité de l'environnement, du logement, du quartier, de la ville… mais également des actions de sensibilisation et d'information à destination de l'entourage pour rendre le milieu de vie et les relations les plus adaptés possible aux capacités sensorielles fonctionnelles.

En bref, Luna souhaite séjourner un certain temps dans ce centre, afin de devenir indépendante le plus rapidement possible, pour reprendre ensuite sa vie de façon plus sereine. Évan reste bouche bée, comprenant qu'il va encore devoir se séparer de sa femme. Salomé, se rendant compte de son trouble, pose la main dans son dos, lui signifiant qu'elle compatit à son désarroi.

Un long silence prend toute la place. Chacun ne sait comment réagir à cette annonce. Sentant bien le malaise, Évan réunit le peu de force qu'il lui reste pour s'adresser à sa femme.

— Je comprends, mon amour, rentrons à la maison préparer tes affaires, je t'accompagnerai au centre, murmure-t-il à contrecœur.

Chacun s'approche de Luna pour la serrer dans ses bras et l'encourager dans sa démarche.

Après avoir préparé la valise de sa femme, Évan la conduit à l'établissement. L'ophtalmologiste les a prévenus au téléphone, et une chambre a été préparée. Luna s'installe sur le lit, aidée par Évan, elle tapote la couverture, enjoignant à son mari à s'asseoir près d'elle.

— J'ai besoin de ce temps pour moi, j'espère que tu comprends. Je dois me retrouver pour pouvoir vivre de nouveau. Je dois me sentir moi-même et toujours indépendante, sinon je vais m'effondrer, lance-t-elle sans préambule.

— Nous venions enfin de nous retrouver, je ne veux pas te perdre à nouveau ! avoue-t-il, les larmes aux yeux.

Luna cherche à tâtons le visage de son mari et pose délicatement les doigts sur ses lèvres.

— Je sais, je sens que j'en ai besoin. Laisse-moi me retrouver, s'il te plaît… Tu ne vas pas me perdre ! lui assure-t-elle, lui caressant la joue.

Évan la serre dans ses bras, ce qui compte pour lui, c'est qu'elle soit heureuse, s'il faut en passer par là, il l'accepte. Luna précise qu'elle souhaite rester plusieurs semaines afin de se concentrer sur son adaptation et ne voir personne, mais qu'ensuite, elle pourra petit à petit, les revoir. Un nouveau coup dur à encaisser pour le médecin, qui continue à se montrer fort pour sa femme.

Luna prend conscience de ce qu'elle demande beaucoup à son mari, elle en ressent le besoin, elle doit penser à son bien-être avant tout. Se sentir mieux et accepter son état, pour mieux profiter des personnes qu'elle aime. Cela devient vital.

— Laisse-moi du temps, je t'appellerai, je te le promets, souffle Luna, l'embrassant.

Évan défait sa valise et range ses affaires dans l'armoire, disposée près du lit, puis quitte la chambre à regret. Il se retrouve à la maison, seul à nouveau. Son cœur est mis à rude épreuve ces derniers temps, va-t-il le supporter encore longtemps ?

Son téléphone vibre, Salomé. Il hésite à répondre, puis finalement décroche. La grand-mère lui propose de venir dîner ce soir. Évan refuse, elle insiste, il refuse à nouveau prétextant vouloir rester seul, mais accepte pour le lendemain, sa prochaine garde n'étant que dans deux jours. Sa belle-mère n'en rajoute pas, elle comprend bien que son gendre n'a pas envie de discuter ce soir.

Évan se dirige vers la chambre, et s'assoit sur le lit, ne sachant que penser de ce qui leur arrive. Il s'allonge du côté de Luna, pour sentir son odeur et s'endort, épuisé.

Luna tente de prendre possession de son nouvel environnement, avec beaucoup de difficulté, mais ne regrette en aucun cas son choix. Son seul choix raisonnable. Elle pense à toutes les choses qu'elle ne pourra plus effectuer : aller au cinéma, lire un livre et l'acheter sur un coup de tête grâce à sa couverture, conduire une voiture, arpenter des rues au hasard et se promener dans un endroit qu'elle ne connaît pas, mais surtout… surtout… ne plus jamais revoir le visage des personnes qu'elle aime le plus au monde.

33.

« Être heureux ne signifie pas que tout est parfait.
Cela signifie que vous avez décidé de regarder
au-delà des imperfections. »

Aristote

Les jours s'égrènent pour Évan, dans une routine continuelle. Ces quelques semaines, il ne les a pas vues défiler, enchaînant les gardes pour éviter de cogiter et de se retrouver trop souvent seul chez lui. Aucune nouvelle de sa femme. Heureusement, son métier lui prend tout son temps et occupe son esprit. Il a fini par prévenir Félix, qui bien sûr souhaitait écourter son séjour. Son père a insisté pour qu'il ne rentre pas, Luna résidant au centre, il n'y avait aucun intérêt. Félix a accepté mais a hâte de revenir auprès de sa mère pour la soutenir. Aujourd'hui, les urgences débordent. Le médecin passe de box en box pour poser des diagnostics rapidement. Il ouvre le rideau du prochain patient, et découvre un enfant, accompagné de son père. Son bras semble très douloureux. Après les avoir salués, il s'approche de lui, prend ses constantes et tâte son bras, ce qui fait réagir le garçon qui semble souffrir. Évan se tourne vers son père et s'adresse à lui.

— Je crains que votre fils ait une fracture du bras, nous allons vérifier avec une radio.

Évan dirige ensuite son regard vers son patient.

— Que s'est-il passé, mon garçon ? lui demande le médecin continuant à tâter son bras.

— Je m'appelle Gabriel.

— Gabriel, cela ne se fait pas ! s'écrie son père.

— Ce n'est rien, votre fils a tout à fait raison, je n'ai même pas pris la peine de me présenter, je me prénomme Évan.

Baptiste[1], son père, confie au médecin que son fils est autiste Asperger et qu'il reste… Comment dire… Assez directe dans sa communication. Évan comprend et repose sa question.

— Je suis tombé à vélo, répond Gabriel, le regard fixé vers le plafond.

Le médecin fait appeler une infirmière afin qu'elle vienne récupérer l'enfant pour effectuer sa radio. En attendant, une discussion plutôt inattendue s'engage entre eux.

— Papa, lance Gabriel, est-ce qu'on pourra partir en voyage quand même ?

— Où allez-vous ? l'interroge Évan, curieux.

Le père et le fils se rendent en Norvège, et y rejoignent des amis qu'ils ont rencontrés lors d'un road trip l'an passé.

— Vous pourrez vous y rendre sans souci, il faudra juste porter une attention particulière à ton bras si tu

---

[1] Baptiste et Gabriel sont des personnages du précédent roman de l'auteure : *Le Souffle du bonheur*, publié aux Éditions Lacoursière en format poche.

comptes pratiquer des activités ! insiste le médecin, le fixant de son regard.

Gabriel paraît en pleine réflexion et, le plus naturellement du monde, s'adresse au médecin.

— Es-tu heureux ?

Évan, de prime abord très surpris par sa question, sourit et lui répond avec franchise.

— J'ai connu de meilleures périodes de ma vie, disons que je n'ai pas à me plaindre ! lance-t-il, le gratifiant d'un clin d'œil.

Baptiste, posant la main sur son front et secouant la tête, se confond en excuses, son fils n'aurait pas dû poser une question aussi personnelle. Le médecin le rassure, cette fraîcheur et cette candeur lui font du bien. Ne sachant pas vraiment pourquoi, Évan se sent à l'aise en leur compagnie et se confie sur ce qui est arrivé à sa femme.

— Laisse entrer le souffle du bonheur dans ta vie ! lâche Gabriel, lui souriant.

Baptiste, paraissant étonné des paroles de son fils, si peu loquace habituellement, notamment avec des inconnus, raconte leur épopée avec leur guide Jonas, qui martelait souvent cette phrase. L'infirmière pénètre dans le box et s'apprête à emmener Gabriel en radiologie.

— Merci mon garçon pour cette discussion, je vais y penser ! Je vous souhaite un très beau voyage, et j'espère ne pas vous revoir de sitôt, enfin pas ici, plaisante-t-il.

Depuis quelques semaines, Luna prend ses marques au centre. Même si les jours se suivent et ne se ressemblent pas. Si la jeune femme parvient à se diriger seule sans l'aide de personne, hormis sa canne magique, certains jours se révèlent plus éprouvants. Pourquoi magique ? Sa canne est très high-tech ! En effet, elle comporte un dispositif électronique. Équipé d'un rayon infrarouge, l'objet détecte les obstacles à deux mètres, dix mètres ou plus. Elle se met à vibrer pour lui signaler la présence d'objet et de personnes devant elle. Luna peut la régler à sa guise au niveau des distances. Cela lui est d'un grand secours lorsqu'elle se promène dans le parc du centre, immense, et qu'elle commence à connaître presque sur le bout des doigts. Durant son séjour, Luna apprend, disons plutôt réapprend, ses mouvements du quotidien : préparer un repas, prendre sa douche, s'habiller et même se maquiller, se déplacer seule, bref, tous ces gestes naturels et paraissant simples à une personne dotée de la vue.

Cette période, sans parler ni voir sa famille, s'est avérée plus difficile que ce qu'elle ne l'avait imaginé, pourtant elle en ressentait le besoin. Reprendre confiance en elle paraît indispensable à son équilibre. S'assurer qu'elle ne dépendra pas à 100 % de son mari au quotidien, même si elle reste lucide, elle aura besoin de son aide. Ses objectifs atteints, Luna se sent dorénavant prête à rentrer chez elle et à relever de nouveaux défis. S'approprier sa maison, tenter de se remettre à peindre.

Luna appelle sa mère pour lui annoncer la nouvelle. Son retour chez elle. Elle demandera à Évan de venir la chercher, puis elle souhaiterait passer cette première soirée hors du centre en tête à tête avec son mari. Salomé comprend tout à fait, d'autant que sa fille vient de s'incruster à dîner chez elle le lendemain, ce qui la ravit.

Évan, en pause en salle de repos, sent son téléphone vibrer et voit s'afficher le nom de Luna, ce qui accélère immédiatement son rythme cardiaque. Le médecin s'isole et répond.

— Évan, c'est moi, comment vas-tu ? lance-t-elle, timidement.

— C'est à toi qu'il faut poser la question, répond-il, d'un ton plus sec qu'il ne l'aurait souhaité.

Luna lui raconte ses dernières semaines à l'institut, ses progrès, ses doutes, et son envie de rentrer à la maison. Son mari semble émerveillé, même s'il appréhende son retour. Sa garde terminée dans quelques heures, il passera la chercher, ce qui lui laisse le temps de préparer sa sortie et de faire sa valise.

Évan se gare devant le centre et pénètre dans l'entrée. Il observe l'endroit dans lequel sa femme s'est isolée ces dernières semaines, avec une certaine surprise. S'attendant à trouver des pièces sombres, il découvre finalement des façades colorées, des tableaux accrochés sur la plupart des murs, des baies vitrées qui laissent filtrer les rayons du soleil. La dame de l'accueil lui apprend que sa femme se trouve dans la salle de séjour, en compagnie d'autres patients.

Le médecin se dirige vers la pièce, lentement, et observe sa femme de loin. Installée dans un fauteuil, des écouteurs dans les oreilles. Luna rit de bon cœur, ce qui intrigue Évan. Il s'avance vers elle, et dépose délicatement la main sur son épaule pour ne pas trop l'effrayer. Elle retire ses oreillettes.

— C'est moi, ma chérie, je suis là. Qu'est-ce que tu écoutes ? l'interroge-t-il, visiblement curieux.

— Comme je ne peux plus lire de livres, j'ai découvert que l'on pouvait les écouter ! J'avais envie de me détendre et de rire, alors je me suis offert un roman de Sonia Dagotor : *Un anniversaire au poil*, et j'avoue que je me marre bien !

Évan semble ravi de découvrir sa femme, un large sourire sur le visage. Il l'abandonne quelques minutes, afin de se rendre dans sa chambre pour récupérer sa valise. Il lui faut quelques minutes pour s'habituer à observer sa femme se déplacer avec sa canne, il en a le cœur fendu. Le couple se dirige vers la voiture, et rentre à la maison.

Luna prend une grande inspiration devant la porte, puis entre lentement, aidée par sa canne. Évan souhaitait la prendre par le bras, elle préfère essayer de s'orienter seule dès le départ. Les premiers pas s'avèrent compliqués, elle persévère. Se cogne sur certains meubles dans l'entrée, mais n'abandonne pas et continue sa route. De ses mains, Luna tâtonne et touche les murs, les meubles pour s'en imprégner. Évan la suit sans mot dire. Caressant le buffet, elle remarque que son mari a pris soin de mettre des protège coins de table. Luna lève sa main, Évan l'attrape, elle l'approche de son visage et l'embrasse.

— Merci, souffle-t-elle du bout des lèvres, merci d'être resté présent pour moi ces derniers temps, de ta patience. Je suis bien consciente du fait que je t'ai mené la vie dure... et avec tout ça... je...

— Tu as raison, on devrait me décerner une médaille pour ma patience, ma vie est un enfer ! plaisante-t-il, lui chatouillant la taille.

— Est-ce qu'il existe un moyen de me faire pardonner ? lâche-t-elle langoureusement.

Nul besoin de lui répéter une seconde fois. Ni une ni deux, il dépose la valise à terre, et prend sa femme dans les bras, la conduisant dans leur chambre. Apparemment, le tour du propriétaire devra attendre.

34.

« Face à la roche, le ruisseau l'emporte toujours, non pas par la force mais par la persévérance. »

H. Jackson Brown

Deux semaines se sont écoulées depuis le retour de Luna à la maison. Les premiers jours se sont révélés très éprouvants pour le couple, peuplés de hauts et de bas. Tenter d'apprivoiser son nouvel environnement, s'habituer à sa demeure d'une nouvelle manière, un autre défi difficile à relever pour Luna. Évan essaie de trouver un équilibre entre la soutenir et l'aider, tout en lui laissant sa liberté et son autonomie. Le médecin arrange son emploi du temps pour passer plus de moments avec sa femme. Pourtant, il sent bien qu'elle souhaite, de temps à autre, rester seule pour appréhender au mieux sa nouvelle vie.

Luna s'est remise à peindre avec plus ou moins de motivation. De nombreuses toiles ont terminé à la poubelle. Sa rage et son impatience deviennent de plus en plus difficiles à contenir et à gérer. Ces deux derniers jours ont vraiment été très compliqués pour le couple, qui ne parvient plus à se comprendre. Malgré les efforts d'Évan, la jeune femme lui fait souvent comprendre qu'il ne peut en aucun cas se mettre à sa place et assimiler ce qu'elle traverse.

Elle reconnaît se montrer dure avec son mari, c'est plus fort qu'elle, Luna ne décolère pas et n'arrive toujours pas à accepter la perte de sa vue. Sachant pourtant bien que si elle continue sur cette voie, elle risque de perdre son mari, Luna tente de faire un effort. S'il reste difficile pour elle d'être heureuse pour le moment dans sa nouvelle vie, côté organisation, tout se passe pour le mieux. Ainsi, les courses se déroulent en couple. Au début, Évan l'aidait à se diriger dans le supermarché, maintenant elle s'oriente seule avec sa canne, connaissant les rayons par cœur. De plus, dans leur cuisine, elle a opté pour un système de stickers en relief, de formes différentes afin de les reconnaître. Ces derniers sont placés sur des objets dont elle se sert tous les jours, comme son micro-ondes, ses plaques de cuisson ou son four. Sur la vaisselle également et tout ce dont elle a besoin pour cuisiner.

Ce soir, Luna décide de préparer un bon repas à son mari, n'étant pas de garde, ils auront tout leur temps. Le menu ne sera pas élaboré, mais elle tient à le concocter seule. Évan la laisse s'activer dans la cuisine et a hâte de savourer ce dîner qu'elle semble préparer avec amour. Son moral n'est pas au beau fixe et il a bien besoin d'un moment de douceur avec sa femme. Félix et Jade reviennent demain, il a hâte de revoir son fils avant son retour en Australie quelques jours plus tard, déjà la rentrée se profile.

Luna s'affaire dans la cuisine, prend son temps pour ne pas gâcher ses efforts. Sa vie d'avant lui manque, pourtant, une petite voix se glisse dans son esprit, lui rappelant à quel point elle était malheureuse avant son accident.

Certes, elle voyait mais était-elle épanouie ? Aujourd'hui, malgré son handicap, la jeune femme reconnaît malgré tout qu'elle peut continuer à vivre presque normalement. Cela aurait pu être pire, elle aurait pu mourir, ou perdre un membre ! Relativiser… Son mari a changé du tout au tout, est redevenu celui qu'elle a connu à ses débuts.

Évan se repose dans leur chambre, et semble perdu. Malgré tous ses efforts, Luna ne paraît jamais satisfaite. Que fait-il de mal ? Ce dîner sonne comme un espoir et lui donnera l'occasion de discuter, ayant peur d'évoquer son mal-être avec sa femme ces derniers temps pour ne pas la froisser. Attiré par l'odeur exquise provenant du rez-de-chaussée, Évan se rend dans la cuisine.

Luna, chantonnant, s'active dans la pièce, avec une aisance incroyable. Il jurerait qu'elle voit ce qu'elle fait. Le temps fait son office, et il est ravi de constater que sa femme commence à s'approprier les lieux de façon naturelle.

— Vas-tu m'observer de la sorte encore longtemps ? plaisante Luna, continuant à s'affairer avec le four.

Comment peut-elle savoir qu'il est là ? Comme si elle avait lu dans ses pensées, elle s'adresse à nouveau à lui.

— Ton odeur, mon amour, ton parfum, je le reconnaîtrais entre mille ! ajoute-t-elle, fière de son petit effet.

Évan s'approche, la prend par la taille et l'embrasse dans le cou.

— C'est bientôt prêt ? Je meurs de faim ! lance-t-il, observant ce que sa femme prépare.

— Hors de ma cuisine ! Rends-toi plutôt utile et prépare l'apéritif, je te rejoins dans le salon, ajoute-t-elle, amusée.

Évan s'exécute, se rend dans la pièce et leur sert deux verres de vin, en attendant sa femme confortablement installé sur le canapé.

Après un apéritif léger, Luna sert l'entrée sur la table : foie gras poêlé.

— Que me vaut cet honneur ? s'étonne Évan, posant la main sur celle de sa femme.

Luna paraît réfléchir. Elle regrette la façon dont elle s'est conduite avec son mari ces derniers temps. Bien qu'il ne soit pas coupable de son état, il était plus facile de trouver un responsable. Une personne contre qui se mettre en colère, et sortir cette rage qu'elle tente de contenir. Luna semble sincèrement désolée et compte bien se rattraper. Elle déguste son entrée, alors qu'Évan l'engloutit rapidement. Elle le stoppe avant qu'il ne l'ingurgite.

— Prends le temps de déguster ton repas, mon amour, ressens le goût des aliments. Depuis que j'utilise mes autres sens de façon plus pointue, notamment mon odorat, tu n'imagines pas ce que je découvre ! lui confie-t-elle.

Évan ne comprend pas vraiment où sa femme veut en venir, mais tente tout de même de prendre son temps pour terminer son entrée et de ressentir toutes les saveurs.

— Ferme les yeux, murmure-t-elle.

Approchant son visage de son assiette, Évan sent le foie gras, puis ferme les yeux, prend une bouchée qu'il mâche lentement avant de l'avaler. Il reconnaît qu'il le déguste, plus qu'il ne le mange, mais pense que cela sera sûrement plus flagrant avec le plat ou même le dessert. Luna lui avoue qu'elle ne mange plus de la même manière, se concentrant plus sur l'odeur des aliments, ne pouvant pas les observer. Son palais est devenu plus exigeant. Luna laisse son corps réclamer l'aliment, saliver suffisamment longtemps, jusqu'à ce qu'elle soit prête à recevoir le goût, ayant compris que tout le reste de ses sens sera en alerte. Elle porte le foie gras à nouveau à sa bouche, se concentre sur sa texture contre sa langue, et le laisse fondre lentement sur son palais, réveillant par là même ses papilles.

Le couple profite de ce délicieux dîner, puis se pose sur le canapé, un verre de vin à la main. Luna pose la tête sur l'épaule d'Évan. Tous deux discutent pendant des heures, cela fait un moment que ça ne leur était pas arrivé ces derniers temps. Chacun confiant son ressenti avec franchise et honnêteté. La communication devient indispensable à cet instant précis, les mots ne cessent de s'envoler de leur bouche, sans discontinuer. Se confier leur procure un bien fou et leur permet de se rendre compte de ce que chacun ressent.

Ensemble, ils montent dans la chambre. Luna propose à son mari de s'asseoir près d'elle sur le lit. Elle se poste face à lui et pose ses mains sur son visage.

— Laisse-moi te regarder, murmure-t-elle, pesant avec précision les mots qu'elle prononce.

Ses mains parcourent le visage de son mari. Ne plus pouvoir le voir reste pour elle une torture. Au lieu de continuer à le subir et se rendre triste, elle a décidé de le redécouvrir différemment. Évan sourit, Luna touche ses fossettes. Elle les a toujours trouvées craquantes. Elle remonte sur son front, et caresse la petite cicatrice qu'il s'est faite un jour en tombant à vélo. Tentant de se l'imaginer dans son esprit, elle revoit le visage de son mari, en redessine les traits.

Luna, en souriant, déboutonne sa chemise et parcourt son torse de ses mains, lentement, le caressant, touchant chaque centimètre carré de sa peau si douce.

— Je t'aime tellement ! murmure-t-elle, s'approchant de lui pour l'embrasser.

Le couple s'allonge sur le lit et fusionne passionnément.

***

Le lendemain matin, Évan se réveille et découvre le côté du lit de sa femme vide. Il se rend dans la cuisine, Luna prépare le petit déjeuner. Soudain, ils entendent une clé dans la porte. Évan s'avance vers l'entrée et découvre Félix et Jade qui rentrent de voyage. Ravi de leur retour, il les prend dans ses bras sans autre préambule.

Félix, pressé de revoir sa mère, fonce dans la cuisine et la découvre se déplaçant tout naturellement dans la pièce. Le jeune homme l'observe un instant avant de la rejoindre, et semble surpris de la voir déambuler aussi rapidement.

Il s'approche enfin et la serre dans ses bras. Tellement heureux de se retrouver auprès d'elle. Luna, visiblement émue, touche son visage et tente de se l'approprier. Jade les rejoint, elle fait de même avec son visage.

Tous s'installent dans la salle à manger pour prendre le petit déjeuner. Les jeunes gens meurent de faim, ils n'ont rien avalé pendant leur vol.

Luna reçoit un texto. Évan s'est procuré un téléphone spécial pour les non-voyants. À chaque réception de message, le nom des personnes inscrites dans le répertoire, puis le message sont énoncés vocalement. Elle peut également répondre grâce au retour vocal des touches pressées. Un vrai miracle, qui lui permet de conserver un lien avec tout le monde.

Salomé, se souvenant que son petit-fils rentre aujourd'hui, leur propose de venir dîner chez elle. Tout le monde semble enchanté à cette idée.

Félix observe sa mère, un large sourire sur le visage. Jade lui prend la main et paraît heureuse de le voir si rassuré, il se montrait tellement inquiet sur la route du retour. La jeune femme apprécie de plus en plus cette famille, qu'elle ne connaît encore que très peu mais à laquelle elle s'attache déjà. Sa belle-mère ne voit peut-être pas, pourtant, elle leur montre à quel point l'amour reste présent dans cette famille, et c'est beau !

35.

« La vie, ce n'est pas d'attendre que l'orage passe, c'est d'apprendre à danser sous la pluie. »

Sénèque

Évan se réveille, et comme à son habitude en ce moment, constate que sa femme est déjà levée. Il descend dans la cuisine, aucun signe de Luna. Il balaie le jardin du regard, le ciel flamboie de mille couleurs. Un incendie de rose, d'orange et de jaune. L'horizon semble en fête. Aucune trace de Luna. À n'en pas douter, elle se trouve dans son atelier, à peindre. Il hésite un instant à la déranger, puis finalement la rejoint.

Devant la porte, une musique se fait entendre. Visiblement surpris, Évan observe sa femme, non pas en train de peindre, mais... de danser ! Les bras levés, dessinant des courbes suivant le rythme de la mélodie. Une sensualité se dégage de sa femme, qui semble échappée dans un autre monde. Son sourire en dit long sur le plaisir que lui procure cette musique. Évan la contemple sans piper mot, observant le cambré de ses reins, ses déhanchements, cherchant un compliment à la mesure de sa beauté insensée. Évan aimerait s'approcher d'elle mais risque de lui faire peur. Il toussote. Luna, surprise, se retourne. Il s'approche d'elle.

— Ne t'arrête pas, lui intime-t-il, la prenant par la taille.

Luna virevolte, il tente de suivre ses mouvements. Le couple se balance ainsi durant plusieurs minutes. La chaleur entre eux. Lorsque la musique se termine, ils s'embrassent. Le silence comme une caresse. Il s'approche de la toile commencée par sa femme, et l'admire.

— Qu'en penses-tu ? Sincèrement, insiste-t-elle en secouant son pinceau.

— Il y a de l'idée ! plaisante-t-il.

Évan se prend un coup de coude. Il sourit et ajoute qu'il adore sa peinture. Il se demande comment elle arrive à reconnaître les couleurs. Luna lui explique que la texture de chacune d'elle est différente. D'un geste assuré, elle lui attrape la main et la dirige vers les couleurs apposées sur sa tablette à peinture. Évan tente de percevoir les différences entre chaque couleur, en effet, il les ressent. Pourtant, les reconnaître sans les observer relève, pour lui, de l'impossible. Évan admire sa femme, sa persévérance et son courage. Tous deux se rendent dans la cuisine pour prendre leur petit déjeuner, rapidement rejoints par Félix et Jade.

La journée passe rapidement, entre promenades et discussions. Plus que quelques jours avant le retour du jeune couple en Australie. Le cœur de Luna se serre à l'évocation de cette pensée, son fils doit reprendre sa vie. Chacun se prépare à aller dîner chez Salomé. Évan apporte une bouteille de vin.

Salomé et ses deux compères s'affairent en cuisine pour terminer la préparation du dîner. Lucifer s'est posté sur le canapé et attend les invités de pied ferme, s'occupant de sa toilette. Les convives arrivent enfin. Tous s'installent dans le salon. Soudain, Évan reçoit un chausson sur l'épaule et se tourne, visiblement surpris, vers Salomé.

— Mais… pourquoi ? demande-t-il, les yeux ronds.

Salomé s'approche et ramasse son chausson.

— Juste comme ça, ça me manque ! plaisante-t-elle, lissant les plis de sa jupe.

Évan ne compte pas en rester là, attrape la grand-mère par le bras afin qu'elle bascule sur le canapé, et fait mine de l'étouffer avec l'un des coussins. Puis, il attrape ses chaussons et se rend sur le balcon, pour les suspendre dans le vide, menaçant de les jeter. Salomé n'en peut plus de rire, n'arrivant pas à prononcer un seul mot. Elle finit par admettre qu'il a gagné, et Évan lui rend son dû. Jade, observant Luna un peu perdue, lui décrit la scène. Tout le monde part dans un fou rire.

Luna n'aurait jamais imaginé que sa mère et Évan puissent un jour plaisanter de la sorte ensemble. Cette scène lui paraît tellement irréelle, voire improbable, qu'elle finit par se demander si elle ne se trouve pas encore dans le coma et que tout ceci ne se révèle pas être uniquement le fruit de son imagination !

Chacun se rend à table, le dîner est prêt. À la grande surprise de Paloma, Lucifer élit domicile sur les genoux d'Évan, qui ne bouge pas d'une oreille de peur de le faire fuir. Pour une fois qu'il tente une approche, il ne souhaite pas le déranger. Soudain, sans qu'il s'y attende, Lucifer relève la tête vers son assiette, lui dérobe son morceau de poulet et file dans la cuisine. Évan, dont le regard alterne entre son assiette et Paloma, ne sait comment réagir et comprend mieux la raison pour laquelle Lucifer s'est installé sur lui. Bien que Paloma n'apprécie pas que son chat dérobe de la nourriture, elle laisse échapper un sourire moqueur en direction d'Évan. Cette dernière finit par lui servir un autre morceau.

— Je me disais aussi... lance-t-elle, secouant la tête.

Jade se montre enchantée de se trouver auprès de cette belle famille. Chacun son caractère, chacun ses fêlures et ses forces. Ils sont complémentaires et ne pourraient vivre les uns sans les autres.

Le groupe décide de jouer à des jeux de société : *Trivial Pursuit, Time's Up, Dessiner, c'est gagné !* puis enfin à *Uno*. Encore une belle soirée sous le signe du rire. Luna se joint à eux pour certains jeux. Le reste du temps, elle se pose sur le balcon et laisse le vent caresser son visage.

Il se fait tard, il est temps de rentrer. Luna semble épuisée. Sur la route, la pluie s'est invitée et devient de plus en plus oppressante pour Luna, qui commence à avoir du mal à respirer. Évan le remarque.

— Que se passe-t-il, ma chérie ? l'interroge-t-il, posant la main sur sa cuisse.

Luna semble effrayée, ses souvenirs de l'accident prennent toute la place dans son esprit. Cette fameuse soirée, durant laquelle elle a patienté au restaurant, puis son trajet en voiture sous une pluie diluvienne, enfin le trou noir...

— Tu préfères que l'on s'arrête un moment, le temps que l'averse se calme ? tente-t-il, comprenant la situation.

— Je veux bien, s'il te plaît, répond-elle, fixant la fenêtre.

Évan s'arrête quelques minutes plus tard, dans un parking entouré d'un parc. La pluie ne cesse de tomber, pourtant Luna s'extirpe de la voiture. Évan la suit. Elle marche lentement à l'aide de sa canne, et parvient à un arbre. Elle pose sa main dessus et caresse le tronc, puis lève son visage vers le ciel. Les mains tendues en l'air, elle laisse l'eau couler sur son visage et paraît ravie de cette sensation exquise. Son corps, sa peau, ses sens à l'écoute de la brise, des parfums de cette terre humide, de la nature. Évan l'imite. Félix et Jade les observent, se regardent et sortent du véhicule également. Tout le monde se retrouve à tourner en rond, le visage rivé vers le ciel, laissant la pluie les parcourir. Soudain, un rayon de soleil perce les nuages, formant un arc-en-ciel majestueux, à travers le rideau de pluie. Un décor de conte de fées.

***

Le grand jour est arrivé, Évan et Luna accompagnent Félix et Jade à l'aéroport pour leur retour en Australie. Personne ne pipe mot durant le trajet en voiture, perdu dans ses pensées.

Le moment tant redouté par Luna approche, elle va devoir laisser à nouveau son fils s'éloigner. Jade serre Luna dans ses bras, lui assure qu'ils reviendront lui rendre visite dès qu'ils en auront l'occasion, et qu'elle veillera sur Félix. C'est tout ce que la mère avait besoin d'entendre. Cette jeune femme lui plaît énormément, et elle sent qu'elle laisse Félix entre de bonnes mains.

Évan tape sur l'épaule de son fils, puis le serre dans ses bras, comme il va lui manquer. Ces mois passés ensemble lui ont apporté tant de bien. Il ne sait pas ce qu'il serait devenu sans sa présence.

Le jeune couple disparaît parmi les autres voyageurs, Évan et Luna rentrent à la maison. Aujourd'hui, le médecin ne travaille pas, sa garde débute le lendemain. Ils vont pouvoir profiter d'une journée en tête à tête. D'ailleurs, une idée germe dans son esprit depuis quelques jours, c'est le moment idéal pour la mettre en œuvre.

Évan, faisant quelques courses, Luna s'est installée sur le canapé et écoute un livre audio. Cette nouvelle habitude commence à lui plaire de plus en plus. Son mari rentre, elle le trouve assez… mystérieux, refusant qu'elle l'aide à ranger les courses. Elle ne s'en formalise pas et se rend dans son atelier pour peindre. Ses premiers tableaux, elle n'en est pas vraiment fière, mais elle compte bien s'améliorer. Elle ne lâchera rien ! Étienne l'encourage énormément, bien conscient du fait que pour le moment, les toiles ne sont pas encore à la hauteur de ses espérances. Sa confiance en elle la rassérène. Son patron ne l'a pas laissé tomber, il aurait pu trouver une autre peintre pour la remplacer, il se montre si patient. Elle lui est tellement reconnaissante !

De son côté, Évan prépare quelque chose et semble fier de lui. Il se dirige vers l'atelier de sa femme, et s'adresse à elle sur le pas de la porte sans même pénétrer dans la pièce.

— Laisse-moi dix minutes, puis viens me rejoindre dans le salon, je te laisse quelque chose sur la table ! lui précise-t-il, partant sans même attendre sa réponse.

Visiblement surprise, Luna touche sa montre en braille afin de vérifier l'heure et termine sa toile sans se poser plus de questions.

Pendant ce temps-là, Évan se rend dans le jardin et observe la magnifique vue dégagée sur les hauteurs de la ville et sur la forêt qui entoure leur maison, en contrebas. Un magnifique panorama dont il ne s'est encore jamais lassé durant toutes ces années. Soudain, le médecin aperçoit un homme marcher au loin, entre les arbres. Il lui semble familier. Évan fixe son regard sur lui pour mieux le distinguer. Incroyable, il pense reconnaître Raphaël. Trop loin pour qu'il l'entende, remarquant que l'homme tourne son visage dans sa direction, Évan lui fait un signe de la main. Le médecin a l'impression qu'il acquiesce de la tête. Éprouvant une étrange sensation, Évan se frotte les yeux puis cherche à nouveau Raphaël, qui a disparu. A-t-il rêvé ce moment ? Il ne le saura jamais, pourtant cette rencontre furtive lui laisse penser qu'une personne veille sur lui, sur eux. Il se poste derrière l'un des arbres de leur jardin et patiente.

Luna vérifie à nouveau sa montre, c'est l'heure ! À l'aide de sa canne, elle se rend dans le salon et se dirige vers la table. Elle en tâte le dessus et découvre une enveloppe scellée. Elle la décachette. Les cours de braille d'Évan lui auront été très utiles.

Retrouve-moi dans le jardin, ma chérie, près du grand arbre, une autre enveloppe t'attendra scotchée dessus.

Qu'est-ce que son mari lui a préparé ? Tout excitée à cette idée, la jeune femme avance vers le jardin. S'approchant de l'arbre, elle touche son écorce et découvre l'enveloppe. Elle la lit.

Retourne-toi !

Évan apparaît face à elle, lui prend la main et s'agenouille devant elle. Luna ressent sa main qui s'abaisse et comprend qu'il se trouve maintenant à terre.

— Voyons Évan, nous sommes déjà mariés ! lâche-t-elle en riant.

— Tu veux bien te taire, s'il te plaît, et me laisser en placer une ! insiste-t-il, secouant sa main.

Évan prend une grande inspiration et commence sa tirade.

— Luna, tu le sais, tu es la femme de ma vie. Je l'ai longtemps oublié et j'espère que tu pourras me pardonner un jour. Je t'ai laissée de côté durant des années, ne pensant qu'à ma carrière et mes patients, les faisant passer avant toi et notre famille. Après cet accident, j'ai compris à quel point j'avais tort, et à quel point je me suis montré égoïste. Ces derniers mois m'ont fait prendre conscience du fait que je ne pourrai jamais, jamais vivre sans toi. Sans ta présence à mes côtés pour le reste de ma vie. Ces derniers mois mais aussi ta mère, qui m'a bien fait comprendre que j'avais merdé, à sa manière, mais ce n'est pas le sujet ! Je t'aime comme je n'ai jamais aimé, je respire et je ne vis que pour toi, tu m'as sauvé. Grâce à toi, je connais le bonheur d'être père. Tu as changé ma vie, et je compte bien te prouver chaque jour que je t'aime et que je ne souhaite que ton bonheur. Pardonne-moi, mon amour ! Je vais passer tous mes jours à venir à te rendre heureuse et épanouie. Je t'admire tellement, ton courage, ta persévérance, je suis certain que je n'aurais pas la force de faire face à autant d'épreuves. Me ferais-tu l'honneur de redevenir ma femme et de renouveler nos vœux ?

Luna reste bouche bée devant la sublime déclaration de son mari. Elle ne l'aurait jamais imaginé. Totalement inattendue. Repensant à tout ce qu'elle a vécu et traversé ces derniers mois, elle savoure dans son malheur la chance, qui ne lui a finalement pas manqué. Parfois, la lumière ne jaillit que de l'ombre, ce n'est que lorsqu'il fait nuit que les étoiles brillent. Certains drames restent la seule manière de se rencontrer soi-même et d'apprécier sa vie. Seule l'obscurité permet d'apprécier la beauté des étoiles. Sa vie d'aujourd'hui, parfaitement imparfaite, lui convient totalement.

Évan commence à s'impatienter.

— Ma chérie ? se hâte-t-il, visiblement inquiet.

— Oui, mon amour, je le veux ! crie-t-elle, l'aidant à se relever et l'embrassant tendrement.

Évan l'étreint et s'adresse à elle, la fixant de son regard tendre.

— Je serai toujours présent pour toi, JE TE PROMETS !

FIN

« La vie est un songe, merci de l'avoir rêvée. »

Philippe Sollers

Que vous dire à nouveau, hormis merci. Merci d'être toujours au rendez-vous lors de la sortie de mes nouveaux romans. Merci d'en faire des succès, histoire après histoire. Merci pour tous vos messages, vos ressentis sur mes romans, qui me font vibrer et aimer écrire.

Cette histoire me tenait particulièrement à cœur, car elle résonne en moi. Luna, c'est un personnage fort, qui va devoir surmonter de nombreuses épreuves. La vie peut se montrer tellement dure parfois, il faut tenter de s'en accommoder et de continuer à vivre malgré les épreuves. La vie trouve toujours son chemin, à nous d'imaginer le nôtre.

Ce roman est déjà mon cinquième (bon, j'ai aussi écrit deux nouvelles de Noël), je n'ai pas vu le temps passer en votre compagnie. Toutes ces rencontres en salon, en séances de dédicace, me donnent de la force, si vous saviez. Discuter avec vous, vous voir sourire en parlant de mes livres, vous rencontrer et vous donner la furieuse envie de découvrir mes écrits, ça n'a pas de prix !

Merci à mon mari Christian et mes deux enfants Tania & Matéo, qui me soutiennent inconditionnellement depuis le début de mon aventure littéraire. Merci d'être ma force, mais comment ai-je fait pour vivre sans vous ? Je vous aime…

Merci également à toutes ces belles rencontres d'auteurs, devenus des amis. Il y en a beaucoup, mais je pense notamment à mes Brenda (Georgina, Alex & Claire), à mes amies Sonia Dagotor, Lhattie Haniel, Virginie Sarah Lou, à la petite famille du Comptoir de la culture : Rime, Zabou, Caroline, Alex et tant d'autres !

Merci à mon super agent Ève Pocholle, toujours présente ! Et à mes bêta-lectrices au top : Ève Pocholle (oui, elle est partout LOL), Lou de la librairie Jeunes Pousses, Alex Kin et Virginie Guillon.

Et un merci tout particulier à Tonie Behar, qui a écrit la très jolie préface de ce roman. Merci pour tes conseils judicieux et pour ta générosité, tu es une belle personne !

Où que vous soyez et quoi que vous fassiez, n'oubliez jamais que la vie peut se révéler surprenante, si on s'y attarde un peu.

N'hésitez pas à venir me faire un coucou sur mes réseaux sociaux ou sur mon site Internet. Je suis sur Facebook, Instagram, Twitter et LinkedIn sous le nom de « Ma Nouvelle Plume ».

Site Internet :
https://manouvelleplume1.wixsite.com/manouvelleplume

À très bientôt !

Linda Da Silva
Ma Nouvelle Plume